하얀
밤

하얀 밤

2판 2쇄 찍음 2014년 12월 1일
2판 2쇄 펴냄 2014년 12월 5일

지은이 | 이아현
펴낸이 | 고운숙
펴낸곳 | 봄 미디어

출판등록 | 2014년 08월 25일 (제387-2014-000040호)
주소 | 경기도 부천시 원미구 소향로17, 304(두성프라자) (우)420-864
영업부 | 070-5015-0818 편집부 | 070-5015-0817 팩스 | 032-712-2815
E-mail | bommedia@naver.com
소식창 | http://blog.naver.com/bommedia

값 9,000원

ISBN 979-11-953596-6-0 03810

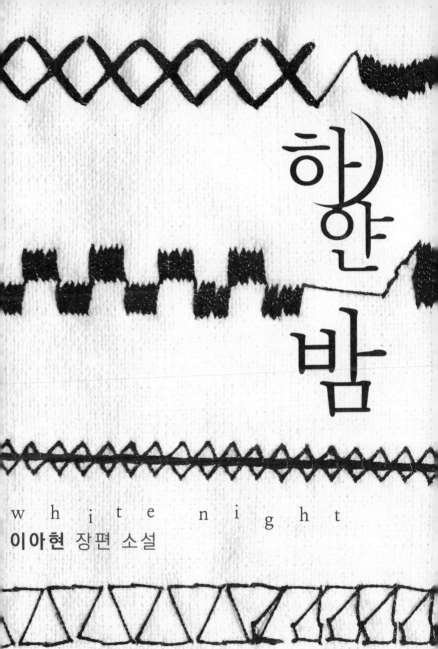

하얀 밤

white night

이아현 장편 소설

C_{on}tents

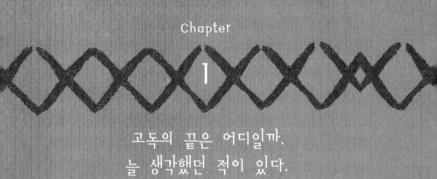

Chapter

1

고독의 끝은 어디일까.
늘 생각했던 적이 있다.

서막

　세계 3대 미항이라는 나폴리 중심가에 위치한 최신식 호텔 로이아노는 고급 시설은 물론이요, 이탈리아 최고의 카지노를 운영 중에 있었다. 하루 숙박료가 최저 3,705.95유로(500만 원)부터 시작돼 아무리 요즘 유로화 환율이 많이 하락했다 하더라도 평범한 여행객이 묵기엔 지나치게 비싼 곳이었다.

　방이 일곱 개 달린 스위트룸의 경우 한화로 3,000만 원에 육박하니, 하루에 그만한 돈을 턱턱 낼 수 있는 사람이 몇이나 있을까.

　하지만 나폴리는 이탈리아에서 가장 위험지역 중 하나였고, 정부의 손이 닿지 않는 치외법권 지역이었다. 비싼 만큼 최고의 시설과 경비를 자랑했기에 금빛으로 꾸며진 로비엔 검은 슈트를 입은 사내들이 곳곳에 배치되어 투숙객들의 안전을 책임지고 있었고, 지하에 위치한 카지노는 24시간 운영되며 숙박객의 유흥을 책임지고 있어 찾는 손님이 많았다.

다양한 인종이 뒤섞인 카지노 안은 오늘도 세계 각국에서 모인 여행객들로 북적였다.

사람들이 내는 소리와 스피커에서 연신 흘러나오는 경쾌한 클래식은 오히려 소음에 가까웠지만 게임을 즐기는 플레이어들에겐 그리 문제 될 것이 없어 보였다.

룰렛(Roulette)부터 시작하여 주사위로 게임을 하는 다이사이(Tai Sai), 카드 게임의 왕이라 불리는 바카라(Baccarat)까지. 다양한 게임이 구비되어 있어 저마다 쉽게 1달러, 혹은 2달러를 걸며 가볍게 즐기는 이들이 대부분이었다. 룰렛 앞엔 휠이 돌아가는 것을 기대에 찬 눈으로 바라보는 이들이 있었고, 슬롯머신 앞엔 행운의 세븐을 기대하는 이들이 길게 늘어져 있는 한편, 카지노의 가장 구석에 위치한 쾌적한 VIP룸 안엔 보통 이들이라면 숨을 들이켤 만큼 어마어마한 금액을 칩으로 바꾼 이들이 게임을 즐기고 있었다.

그리고 이들 중 가장 핫한 게임을 진행하고 있는 곳은 2번 블랙잭(Black Jack:나누어 받은 카드가 21에 가장 가깝게 근접하는 쪽이 이기는 게임) 테이블이었다.

『이런, 어쩌죠? 제가 또 이겨 버렸네요.』

작은 체구의 여자가 테이블 위에 있던 칩을 자기 쪽으로 끌어모으며 웃었다. 그러자 그녀와 게임을 즐기고 있던 플레이어가 입술을 뾰족하게 내밀었다.

『뭐야, 또 자기가 이긴 거야? 정말 너무하네.』

『오늘은 그만할까요?』

『어림도 없는 소리! 나 잃은 돈 딸 때까지 일어날 생각 없다? 자기도 그전까지 일어날 생각하지 마.』

붉은색 드레스를 입은 여자가 팔짱을 끼며 왕왕거렸다. 그러자 동양인 여자가 마음대로 하라는 듯 입술을 부드럽게 휘며 웃는다.

딜러의 얼굴은 벌써 한 시간째 딱딱하게 굳어 있었다. 직업상 겉으로 감정이 드러나선 안 된다는 것을 알고 있으면서도 어쩔 수가 없는 노릇이었다. 빠른 손놀림으로 카드를 나누어 준 딜러가 애써 표정을 갈무리했지만 얼마 가지 않아 허물어진다.

작은 동양인 여자 앞에 놓인 카드는 A(에이스), K.

『어머, 이걸 어쩌죠? 블랙잭이네요.』

뒤집어져 있던 딜러의 하나 남은 패를 뒤집기도 전에 게임이 끝나자 뒤에서 탄성이 흘러나왔다.

아무리 운이 좋은 사람이라고 해도 이건 정말 너무하지 않은가. 그리고 이 생각을 딜러뿐만 아니라 상황실에 있는 직원들 또한 한 것인지 귀에 꽂힌 이어폰에서 날카로운 음성이 터져 나왔다.

―속임수는?

CCTV로 현 상황을 긴장하고 살피고 있는 이들을 향해 그는 고개를 살짝 젓는 것으로 답했다. 경력 30년 차의 베테랑인 그의 눈엔 속임수도, 사기성 행동도 보이지 않았다.

이 판에 걸린 돈만 해도 1억이 넘었지만, 매번 승리를 해 나가는 작은 동양인 여성 덕분에 딜러는 물론이고 같이 게임을 하고 있는 플레이어는 한 시간 만에 13만 4,239유로(EUR)를 잃은 상태였다.

한화로 3억 8,000만 원인 돈은 이곳에 있는 이들 중 그 누구에게도 큰돈은 아니었다. 하지만 모두들 작은 동양인 여자에게 시선을 떼지 못하는 이유는 그녀가 현재 16전 16승을 올리고 있었기 때문이다.

처음엔 작은 동양인 여자가 딜러와 카지노 호텔 측을 감쪽같이 속일 만큼 엄청난 스킬을 소유하고 있나 했지만, 간간이 허수까지 섞어 가며 게임을 몰고 가는 것을 보며 모두들 혀를 내둘렀다.

딜러가 나누어 준 카드를 확인한 여자의 입술이 부드럽게 휘었다. 마치 승리를 예감한 듯한 얼굴에 딜러의 얼굴에서 핏기가 가셨다. 이쯤 되면 카지노의 손해보단 딜러 본인의 자존심에 상처가 갔다.

—뭐, 의심되는 점 없어? 이게 말이 돼?

이어폰에서 들려온 말에 대꾸하지 않은 채 딜러는 게임을 시작하겠다고 말을 한 후, 플레이어들에게 카드를 빠르게 나누어 주었다. 그리고 딜러가 카드를 오픈하는 순간, 흥미로운 판을 구경하고 있던 사람들의 입에서 감탄사가 터져 나왔다.

다이아 에이스.

에이스가 나왔다는 것은 다행히도 이번 판은 딜러가 블랙잭이 될 확률이 높다는 말이었다. 딜러의 입술에 그제야 조금 미소가 번졌다. 하지만 그와는 반대로 동양인 여자의 곁에 앉아 있던 여인이 짜증스러운 음색으로 말했다.

『이번 판도 텄네.』

카드를 내려놓은 여자가 콧방귀를 뀌었지만, 작은 몸집의 동양인 여자는 확률 게임에 이길 자신이 있다는 듯 말했다.

『Hit(추가 카드를 원할 때).』

동양인 여자의 입에서 나온 말에 딜러가 카드를 놓아 주었다. 빠르고 간결했으며 흐트러짐이 없는 몸짓이었다. 여자는 무슨 패가 나와도 좋다는 듯 승리를 확신한 얼굴로 딜러를 보고 있었다.

딜러의 패를 확인한 여자가 자신의 카드를 오픈했다.

『이런, 이거 어쩌죠? 또 이겨 버렸네요.』

여자의 말에 딜러의 얼굴이 창백하게 굳어졌다.

A(에이스), 3, 딜러가 마지막으로 받은 카드는 9, 10.

23이 되어 카드가 죽어 버린 딜러가 동양인 여자를 당황한 눈으로 보았다. 확률상 이번 판의 승자는 딜러여야 했다. 하지만 연속적으로 높은 숫자가 나온 이 상황을 도대체 뭐라고 설명해야 할까.

『오우, 아가씨 정말 운이 좋은데?』

그래, 눈앞에 있는 이 여인의 운이 지나치게 좋다고 하는 게 옳을 것이다. 다른 플레이어의 선택에 따라 영향을 많이 받는 블랙잭에서 이토록 높은 승률을 차지하는 건 단순히 '운이 좋다'라는 말로밖엔 설명할 수 없었다.

뒤에서 들린 영국식 억양이 강한 영어에 여자가 경박할 만큼 깔깔 웃음을 터뜨렸다. 그리고 눈가에 고인 눈물을 손가락 끝으로 콕콕 찍어 닦으며 말했다.

『요즘 승리의 여신이 저한테 껌딱지처럼 붙어서 떨어질 생각을

13

하지 않아요.』

『그래도 이건 너무 심하잖아. 승리의 여신이 와도 못 나올 확률이라고.』

동양인 여자의 곁에 앉아 있는 여인이 말했다. 여인은 유일하게 처음부터 마지막까지 여자와 함께 게임을 즐기고 있는 플레이어였다. 얼굴에 간간이 져 있는 주름을 보았을 땐 꽤나 나이가 들어 보였지만 탱탱한 가슴과 호리병처럼 매끄러운 몸매를 보면 도저히 나이를 가늠할 수 없는 사람이었다.

『미안해서 어쩌죠?』

동양인 여자가 여인의 앞에 칩이 하나도 남아 있지 않은 걸 확인한 후 말했다. 그러자 여인은 별 대수롭지 않다는 듯 어깨를 으쓱였다.

『미안하면 적선이라도 하든가.』

『적선을 받을 만큼 초라한 행색이 아니어서 그러고 싶진 않아요.』

동양인 여자가 여인을 머리부터 발끝까지 눈으로 훑었다. 전문가의 관리를 받은 것이 분명해 보이는 헤어와 메이크업, 네일은 그렇다 치더라도 입고 있는 드레스는 한눈에 보아도 고가의 것이 분명했다.

가슴골을 그대로 보이는 드레스를 보던 여자가 어깨를 으쓱였다. 그녀의 말에 여인이 깔깔 웃음을 터뜨렸다.

『재미있는 아가씨네. 어느 나라 사람이에요? 중국? 일본? 한국?』

『한국인이요.』

『오, 그 나라라면 나도 다녀온 적이 있어요. 7년 전이었던가, 남자친구와 한 번 평양을 다녀왔죠.』

손뼉까지 치며 여인이 두꺼운 입술을 부드럽게 휘며 말하자 여자가 어깨를 으쓱였다.

『아쉽게도 제가 살고 있는 나라는 대한민국이에요. 우리나라 사람들은 평양을 가 볼 수가 없죠.』

『그것참, 유감이네요.』

전혀 유감인 표정은 아니었으나 고국의 이야기에 여자가 고개를 끄덕였다.

『정말 유감이죠.』

6개월 전 훌쩍 날아온 이탈리아. 그리고 기약 없이 이어지는 이 여행에서 한국을 생각하는 것은 이번이 처음이었다. 그래서 그런 것이리라. 여자의 눈빛이 묘하게 어둠을 머금은 것은.

『판돈은 다 잃었으니, 이번엔 이걸 걸게요. 어때요?』

여인이 목에 걸고 있던 목걸이를 풀어 칩을 놓는 자리에 내려 놓았다. 메인 다이아몬드가 5캐럿에 달하고 주위에 스브 다이아몬드처럼 박혀 있는 것들 또한 족히 0.5캐럿에서 1캐럿 정도 되는 어마어마하게 화려한 목걸이였다. 아마 그 화려함만큼이나 가격도 억 소리 날 것이다.

여인이 입고 있는 붉은 드레스와 잘 어울렸던 목걸이에 여자가 좋다는 듯 고개를 끄덕이며 딜러의 얼굴을 살폈다. 그는 곤란하다는 듯 인상을 구기고 있었다. 그러자 여자는 여인에게 인심 좋게 칩을 내밀었다.

『다 잃으면 제가 목걸이를 가지는 걸로 하죠. 어때요?』

『콜.』

여인이 웃으며 칩을 목걸이 옆에 후루룩 떨어뜨렸다. 여자가 준 칩의 전부를 걸었다.

또다시 카드가 두 여인과 딜러의 앞에 놓이기 시작했다. 그리고 결과는 애초에 정해져 있었던 것처럼 이전의 게임들과 같았다.

자리에서 일어난 동양인 여자가 목걸이를 손에 쥐었다. 그리고 허공에서 흔들며 웃는다.

『이건 제가 가져갈게요.』

손가락 사이에 위태롭게 걸려 있는 목걸이를 움켜쥔 여자를 보며 여인은 졌다는 듯 양팔을 들곤 절레절레 고개를 저었다.

『다음엔 당신과 같은 테이블에 앉지 말아야겠어.』

『탁월한 선택이시네요.』

『쳇.』

혀를 찬 여인은 칩을 챙기는 여자의 뒷모습을 보았다. 엄청난 양의 칩을 천 자루에 쓸어 담는 여자는 하룻밤에 어마어마한 돈을 번 사람치곤 너무나 심드렁한 얼굴을 하고 있었다. 최후의 승자가 되는 일이 익숙하다는 듯이.

『어떻게 그렇게 잘해요?』

여인의 물음에 여자는 자루를 챙겨 들며 말했다.

『이기려고 하지 않으니까.』

『음?』

무슨 말인지 몰라 여인이 고개를 기울이자, 여자는 입술을 늘어뜨려 희미한 웃음을 지으며 말했다.

『이기려고 하면 지고, 지려고 하면 이기죠. 아이러니하게도 말이에요.』

『그거 재미있는 말이네요. 다른 사람들이 들으면 무지하게 열받을 것 같기도 하고요.』

여인이 힐끗 딜러를 보며 말했다. 그러자 여자는 자신의 일이 아니라는 듯 어깨를 으쓱인다.

서서 보니 동양인 여자는 여인과 머리 하나 차이가 날 정도로 작았다. 웨이브가 들어가 있는 머리카락을 길게 늘어뜨린 여자는 쌍꺼풀 없이 큰 눈이 인상적이었다.

동양인을 좋아한다는 이탈리아 남자들이 보면 그냥 지나칠 수 없는, 길을 걸으면 쉼 없이 벨라(예쁘다)라는 말을 들을 것만 같은 여자.

여인은 더 이상 볼일이 없다는 듯 자리를 뜨려는 여자를 붙잡았다.

『내 목걸이를 가지고 갔으니 당신의 이름 정도는 알고 싶은데…….』

여자의 얼굴에 순간 망설임이 머물렀다. 우연히 한 시간 게임을 함께 즐긴 사람에게 자신의 이름 정돈 가르쳐 줄 수 있었으나 여자는 입술을 굳게 다물고 있었다. 방금 전까지 게임에서 수없이 많은 승부수를 걸었던 대담한 여자가 맞나, 싶을 정도로.

그리고 얼마의 시간이 흐른 후, 도톰하고 작은 입술이 달싹였다.

『미우, 미우예요.』

『내 이름은 마리예요.』

여자가 고개를 끄덕이곤 이젠 더 이상 볼일이 없다는 듯 몸을 돌렸다.

그렇게 멀어져 가는 그녀의 뒷모습에 대고 여인이 말했다.

『다음에 내 이름을 듣게 되면, 그땐 힘껏 도망쳐요.』

『네?』

이해할 수 없는 말에 자신을 미우라고 소개한 여자가 고개를 기울이며 물었다. 하지만 여인은 낮은 웃음을 흘리며 모호한 답을 내뱉는다.

『있는 힘껏 도망쳐야 해요. 알겠죠?』

『뭐, 그럴게요.』

짧은 답과 함께 여자는 곧장 걸음을 옮겨 카지노를 빠져나갔다. 그녀의 모습이 시야에서 사라지자 여인이 작은 목소리로 읊조린다.

『난 분명 경고했어요.』

그 목소리가 마치 비웃음을 담고 있는 것 같았다.

✥   ❖   ✥

오늘따라 호텔 로비의 경비가 더욱 삼엄하게 느껴졌다. 미우는 엘리베이터에 내리자마자 평소보다 다섯 배는 많은 슈트 입은 사내들의 모습에 잠시 위압감을 느낀 듯 걸음을 멈췄다. 그러곤 남자들의 허리춤에 꽂혀 있는 권총을 보며 읊조렸다.

"무슨 날인가?"

좋은 호텔인 만큼 나폴리에 오는 외국 수상들이 종종 묵는다는 이야기를 언뜻 프런트에서 들은 게 떠올랐다. 하지만 곧 호기심은 사라지고 그녀의 발길이 회전문으로 빠르게 향한다.

이탈리아를 여행한 지 6개월, 대부분의 식사를 룸서비스, 혹은 호텔 지하에 마련된 레스토랑에서 해결하곤 했던 그녀였다. 하지만 근 3일 만에 깊은 숙면을 취해 얻은 상쾌함에 근처 레스토랑에서 즐겁게 식사를 하리라 마음먹고 정성스레 화장을 하고 아무렇게나 사들인 원피스를 입고, 킬힐을 신고 길을 나서는 참이었다.

또각또각.

화려한 금가루가 총총 박혀 있는 대리석 바닥과 유색보석 장식이 박혀 있는 굽이 부딪혀 요란한 소리를 냈다.

작은 지갑만 들어 있는 가방으로 회전문을 밀고 호텔을 나서던 미우는 맞은편에서 오던 남자를 미처 보지 못하고 어깨를 부딪쳤다. 아찔한 힐 위에서 겨우 중심을 잡고 있던 그녀의 몸이 휘청거리고 곧 갸우뚱 기울었다.

"어!"

그녀가 깜짝 놀라 허공에서 팔을 허우적거릴 때였다.

커다란 손이 그녀의 가는 팔목을 움켜쥐더니 제 쪽으로 쭉 잡아당긴다. 별 힘을 들이지도 않고 미우를 붙잡아 준 그가 미간을 찌푸렸다. 자신도 모르게 손을 뻗어 그녀를 넘어질 위기에서 구하긴 했으나 상대와의 접촉이 마음에 들지 않는 듯 서둘러 그녀의 팔목을 놓았다.

속주머니에서 손수건을 꺼낸 그가 손을 닦는 모습을 멍하니 보던 미우가 침을 꼴깍 삼켰다.

와! 거참, 잘생겼네.

어느 나라 사람인 줄은 몰랐으나 키는 그녀와 머리통 하나가 차이 날 정도로 컸고, 어깨 또한 탄탄한 근육으로 인해 넓었다. 적당히 달라붙어 있는 검은 셔츠 안엔 운동으로 잘 다듬어진 가슴과 허리 라인이 있을 법했고, 패션 또한 괜찮았다.

그를 머리서부터 발끝까지 눈으로 쭉 훑은 그녀가 다시 시선을 옮겨 얼굴을 보았다. 얼굴은 더 멋있었다. 머리부터 발끝까지 온통 먹물을 뒤집어쓴 것처럼 검은 사내이긴 했으나 그것 또한 묘한 분위기를 풍기고 있어 칙칙하기보단 흑표범을 연상시켰다. 마치 외국잡지에서 볼 법한 모델처럼 말이다.

남자의 눈동자를 빤히 바라보던 미우는 순간 자신이 너무 집요한 시선으로 보고 있다는 것을 깨달았던지 얼굴을 붉혔다.

「죄송합니다.」

그녀의 사과에도 남자는 손수건으로 정성스럽게 제 손을 닦은 후 정문 구석에 놓여 있는 휴지통 쪽으로 걸음을 옮겼다. 그리고 새것에 가까운 손수건을 쓰레기통에 처박은 후 그녀의 곁을 지나 호텔 안으로 들어간다.

그 모습을 허망하게 바라보던 미우가 짜증이 섞인 어투로 말했다.

"더럽게 싸가지 없네."

그래도 잘생겼으니까 봐준다.

가벼운 웃음을 흘린 미우가 씩씩하게 걸음을 옮겼다.

사람들 사이를 빠르게 걷던 남자는 자신에게 다가오는 무리를 보았다. 사내들이 가볍게 고개를 젓는 것을 보던 그가 무심한 눈동자로 읊조렸다.

「CCTV는?」

「어제 저녁에 호텔을 빠져나간 것만 찍혀 있습니다.」

「지금 로비를 제외한 다른 곳의 CCTV도 확인하고 있습니다.」

남자의 말에 서늘한 얼굴에 감정이 실렸다. 바로 뒤쫓아 왔는데 아슬아슬하게 놓쳐 버린 것이다.

「마리…….」

널 찾으면 어떻게 해야 하는 걸까.

반항을 하면 사지를 갈기갈기 찢어서라도 데리고 오라던 돈(Don: 대부)의 명대로 해야 하는 것일까.

굳게 닫혀 있던 입술이 달싹였다.

「숨바꼭질이 길어지는군.」

그래, 어디까지 숨는지 보자고.

만남

로이아노 지하 2층에 위치한 고급 바는 투숙객들을 위한 공간으로 오늘도 은은한 클래식 음악이 흐르고 있었다.

그곳에서 다리가 닿지 않는 높은 의자에 앉아 위태롭게 잔을 쥐고 있는 미우의 눈이 반쯤 감겨 있었다.

간혹 그녀에게 남자들의 시선과 함께 장난스러운 수작이 날아들었지만 미우는 귀머거리처럼 아무것도 들리지 않는다는 듯 그들의 관심을 물렸다. 하지만 어딜 가든 용자는 있는 법, 금발이 매력적인 사내가 그녀에게 다가와 치근덕거렸다.

「당신 무척 예쁜데? 어때? 밖에 나의 훌륭한 애마가 있는데. 드라이브를 하지 않겠어?」

꽤나 매력적인 이탈리안이 그녀의 옆자리에 앉아 적극적으로 대쉬했다. 하지만 미우는 멍하니 호박색의 잔만 볼 뿐 그의 말에 답을 하지 않는다.

거절도 긍정도 않는 모습에 그가 미간을 찌푸렸다. 하지만 미우는 힘없이 잔을 기울여 안에 있는 술을 모두 입안으로 털어 낸 후 자리에서 일어났다.

비틀.

순간 몸이 옆으로 기울자 그가 미우의 팔을 붙잡아 부축하며 말했다.

「이런, 당신 많이 취했네.」

미우가 그의 손을 털어 내며 히죽 웃었다.

「건드리지 마세요.」

「이런! 예쁜이, 말을 할 줄 알잖아.」

답을 하지 않기에 혹여 그녀가 말을 못 하거나 듣지 못하는 사람은 아닐까 생각했던 이탈리안은 밝은 얼굴로 그녀에게 말했다. 그 모습을 멀뚱하게 올려다보던 그녀가 입술 끝을 휘어 상큼하게 웃었다.

「어디 그뿐이게요?」

미우가 붙잡힌 손목을 털어 내며 말했다.

「욕도 잘해요.」

테이블에 지폐를 내려놓은 미우가 비틀비틀 걸음을 옮겨 엘리베이터로 향했다. 자신에게 와 닿는 따가운 시선이 느껴졌으나 이미 알코올에 푹 절어 버린 몸과 정신은 이를 알아차리지 못했다.

엘리베이터에 오른 미우가 눈을 감았다.

"후우."

깊은 한숨 속엔 답답함이 숨어 있다.

잠이 오지 않으면 술을 찾았다. 술을 찾았음에도 여전히 의식이 또렷할 땐 하얗게 밤을 새우곤 했다. 발악해도 되지 않을 땐 자포자기했다.

눈을 감으면 생각나는 그 사람의 얼굴. 뇌리에 각인된 그의 목소리에 맨정신으로 지낼 수가 없었다.

천천히 눈을 뜬 미우가 거울에 비친 초췌한 자신의 모습을 보며 웃었다.

"자고 싶다."

목소리는 누군가를 향한 그리움을 담고 있었다.

엘리베이터에서 내린 미우가 비틀거리며 룸으로 향했다. 카드를 대고 안으로 들어가자마자 허리를 굽혀 끈으로 되어 있는 힐부터 벗어 던졌다. 푹신푹신한 카펫을 소리 없이 밟아 걸음을 옮기던 그녀는 현실감각이 없을 정도로 화려한 룸을 무심한 눈으로 본 뒤 말없이 창가로 향했다.

예전이라면, 아니, 적어도 6개월 전이라면 묵을 생각은 엄두도 못 내는 곳이었지만 이젠 제법 익숙한 환경이 되었다.

창가 납작한 난간에 다리를 쭉 펴고서 위태롭게 앉은 미우가 어두컴컴한 도시 전경을 보았다.

베네치아에서 시작된 여행은 어느새 나폴리까지 이어졌다. 처음 세계 3대 미항이란 곳이 사실은 빨래 천지에 쓰레기로 엉망인 도시라는 것을 알았을 때도 그녀는 실망하지 않았다. 애초 이번 여행은 이탈리아를 즐기기 위해 떠나온 것도 아니었고, 기대도 없었다. 그녀가 이번 여행을 떠나올 때 정한 것이 있다면 단 하나였다.

여행경비를 모두 써 버리면 이번 여행을 끝낸다.

"3개월이면 끝날 줄 알았는데."

미우가 입가에 조소를 머금으며 읊조렸다.

한국의 모든 재산을 처분하고 떠나온 길. 그 여행 속에서 미우는 여전히 발길이 닿는 대로 이곳저곳을 전전하며 시간을 허투루 흘려보내고만 있었다.

이탈리아는 아주 매력적인 도시였다. 매력적인 이탈리안이 있었고, 지중해를 끼고 있어 주위의 국가에서도 관광객들이 몰려들어 어느 도시든 사람들로 넘쳐났다. 그 속에 끼여 있는 동양인을 신경 쓰는 이는 극히 일부였다. 장난스럽게 휘파람을 부는 사내들 혹은 같은 한국인들 정도.

하지만 가슴이 뛰지 않았다. 분명 즐거워야 할 여행이었건만. 무엇을 빠뜨린 듯이 모든 것들에 감흥을 느낄 수 없었다.

컴컴한 도시 속 야경을 한참이나 바라보더니 자리를 털고 일어나 드레스를 벗어 던진다. 패션을 위해 과감히 브래지어를 생략한 덕에 자신의 몸을 대충 가리고 있던 드레스를 벗자마자 손바닥만 한 팬티를 제외하곤 실오라기 하나 걸치지 않은 몸이 되었다.

하지만 곧 속옷까지 과감하게 벗어 던진 미우가 욕실 문을 열고 안으로 들어갔다. 그리고 얼마의 시간이 흐르지 않아 곧 시원한 물줄기가 쏟아지는 소리가 들려왔다.

새근새근.

넓은 공간 안에 고른 소리만이 울렸다. 그녀의 주위로 코를 찌를 만큼 끔찍한 알코올 향이 둥둥 떠다녔다. 하지만 술에 취해 룸으로 돌아온 뒤에도 샤워까지 말끔하게 하고 잠자리에 든 그녀의 얼굴은 깊은 숙면을 취하는 것인지 그 어느 때보다 평온해 보였다. 미동도 하지 않던 미우가 곧 몸을 뒤척였다.

몸을 가리고 있던 가운 자락이 벌어져 소담한 가슴이 드러났다. 작은 키 덕에 그리 길지 않은 허벅지 또한 훤히 드러났지만 정작 당사자는 이를 꿈에도 모른 채 평온한 숨만 내뱉고 있을 때였다. 소리 없는 그림자가 방 안으로 들어온 것은.

방을 빠르게 훑던 남자의 발에 묵직한 가방이 차였다. 지퍼를 잠가 놓지 않아 안에 담겨 있던 유로화가 훤히 보였지만 남자의 눈은 어째선지 그 어떠한 감정도 보이지 않았다. 누구나 한 번쯤 큰돈을 목전에 둔다면 욕망을 비칠 법도 한데 말이다.

그런 남자의 시선이 돌연 바뀐 것은 가방 안에 들어 있는 목걸이를 본 후였다. 무릎을 굽혀 목걸이를 들어 올린 그의 입가가 일자로 굳어졌다.

「마리…….」

짧게 읊조린 그가 허공 어딘가를 살폈다. 침실이 있는 쪽 방향이었다. 목걸이를 가방에 다시 던져 놓은 그가 긴 다리를 움직여 빠르게 시선이 닿은 쪽으로 향했다. 그리고 그곳에서 흰 가운을 입은 채 잠들어 있는 여자를 무감한 눈으로 바라보던 그가 침대 위에 무릎을 대 몸을 지지했다.

미우는 세상모른 채 잠들어 있었고, 가운은 그녀의 몸을 모두 가려 주지 못했지만 남자는 성욕을 느끼지 못하는 사람처럼 무릎 사이에 그녀를 가둔 뒤 가느다란 목을 움켜쥐었다.

남자의 손등에 푸른 힘줄이 돋아났다. 장난과 협박이 아닌 진심으로 그녀를 죽일 생각인 것인지 손길은 무자비했다.

"컥!"

잠을 자다가 봉변을 당한 미우가 곧 희미하게 눈을 뜬 채 자신의 목을 움켜쥐고 있는 손을 떼어 내려 잡았다. 본능적인 행동이었다. 하지만 단단하고 커다란 손은 새의 몸짓에 지나지 않은 바르작거림을 쉬이 무시해 버렸다.

"끅……!"

피부가 점점 창백하게 변해 갔고, 입술이 바들바들 떨렸다. 곧 눈을 뒤집고 질식해 버릴 것 같은 미우를 보며 남자가 자신의 손가락을 파고드는 손톱은 무시한 채 말했다.

「마리는 어디 있지?」

고저 없는 목소리에 미우가 꺽꺽 숨을 몰아쉬었다. 답을 해 주고 싶어도 목을 조르고 있는 손길에 소리를 내는 것조차 불가능했다.

미우는 정신이 점차 아득해져 가는 것을 느끼며 속으로 웃음을 삼켰다.

자신의 이름을 밝히던 여자가 마지막에 뭐라고 했더라?

아아, 기억났다.

『다음에 내 이름을 듣게 되면, 그땐 힘껏 도망쳐요.』

그래, 이러한 말을 했다.

아마 자신 덕에 미우가 위험해지리란 것을 예상했다는 듯이.

미우는 온통 먹을 뒤집어쓴 것 같은 남자의 얼굴을 올려다보았다.

세상 밖은 어느새 점차 빛이 찾아들고 있었고, 그 빛에 남자의 모습을 선명하게 볼 수 있었다. 흑발과 깊이를 알 수 없는 검은 눈동자는 마치 죽음의 사신 같았다. 이러한 생각엔 창백하리만치 새하얀 피부도 한몫 더했다. 하지만 지금 이 순간 미우에게 그는 사신이나 악마가 아닌 천사로 보였다.

묘한 분위기를 풍기는 감정 없는 표정을 보며 그녀가 입가에 미소를 머금었다.

로비에서 봤던 그 남자네? 아아, 역시 생각했던 대로 싸가지가 없잖아. 잘 알지도 못하는 사람의 목부터 조르는 인간이라니.

소리 없이 들린 입술에 남자의 얼굴에 순간 균열이 간다. 미우가 즐겁다는 듯이 웃고 있었다.

경동맥을 누르고 있던 남자가 엄지손가락에 힘을 풀었다. 그러자 약간 숨통이 트인 미우는 미약한 기침을 내뱉은 후 곧 감길 것 같은 게슴츠레한 눈을 천천히 깜빡이며 말했다.

「멋진 아저씨…… 컥!」

미우가 장난스럽게 웃었다. 그러나 남자는 말없이 미우를 내려다보기만 했다. 모든 것을 빨아들일 것만 같은 검은 눈동자를 깜빠이지도 않은 채.

「아저씨 손에 죽는 것도 괜찮겠네요.」

꿈틀.

남자의 눈썹이 움직였다. 무언가가 그의 신경을 건드린 듯했다.
하지만 미우는 여전히 웃음을 잃지 않은 채 말을 잇는다.

「잘 죽여 줘요.」

천천히 깜빡이던 눈이 이내 완전히 감겼다.

그녀의 목을 조르던 손은 어느새 아래로 뚝 떨어져 있었다.

✣ ❖ ✣

깔끔한 슈트 차림의 남자들이 마치 성벽처럼 한 남자를 지키고
있었다.

그들의 가운데서 평온한 얼굴로 책을 읽고 있는 남성에게선 다른
이들을 짓누를 만큼 강력한 분위기가 풍겨져 나온다. 감히 범접할
수 없는 분위기는 그가 죽인 자들의 피값이 만들어 낸 결과였다.

파블리오 이아퀸타.

나폴리 마피아 최대 조직인 '파블리오'의 주인이었다.

나폴리 내에 그의 손길이 닿지 않은 사업, 정부부처가 없다 할
정도로 막강한 권력을 가진 자. 아니, 어디 나폴리뿐이던가. 이탈
리아를 넘어 이젠 중국 삼합회와 콜롬비아 카르텔과 손을 잡아
전 세계에 악명을 떨치고 있었다.

그런 그의 신경을 요즘 마리란 여자가 건드리고 있었던 것이다.

「마리는?」

입술을 늘어뜨려 웃은 파블리오가 남자를 보았다.

젊을 적엔 꽤나 여자를 울렸을 법한 파블리오는 꽤나 훌륭한 마스크를 가지고 있었으나 잔혹한 성정과 분위기를 견뎌 낼 여자는 없었다. 매혹적인 얼굴에 속았다가도 금세 그의 악명을 떠올리고, 사지가 떨릴 만큼 두려운 언행에 오줌을 지릴 정도였으니까.

그리고 그건 산전수전 다 겪은 이 방의 사내들 역시 마찬가지였다. 모두들 무표정을 가장하고 있었으나, 일부러 갈무리해 내만든 것이었다.

단 한 명을 제외하고선.

어둠처럼 음습한 분위기를 풍기는 남자는 허리를 숙여 인사한 후 감정 하나 드러내지 않은 채 말했다.

「목걸이를 찾았습니다.」

「주인은?」

가벼운 물음에 남자는 음색 하나 흔들리지 않으며 답했다.

「호텔 CCTV를 확인해 보니 이미 빠져나간 후였습니다. 시칠리아로 간 것 같습니다.」

「시칠리아?」

「네.」

시칠리아에 있는 껄끄러운 상대를 떠올린 파블리오가 짜증스럽게 말했다.

「젖통만 큰 머리 빈 여잔 줄 알았는데, 쥐새끼였군.」

이탈리아에서 파블리오의 손이 유일하게 닿을 수 없는 곳으로 도망치다니. 자신의 동생이자 그의 구역까지 넘보고 있는 사내를 떠올리자 머리가 지끈 아파 오는 듯 얼굴을 구겼다.

「주위에 사람을 보내 뒀습니다.」

시칠리아 주위에 은밀히 심어져 있는 식구를 떠올리며 남자가 답하자 파블리오가 고개를 끄덕였다. 그리고 방금 전까지 의미 없이 펼쳐 두고 있던 책을 덮어 뒤로 내밀자 어느새 다가온 이가 책을 받아 들어 책꽂이에 꽂았다. 굳이 지시하지 않아도 그의 주위에 있는 이들은 자신의 돈(Don)을 긴밀하게 살피며 행동하고 있었다.

파블리오의 입술이 부드럽게 호를 그렸다. 턱을 괸 그는 마치 이 방에서 유일하게 이방인처럼 동떨어진 분위기를 풍기고 있는 남자를 보았다.

「여자를 잡아 왔다지?」

「목걸이를 가지고 있던 여자입니다. 마리와의 관계를 묻고 있습니다.」

「그래, 마리가 자신의 물건을 선선히 다른 사람한테 주진 않았을 테니까.」

탐욕스러운 여자였고 값비싼 물건이라면 무조건 제 손에 들어와야 직성이 풀리는 여자였다. 그런 여자가 마음에 들어 하던 목걸이를 호텔 카지노에서 처음 본 여자에게 줄 리가 없지 않은가. 이는 파블리오와 마리의 곁을 그림자처럼 지켰던 남자 또한 동감하는 바였다.

남자가 유리알처럼 반짝이는 눈에 아무런 감정도 담지 않은 채 자신을 바라보자 파블리오는 그 모습이 꽤나 마음에 들었던 것인지 매혹적인 웃음을 머금으며 말했다.

「입을 열지 않으면 찢어서라도 알아내. 말로 하지 않으면 뇌라도 꺼내서 확인해라. 내 말이 무슨 뜻인지 알겠지?」

남자는 답 대신 허리를 숙인 후 자신의 돈(Don)을 보았다.

당신의 뜻대로.

눈빛이 마치 그리 말하고 있는 것만 같았다.

❖　❖　❖

가운만 걸친 채 의자에 묶여 축 늘어져 있던 미우의 작은 몸이 움찔 떨렸다. 몸엔 흉터 하나 없이 깨끗했지만 이곳으로 끌고 올 때 약간의 수면제를 사용해서 그런지 마치 슬로우를 걸어 놓은 것처럼 힘겹게 몸을 떨고 있었다.

등을 동그랗게 만 채 기절해 있던 그녀가 게슴츠레 눈을 뜨며 주위를 살폈다. 사방은 돌로 막혀 있었고, 작은 틈도 보이지 않았다.

"이게…… 뭔 일이야."

몸에 있는 수분이란 수분은 모두 말라 버린 것인지 미우가 거친 목소리로 읊조렸다. 하지만 주위엔 그녀의 말에 답을 줄 사람은 아무도 없었다. 정면에 위치한 두꺼운 철문을 바라보던 그녀가 거칠게 기침을 토해 냈다.

"콜록콜록!"

장기가 모두 뒤틀려 버린 것처럼 미식거리는 속에 미우가 정신을 차리지 못하고 있을 때였다. 문득 옴짝달싹 못하도록 상체를 단단히 묶어 놓은 끈이 보였다.

"무슨 일이긴 무슨 일이야, 누가 봐도 납치구만."

고개를 뒤로 젖혀 조각조각 잘 맞춰져 있는 돌로 된 천장을 보며 눈만 깜빡이던 미우가 한숨처럼 말을 내뱉은 뒤 쓴웃음을 짓고 말았다. 빨리 끈을 풀고 이곳에서 도망가야 했지만 그녀는 도망갈 마음이 없는 듯했다. 아니, 도망갈 생각은 애초에 하지 않았다.

돌 벽에 달린 크리스털 조명을 홀린 듯 바라보고 있던 미우는 문 밖에서 들려오는 소음에 눈을 감았다.

「건드려도 지금 건드리는 게 좋다니까?」

두꺼운 청동 문을 통해 들려오는 희미한 말소리에 미우의 미간이 저절로 찌푸려졌다.

"건드리긴 뭘 건드려."

말을 해도 어떻게 저리 천박하게 할 수 있는 것인지. 투덜거리던 미우가 곧이어 들려오는 말에 귀를 쫑긋 세웠다.

「옴브레(Ombre:그림자)가 돌아오면 살려 두지 않을걸?」

「그래, 맞아.」

"옴브레라……."

그림자를 뜻하는 단어에 미우는 순간 한 남자를 떠올렸다. 머리부터 발끝까지 온통 검은 먹칠을 한 남자. 호텔 방에서 그에게 목이 졸렸을 때도 남자에게선 아무런 냄새도, 아무런 감정도 느낄 수가 없었다.

미우는 저들이 남자를 부르는 단어가 그와 꽤 어울린다 생각하며 비웃었다. 이런 생각을 하는 자신이 순간 멍청하다고 생각이 되어.

「겁쟁이들은 빠지라고! 나 혼자서라도 맛볼 테니까!」

"맛을 보긴 뭘 봐, 내가 음식이냐?"

구시렁구시렁 말을 내뱉던 미우는 계속 문 밖에서 실랑이를 하는 사내들의 음성을 들으며 눈을 감았다.

"죽은 척이라도 할까."

그렇다고 저급한 인간들이 자신을 건드리지 않으리란 법은 없었지만 그래도 묶여 있는 이 상황에서는 딱히 뾰족한 수가 떠오르지 않았다.

다툼이 끝나고 결론이 난 것인지 문이 열리는 소리가 들리자 미우가 고개를 들어 보았다.

끼이익.

두꺼운 철문이 열리고 얼굴에 흉측한 상처를 가진 남자가 들어왔다.

「깨어났네?」

아, 이런. 죽은 척하려고 했지.

미우는 미처 눈을 감지 못한 자신의 멍청함을 탓하며 미간을 찌푸렸다. 남자가 음흉한 웃음을 지으며 그녀에게 천천히 다가왔다. 걸음은 성급했고, 호흡은 거칠어지고 있었다.

「오늘 내가 너에게 재미있는 일을 하나 제안할까 하는데. 내 말만 들으면 이곳에서 널 나가게 해 줄 수도 있어.」

뒤에 따라붙은 말이 제법 달콤한 제안이라도 되는 듯 남자가 은밀한 목소리로 말했다. 하지만 미우는 이에 콧방귀를 뀌며 시니

컬하게 웃었다.

「내가 보기에 넌 이곳에서의 위치가 그렇게 높아 보이지가 않는데?」

「뭐?」

「넌 날 이곳에서 빼 줄 능력은 없어 보인다고.」

말을 끝낸 미우가 조소 지었다. 그러자 정곡을 찔린 남자는 순간 손을 날렸다.

짝!

에일 듯한 아픔에 미우의 눈이 동그랗게 떠졌다. 매서운 손길에 고개가 돌아가고, 전신으로 고통이 번졌지만 자신의 뺨을 힘껏 후려친 흉측한 상처를 가진 남자는 감흥 없는 얼굴로 다시 한 번 손을 높게 치켜들었다.

짝! 짝!

연달아 고개가 힘껏 꺾이고, 입술에선 붉은 피가 흘렀다. 얼얼한 뺨은 이제 감각이 없어 아프지 않았지만 방금 터져 버린 입술은 아팠다. 사람은 가장 최근의 아픔을 잘 기억했다.

옴짝달싹할 수가 없어 곰 같은 사내의 손길을 고스란히 받던 미우는 곧 제 가슴에 닿는 강력한 발길질에 의자째 뒤로 꼬꾸라졌다.

"쿨럭!"

입에서 거친 기침과 함께 피가 왈칵 쏟아졌다.

고통에 눈을 질끈 감은 미우가 입술을 잘근잘근 씹었다.

아, 아프다……

아프다, 정말 아프다.

머릿속에선 온통 아픔에 대한 생각뿐, 다른 잡설은 떠오르지 않는다. 기절한 것이 분명했던 자신이 왜 사방이 돌로 막힌 이상한 성으로 끌려왔는지, 묶여서 맞아야 하는지. 현실감각을 잃은 미우가 눈만 껌뻑이며 연신 피를 토했다.

"쿨럭, 쿨럭⋯⋯!"

미우의 입에서 피가 울컥 쏟아졌지만 남자는 눈 하나 깜짝하지 않았다. 정신을 차리지 못하는 그녀의 앞에서 날카로운 칼을 꺼내 상체를 묶고 있는 끈을 끊어 냈다. 그리고 그와 동시에 등 위를 무릎으로 내려찍어 옴짝달싹 못하게 만들었다.

「그래, 네년이 정확하게 봤어. 나에겐 그럴 힘이 없지.」

"끄윽⋯⋯."

아직도 고통에서 허우적거리며 미우가 나약한 신음을 내뱉었다.

「갑자기 꿀 먹은 벙어리가 된 건 아닐 테고.」

험상궂은 사내의 말에 미우의 입술이 호를 그렸다. 그리고,

「언제는⋯⋯ 말할 시간은 줬나?」

자신을 흠씬 두들겨 패던 남자를 바라보며 힘겹게 말을 내뱉었다. 남자의 얼굴에 균열이 가는 것을 그녀는 만족스럽게 바라보았다. 쌤통이다 싶기도 했다.

하지만 성미를 더 건드려 버린 것인지 남자가 손을 뻗어 미우의 가운 자락을 붙잡아 무자비하게 찢어 버렸다.

찌익— 찌이익—!

「끌끌.」

남자의 웃음소리와 함께 맨살에 거친 손길이 닿자 미우의 고개
가 번뜩 들렸다. 이제야 상황 파악이 된 것인지 그녀의 얼굴에서
핏기가 가셨다.

「놔, 비켜!」

「함부로 입을 놀렸으면 그만한 대가는 치러야지.」

남자의 몸 아래에서 벗어나려 발악해 보았지만 남자는 순식간
에 가운 아래로 손을 넣어 그녀의 가슴을 움켜쥐었다.

그 순간, 그녀의 반항이 멈췄다.

「뭐야, 이제 나와 할 마음이 생겼어?」

「아니.」

짧게 답한 미우가 곧장 말을 이었다.

「네가 당장 내 몸에서 손을 떼지 않으면 혀를 깨물고 죽을 생
각이야.」

미우가 감정 없이 빠른 목소리로 말했다. 음성엔 진심이 그득
했다.

사내가 마치 해 보란 듯이 비웃으며 손을 움직이는 그때, 미우
의 얼굴에 뜨뜻미지근한 액체가 튀었다.

탕!

쿵!

날카로운 총성과 함께 거구의 남자가 비스듬히 그녀의 몸 위로
쓰러졌다.

제 코를 찌르는 비릿한 냄새에 미우가 서둘러 손을 들어 코를

막으며 남자를 밀어냈다. 정확하게 머리를 관통한 총알 덕에 그녀는 방금 전까지만 해도 기세등등하게 자신을 겁탈하려던 남자의 피를 고스란히 써 버렸다.

그녀는 코를 막지 않은 다른 손으론 손을 들어 제 얼굴에 튄 뇌수와 피를 닦아 냈다. 그리고 멍하니 피로 얼룩진 손을 내려다 보았다.

「그럼 곤란하지.」

미우의 시선이 철문 앞에 서 있는 사람에게로 향했다. 검정색 유화물감을 발라 놓은 것처럼 아주 새까만 흑발의 남자는 그와 똑같은 색깔의 눈동자를 가지고 있었다.

하지만 머리 위에서 빛나고 있는 조명 때문일까, 미우는 순간 남자의 눈동자가 잿빛에 가깝다는 생각을 했다. 이것이 단순한 착 각일지도 모르겠지만.

「여기서 보니 반갑네요. 방금 전 불쾌한 일을 겪긴 했지만.」

아무런 향도 가지지 않은 채 호텔에서 자신의 목을 조르던 그 남자였다. 남자는 몸에 적당히 핏이 되는 슈트를 입고 아무런 표정 없이 자신을 내려다보고 있었다. 그의 시선이 제 몸에 닿자 미우가 서둘러 걸레 조각이 된 가운으로 몸을 가렸다.

여자의 나체에도 그는 아무렇지도 않은 표정으로 미우를 바라보며 다가왔다. 그리고 구두로 남자의 머리를 걷어찬다. 남자는 단 한 발의 총알로 숨통이 끊어진 상태여서 신음조차 내지 않았다.

고개를 돌려 미우를 내려다보던 그가 허리를 숙였다. 순간 몸을 움찔 떨었지만 남자는 미우가 몸을 가리고 있던 천을 끌어와 신발 끝에 묻은 피를 닦아 냈다.

「뭐하는 거죠?」

미우의 물음에 남자가 깨끗하게 닦인 구두를 향해 있던 시선을 들었다.

「치워.」

옴브레의 말에 뒤에서 바짝 얼어 있던 사내들이 총알처럼 튀어 와 생명이 다한 사내의 몸을 질질 끌고 밖으로 나갔다.

탕.

숨이 막힐 듯한 긴장감을 깨는 소리에도 미우는 흔들리는 눈으로 남자를 보고 있었다. 그는 한순간에 제 사람을 죽이고서도 아무렇지도 않은 듯 무심한 눈동자로 그녀와 시선을 마주하고 있었다.

그가 천천히 손을 들어 권총을 그녀의 심장에 정확히 겨누며 고저 없이 말했다.

「친절한 한마디에 총을 곁들이면 좀 더 많을 것을 얻어 낼 수 있다고 하지.」

「알 카포네가 했던 말이죠?」

미우는 방금 전까지만 해도 험한 일을 당할 뻔했던 여자라고는 상상할 수 없을 정도로 당돌하게 물었다. 그리고 코가 닿을 정도로 가까운 거리에서 자신을 바라보고 있는 남자를 보며 말했다.

「하지만 당신은 나에게 친절한 말은 하지 않았는데요?」

「죽여 주지.」

남자가 망설임 없이 답했다. 그 말에 미우가 희미하게 웃음 지었다.

「어쩜, 달콤한 제안이긴 하네요. 무얼 원해요?」

「마리가 있는 곳.」

「아쉽게도 그 여자가 어디 있는진 몰라요. 그날 카지노에서 처음 봤어요.」

거짓 하나 없는 눈동자로 하는 말에도 남자는 감정 없이 바라보고만 있었다. 마치 속까지 꿰뚫어 볼 것만 같은 눈으로.

미우가 어깨를 으쓱이자 그가 천천히 입술을 뗐다.

「그 말을 믿으라고?」

「지금 당신은 내 말을 믿을 수밖에 없는 처지 아닌가요? 믿지 않으면 어떻게 할 거죠?」

「…….」

꽤나 이 상황이 즐거운 듯 그녀의 눈이 반짝였다. 며칠 전까지만 해도 생기 없이 죽어 있던 눈빛은 마치 재미있는 장난감을 발견한 아이와 같았다. 무섭고 두려워해야 하는 이 순간에.

속을 알 수 없는 미우의 모습에 남자가 물었다.

「마리가 왜 너에게 목걸이를 주었을까.」

물음 같기도 혼잣말 같기도 한 말에 미우가 지난날의 기억 한 조각을 꺼냈다.

「글쎄요. 적선을 해야 할 것 같았나 보죠.」

「…….」

「저도 잘 모르겠어요. 전 그저 블랙잭에서 목걸이를 딴 것뿐이니까.」

미우의 말에 남자가 볼일이 끝났다는 듯 굽히고 있던 다리를 폈다. 그리고 여전히 힘없이 바닥에 주저앉아 있는 미우를 내려다보았다.

「모르면 하는 수 없지. 그녀를 찾을 때까지 당신은 이곳에 있어 줘야겠어. 물론 마음대로 죽지도 못하고, 이곳을 나가지도 못할 거야.」

미우가 멍하니 남자를 올려다보았다.

자신의 앞에서 살인을 저지른 이 남자가 무섭지 않은 이유는 단순히 그녀가 삶에 대한 집착이 없기 때문도, 그리고 피해자가 될 뻔한 상황에서 구해 줘서도 아니었다.

마치 기계가 말을 하는 것 같은 어투와 사람 같지 않은 표정. 피상적인 매력을 풍기는 남자는 현실적이지 않았다. 그래서 그녀도 감정 없이 말할 수 있었다.

「그럼 한 가지만 물을게요.」

「뭐지?」

「왜 그 여자를 찾는 거예요? 마리란 여자. 아무것도 모른 채 잡혀 있고 싶진 않아서요.」

미우의 물음에 남자는 한동안 빤히 그녀를 보았다. 무언가 생각에 잠긴 것 같았다. 아마 그녀의 말을 곰곰이 생각하는 듯했다. 그러다 곧 결론을 내린 것인지 답했다.

「코카인 20kg을 들고 사라졌지.」

「……찾을 만하네요.」

도대체 돈이 얼마야? 미우가 눈을 도록도록 굴리며 뒷말을 붙였다.

일단 금액은 그렇다 치더라도 물건 자체를 이곳까지 들여오는 데도 상당한 공을 들였을 테니 수고비까지 더해지면 그녀가 생각하는 그 이상의 가격일 것이다.

남자가 권총을 안주머니에 꽂으며 말했다.

「한 가지 명심해. 그녀를 찾기 전까지 당신의 목숨은 내 것이야.」

남자는 스스로 죽음조차도 선택할 수 없다고 말하고 있었다.

그는 그녀가 자결을 해도 살려 낼 것만 같았다. 아니, 지옥으로 떨어진다 하더라도 끌어 올려 이곳으로 다시 데리고 올 것만 같았다. 그래서 그녀는 순순히 응했다.

「당신도 한 가지 명심해 줘요.」

남자가 빤히 미우를 내려다보았다. 차가운 눈빛은 몸을 얼릴 것처럼 냉랭했지만 그녀는 말을 멈추지 않았다.

「방금과 같은 일이 되풀이될 땐 약속을 지키지 않을 거예요.」

「……좋아.」

남자의 답이 제법 마음에 들었던 미우가 고개를 끄덕였다.

어차피 이번 여행은 수중에 있는 모든 돈이 떨어질 때까지였다. 돈은 아직 어마어마하게 많이 남았으니 아직 여행을 끝낼 수는 없었다. 아니, 이자가 끝나도록 만들지 않을 것이다. 그렇다면 그녀는 나름 이곳에서 지낼 궁리를 해야 했다.

「좋아요. 그럼 우선 제 호텔에 있는 짐 좀 가지고 와 주실래요? 나름 힘들게 벌어들인 돈과 옷이 모두 그곳에 있거든요. 이

꼴로 있을 순 없으니까.」

「당신, 당돌하군.」

남자의 표정에 금이 갔다. 굳어진 얼굴과 미간에 진 주름을 보며 미우는 방금 전까지 짓고 있던 희미한 미소를 좀 더 진하게 지어 보였다.

「저도 그렇게 생각해요.」

미우의 눈엔 남자에 대한 두려움 따윈 없었다.

✢　❖　✢

미우는 그날부터 꼬박 일주일간 긴 잠을 잤다.

간간이 정신을 차렸을 땐 반쯤 비어 있는 링겔 병만 보일 뿐, 커다란 방 안엔 혼자였다. 주위에 누가 있는지, 누가 그 끔찍한 방에서 자신을 이곳으로 옮겼는지, 옷은 또 누가 갈아입혔는지도 모른 채 기나긴 잠을 잤다.

그리고 온몸에 고통이 느껴질 무렵부턴 침대에서만 지내야 했다. 그때부터 링겔을 갈아 주는 이의 정체를 알 수 있었다. 코끝이 휘고, 턱에 흰 수염과 검은 수염이 난 남자는 자신을 주치의라 설명한 후론 그녀와 한마디도 섞지 않았다. 금언령이라도 내려진 것처럼 수없이 많은 질문에도 눈 하나 깜짝하지 않은 남자는 제 할 일만 한 후 사라졌다.

심심했지만 미천한 몸뚱어리는 움직여 주지 않았고 꼬박 한 달을 침대 생활을 해야 했다. 근육이란 근육은 죄다 놀랐던 것인지

밤엔 연신 끙끙 앓으며 잠을 이룰 수 없었고, 주치의가 주고 간 진통제로도 고통은 가시지 않았다.

그리고 그녀가 방에 갇힌 지 한 달하고도 2주란 시간이 흘렀을 무렵에야 몸은 정상으로 돌아왔다. 가끔 밤마다 방 안 구경을 하며 이리저리 걸어 다닌 덕분인지 주치의의 말로는 회복이 빠른 것이라 했다.

「몸이 제법 가볍네요.」

그는 그녀가 자리에서 콩콩 뛰며 제 몸 상태를 확인하고 있는 것을 보고만 있었다. 감정 한 터럭 얼굴에 보이지 않은 채.

한참 방 안을 돌아다니던 미우가 고개를 돌려 주치의를 보았다.

「감사합니다.」

미우가 웃으며 말하자 약상자를 챙기던 주치의의 행동이 일시 정지되었다. 마치 어릴 때 하던 얼음땡 놀이를 하는 것처럼 순식간에 얼어붙은 남자가 이내 자리에서 일어났다. 손엔 서류 가방과 함께 커다란 약상자를 든 채였다.

「이곳에서 그런 말은 하지 않는 것이 좋습니다.」

중년 남자의 얼굴이 순간 심각하게 변했다. 그 모습에 미우는 입술을 늘어뜨려 웃었다.

「왜요? 감사하니까 감사하다고 말했을 뿐이에요.」

천진난만하다고 해야 하는 것인지, 무지하다고 해야 하는 것인지, 그는 결론을 내리지 못한 얼굴이었다. 한참 그녀를 바라보던 그가 한숨처럼 말했다.

「그럼 잡아먹힙니다.」

잡아먹힌다, 라……

미우는 동그랗게 뜬 눈으로 주치의를 바라보았다. 그가 하고자 하는 말이 무엇인지 깨닫는 순간, 그녀는 이곳이 어떠한 곳인지, 자신을 끌고 온 이들이 어떠한 사람들인지 다시 한 번 생각한다.

멍하니 자신을 바라보는 미우를 보며 남자가 허릴 숙였다.

「레오성에선 그 어떠한 불법도 합법이 되고, 그 어떠한 죄도 무죄가 됩니다. 자신의 몸은 자신이 지키셔야 할 겁니다.」

「절 걱정하시는 건가요?」

그녀의 물음에 주치의가 빤히 보았다. 그러다 입가에 기계적인 웃음을 머금는다.

「가짜 부검서는 그만 쓰고 싶어서 드리는 말씀입니다.」

미우가 굳은 얼굴로 그를 바라보았다. 흔들림 없는 눈동자에 그녀의 입가에 잔잔한 웃음이 내걸린다.

이 사람은 진심이구나.

그녀가 멍하니 생각했다. 그리고 붙잡을 새도 없이 마지막 인사를 남기며 돌아서는 그의 뒷모습을 본다.

「또 뵙지 않길 바랍니다.」

늘 그랬던 것처럼 소리 없이 문을 닫고 사라진 주치의의 뒷모습을 본 미우가 멍하니 읊조렸다.

"그렇게 사람을 몰아붙일수록 타오르는 법이에요."

그리고 시험해 보고 싶어진다.

그림자라 불리는 사내가 언제가 되어야 자신을 죽일 만큼 인내

심의 바닥을 드러낼 것인지.

단단했던 남자의 모습을 보면 그것을 알아내기란 쉽지 않을 것 같았지만.

타박타박.

미처 흡수하지 못한 소리가 넓은 방 안에 울렸다. 지나치리만 큼 넓은 방 안을 훑고 또 훑던 미우가 걸음을 멈췄다. 그리고 선 자리에서 주위를 휘둘러보며 콧잔등을 찌푸렸다.

"참 재미없는 곳이야."

한국어로 읊조린 미우가 한숨을 내뱉으며 의자에 털썩 엉덩이를 붙이고 앉았다. 침대에서 미처 보지 못했던 공간들이 보였지만 그녀는 이미 흥미를 잃은 듯한 얼굴이었다.

사방이 돌로 막힌 곳. 커다란 창이 있었지만 문을 열고 밖을 내다보자마자 꼭꼭 잠가 버렸다. 좋은 뷰가 펼쳐질 것이라는 생각과는 달리 그 창에서 보이는 것들은 우거진 숲과 아찔한 절벽뿐이었고, 손을 헛디뎌 잘못 떨어졌다간 뼈도 못 추릴 것 같았기 때문이다. 예전에 죄수를 가뒀을 것이라 생각되는 공간은 쥐구멍 하나없이 완전한 밀실이었다.

여기저기 낡고 바랜 청동 문을 한참이고 바라보던 미우가 뭔가 단단히 결심한 얼굴로 자리에서 일어났다. 마치 도적처럼 소리 없이 걸음을 옮겨 문 쪽으로 향한 그녀가 막 문손잡이를 돌려 밖으로 나가려던 찰나였다.

달칵.

손잡이가 돌아가는 소리가 들리자 그녀가 서둘러 몇 발자국 뒤로 물러섰다. 편안한 차림의 남자가 방 안으로 들어서는 것을 보며 그녀가 가슴을 쓸어내린다.

하마터면 탈출하기도 전에 걸릴 뻔했네.

그녀가 짐짓 모른 척 남자를 보았다. 붉은색과 노란색이 미묘하게 섞인 머리카락은 염색이 아닌 듯 보였고, 아직 앳된 얼굴은 소년을 연상시켰다. 이제 겨우 스무 살 남짓은 되었을까?

커다란 키와 비쩍 마른 몸을 두루두루 살피던 그녀는 시선을 올려 밤색 눈동자를 바라보며 고개를 기울였다.

「누구시죠?」

「오늘부터 아가씨를 모시게 된 루프스라고 합니다.」

이름과 외모가 참 어울리는 사내라 생각했다. 아, 사내가 아닌가? 하여튼 눈앞의 남자는 소년과 사내의 미묘한 경계에 서 있는 나이인 듯했다.

허리를 숙여 고개를 내리고 있는 루프스와 눈을 마주한 미우가 개구진 웃음을 지었다.

「우와, 이곳 사람들은 참 친절하군요.」

「네?」

깜짝 놀란 루프스가 고개를 번뜩 들었다. 어찌 놀라지 않을 수가 있겠는가. 이곳으로 와서 미우가 어떤 일을 당했는지 그 또한 들어서 알고 있었다. 덕분에 야밤에 키우던 알렌산드와 미켈로를 한참이나 굶긴 후에 사지가 절단된 동료의 몸을 던져 주지 않았던가.

그녀가 무슨 말을 하는지 몰라 루프스가 눈살을 찌푸렸다. 그러자 미우가 허리를 곧게 펴며 턱을 치켜들었다.

「인질을 모시다니. 친절하다고 할 수밖에요.」

「재미있는 분이시군요.」

「저도 그렇게 생각해요. 내가 재미있는 사람이라고.」

그러면서 입술을 늘어뜨려 웃은 미우가 손을 앞으로 내밀어 악수를 청했다.

「저의 감시를 맡은 거죠? 늘 붙어 있을 것 같으니까 인사나 하죠?」

「네? 네.」

얼떨결에 미우의 손을 잡은 루프스가 얼굴을 붉힌다.

「미우예요. 올해 스물아홉이구요.」

「루프스라고 합니다. 열아홉 살입니다.」

「와우.」

손을 놓은 미우가 깜짝 놀란 눈으로 루프스를 살폈다. 어린 남자라고 생각은 했으나 한국에선 아직 고등학교를 다닐 정도로 어린 나이라곤 생각하지 못했다. 외모를 보면 충분히 예상은 가능했으나 장소의 특수성이 그렇게 생각하게 만들었다.

미우는 루프스의 주위를 한 바퀴 돌아 원래의 자리에 돌아온 후 피식 웃음을 내뱉었다.

「아가씨는…….」

「미우라고 불러요. 격식 차리지 말고.」

「아…… 미우.」

그렇게 말한 루프스가 다시 얼굴을 붉히며 고개를 숙이는 것을 보았다.

그녀는 주치의가 자신에게 단단히 주의를 줬던 것을 떠올렸다.

뭐? 잡아먹히지 않게 조심해?

눈꼬리를 늘인 미우가 귀까지 빨개진 채 고개를 숙인 루프스를 보았다. 왠지 이곳과는 어울리지 않는 소년이었다.

루프스를 빤히 보던 미우가 고개를 돌려 주위를 두리번거리며 물었다.

「당신의 상급자가 나에게 가방을 전해 주라고 하지 않던가요?」

미우는 방 안에 가방이 있는지 샅샅이 살폈던 것을 떠올리며 물었다. 하지만 루프스는 난생처음 들은 이야기라는 듯 그녀를 바라본다.

「그런 이야기 없었어요?」

「상급자라고 하시면……?」

「옴브레란 남자 말이에요.」

「네, 그냥 곁을 지키라고만 하셨어요.」

「그래요? 흐음…….」

콧소리를 낸 미우가 말을 이었다.

「그럼 지금 당장 내 가방을 가져다 달라고 할래요? 아니면 내가 직접 말해도 좋고요.」

「아…….」

「언제까지 이 꼴로 있을 수는 없잖아요. 몸에서 냄새도 나는 것 같고.」

미우가 자신의 팔에 코를 박고 킁킁 냄새를 맡았다. 정말 구리

구리한 냄새가 나는 것 같아 미간을 팍 찌푸린 그녀는 우물쭈물
거리는 루프스를 보며 미간을 찌푸렸다.

「왜요?」

「옴브레 님은 나폴리로 가셨어요.」

「이런. 나와의 약속도 지키지 않고요?」

「약속이요?」

「가방을 가져다주기로 했어요. 그게 거래의 조건이었죠.」

한숨을 내뱉은 미우가 어깨를 으쓱인 후 힘없이 창틀에 걸터앉
았다.

「좋아요. 돌아오면 나와의 약속을 꼭 지켜 달라고 전해 줘요.
그러지 않으면 내가 무슨 짓을 할지도 모른다고.」

희미한 웃음을 지으며 말하는 미우의 표정은 부드러웠으나 어
둡게 빛나는 눈동자와 굳어 있는 입술은 그녀가 많이 화가 나 있
다는 것을 단적으로 보여 주고 있었다.

협박처럼 들리는 말에 루프스가 서둘러 고개를 끄덕였다.

「그럴게요.」

그의 말에 미우가 안심이라는 듯 웃었다.

「오늘은요?」

「역시나 외출하셨어요.」

루프스의 말에 미우가 얼굴을 종잇장처럼 일그러뜨렸다.

「이 답답한 방에서 나가면 그를 만날 수 있는 거죠? 그러면 그
의 방에서 기다릴게요.」

「그건 안 됩니다.」

루프스가 단호하게 고개를 저었다. 그의 모습에 미우는 속이 부글부글 끓어오르는 것을 느꼈다.

도대체 이게 며칠째란 말인가.

그림자라 불리는 남자는 자신과의 약조를 지키지 않음은 물론이오, 이 방에서 한 발자국도 나가지 못하게 했다. 몸이 멀쩡해지고도 벌써 일주일째 이 방 안에서만 지내야 했던 그녀는 이젠 자신의 인내심이 한계에 치달았음을 느꼈다.

누굴 바보 천지로 아나!

이곳에만 있으라고 있을 그녀가 아니었다.

「난 새장에 갇힌 새가 아니에요. 이 방에만 있어야 한다는 건 듣지 못했어요, 루프스.」

「방 밖은 위험해요, 미우. 이곳이 어디라고 생각하는 거예요?」

「미안하지만 난 여기가 어디인지 전혀 듣지 못했어요. 눈치는 대강 채고 있지만.」

미우가 자신의 눈을 똑바로 보며 말하자 루프스의 얼굴에서 핏기가 가셨다. 왜 그녀가 이렇게 당당하게 구나 했더니 아무것도 모르는 상태였던 것이다.

루프스는 혹여 문밖에서 누군가 들을까 싶어 힐끗 살폈다. 아무런 인기척도 느껴지지 않자 그가 침을 꼴딱 삼킨 후 말했다.

「이곳은 파블리오 이아퀸타가 가진 성 중 하나예요. 파블리오 이아퀸타는 나폴리를 장악하고 있는 마피아 조직의 대부이고요.」

「예상했던 대로네요.」

그게 별 대수냐는 듯 미우가 어깨를 으쓱이자 루프스가 얼굴이 붉어져 외쳤다.

「미우!」

「왜요, 루프스.」

「전 미우가 마음에 들어요. 그리고 당신을 지켜야 한다는 명령도 받았고요. 당신이 다치는 꼴은 두고 볼 수가 없어요.」

그가 진심이라는 듯 콧잔등을 찌푸리며 말했다. 그 말에 미우가 기분 좋은 듯 말했다.

「루프스가 날 그렇게까지 생각해 주는 줄은 몰랐네요.」

「미우…….」

그가 한숨처럼 자신의 이름을 불렀다. 하지만 미우는 개의치 않고 방금 전 루프스가 가져다준 음식을 눈으로 훑은 뒤 얇은 유리잔을 들었다.

안에서 흰색의 우유가 찰랑인다. 치즈가 유명한 도시답게 이곳의 우유는 한국에서 먹던 것보다 훨씬 신선하다는 느낌이었다. 정제 과정이나 젖소에서 나오는 것은 똑같을 텐데, 그런 생각이 드는 것은 아마도 기분 탓일 것이다.

그녀는 고소한 우유를 숨도 쉬지 않고 꿀꺽꿀꺽 마셨다.

그녀가 아무렇지도 않은 얼굴로 우유를 마시자 루프스가 미간을 찌푸리며 말을 했다.

「옴브레 님의 의견에 반하는 짓은 하지 마세요. 그분이 얼마나 무서운 분인 줄 아세요?」

그녀는 하룻강아지였다. 범 앞에서 설치는. 이곳에 온 지 얼마 되지 않은 루프스조차도 옴브레의 잔혹성을 두 눈으로 확인했다. 그녀에게 이에 대해 말해 주지 않으면 조만간 경을 칠 것 같았다.

「글쎄요? 난 잘 모르겠던데. 아주 잘생긴 남자 정도? 몸매도 아주 죽이고요.」

다 마신 우유 잔을 테이블에 내려놓은 미우가 이번엔 빵을 보았다. 잠시 들렀던 프랑스에서 먹었던 크로와상과 바게트 빵은 꽤나 맛있었는데, 땅 덩어리도 붙어 있는 주제에 이탈리아의 빵은 맛이 없었다.

잠시 먹을지 말지 고민하던 미우는 곧 빵엔 손을 대지 않은 채 루프스가 하는 말을 들었다.

「미우…… 옴브레는 눈 하나 깜짝하지 않고 사람을 죽일 수 있는 사람이에요. 파블리오 안에서도 그의 심기를 거스르는 사람은 없다고요. 나폴리 사람은 물론이고, 그에 대한 소문을 들은 사람들은 눈을 마주치려고 하지도 않아요.」

「흐음.」

「내 말 잘 들어요, 미우. 그에게 다시는 반기를 들지 마세요.」

힘주어 하는 말에 미우가 테이블을 향해 있던 시선을 들어 루프스를 바라보았다. 눈이 마주치자 그는 파장이 이는 눈을 그녀에게서 거두지 않은 채 말을 마쳤다.

「그럼 당신은 죽을 거예요.」

옴브레의 뒤로 쌓인 죽음의 그림자가 얼마나 깊고 음습하던가. 그의 손에 죽어 나간 사람이 몇이나 되던가. 지금은 괜찮아졌지만 이탈리아 전역에서 마피아 간의 전쟁이 일어났을 때도, 정부와의 전쟁이 일어났을 때도 가장 앞장선 것은 옴브레, 바로 그였다.

그는 눈 하나 깜짝하지 않고 사람을 죽였다. 보통 이들이라면 제정신으로 살 수 없을 만큼 극한의 상황에서도 살아남았다.

전설로 전해져 오는 말에 의하면, 북부 지역을 통합할 때 홀로 적진에 쳐들어가 적 서른 명을 모두 사살한 뒤 멀쩡히 걸어 나왔다고 한다. 머리부터 발끝까지 피를 뒤집어쓴 채 감정의 흐트러짐 하나 없이 그곳을 빠져나오는 그를 보며 동료들조차도 겁에 질려 걸음을 물렸다고 했다.

옴브레, 그는 그런 사람이었다. 잔혹한 짐승. 겉으론 모든 감정을 숨기고 있었으나 속엔 무시무시한 악마가 살았다.

걱정스럽게 자신을 바라보는 눈빛에 미우가 한숨을 쉬었다.

「좋아요, 그럼 지금 내가 그에게 가방을 내놓으라고 하는 건 반기를 드는 거란 말이죠? 그러면 난 죽을 거란 말이고?」

끄덕끄덕, 루프스가 답 대신 고개를 끄덕였다.

「루프스, 우리 내기할래요?」

「네?」

개구쟁이처럼 웃는 미우를 보며 루프스가 눈을 동그랗게 떴다. 그녀는 어느새 손끝으로 우유 잔을 쓰다듬고 있었다.

「그가 날 죽일 수 있는지.」

「그게 무슨…….」

무슨 뜻인지 모르겠다는 듯 눈을 동그랗게 뜨는 루프스를 보며 미우는 희미한 웃음을 보일 뿐 아무런 말도 해 주지 않았다.

✢　❈　✢

그 남자가 오지 않는다면 내가 직접 찾아 나설 수밖에.

끼이익.

어둠이 내려앉은 복도에 작고 날카로운 소리가 들렸다. 문을 연 미우는 빼꼼 고개를 내밀었다. 늦은 시각이어서 그런지 복도엔 사람 그림자 하나 보이지 않았다. 난생처음 밖으로 나온 그녀는 양 벽에 길게 늘어서 있는 수십 개의 문을 보았다.

"우와, 진짜 넓네."

미우가 작은 목소리로 읊조렸다. 눈으로 대충 가늠해 보아도 문은 스무 개가 족히 넘었다.

큰 성이라고는 생각했지만 이 정도 규모일 줄 몰랐던 그녀는 밖으로 한 발자국도 나오지 못했다. 저 수많은 방 중 그의 방이 어디 있는지 알 도리가 없는 것은 물론이요, 잘못 돌아다녔다가는 사람들의 눈에 띌지도 몰랐기 때문이다. 어디 그뿐인가, 잘못하면 길을 잃을 것 같기도 했다.

"어쩜 이 층에 없을지도 모르고."

작게 웅얼거린 그녀가 고민하는 얼굴로 복도를 바라보더니 이내 발을 내딛었다. 밑져야 본전이다. 들키면 죽기밖에 더 하겠는가?

결심이 선 그녀가 조심스럽게 문을 닫은 후 살금살금 걸음을 옮겼다.

주위를 둘러보던 그녀는 정면에 있는 문을 보았다. 아무래도 자신이 지내는 방과 가장 가까운 곳에 있을 것 같았다.

굳게 닫힌 문을 바라보던 그녀가 천천히 걸음을 옮겼다. 그리고 차가운 문고리를 손에 쥔 뒤 조심스럽게 문을 열었다.

방 안은 한 치 앞이 보이지 않을 정도로 어두웠다. 딱 보기에도 인기척이 느껴지지 않자 그녀는 마치 무언가에 홀린 것처럼 천천히 발을 내딛었다.

"아."

그러다 앞에 놓여 있는 협탁을 보지 못해 부딪혔다. 미간을 찌푸린 그녀가 벽에 달린 스위치를 눌러 보았지만 달칵달칵 소리만 날 뿐 방 안에 불은 들어오지 않는다.

전등도 들어오지 않는 곳. 그처럼 아무런 냄새도 나지 않는 공간.

사람이 살지 않을 것 같은 방을 보던 그녀가 눈살을 찌푸렸다.

"뭐야, 안 쓰는 방인가?"

무향에 가까운 방 안을 휘둘러보던 그녀가 다시 걸음을 옮기려고 할 때였다.

「뭐지?」

뒤에서 들려오는 말에 화들짝 놀란 그녀가 몸을 움찔 떨었다. 뒤를 돌아보자 검은 옷을 입고 있는 남자와 눈이 딱 마주쳤다. 어둠 속에 그는 마치 얼굴만 동동 떠 있는 것 같았다. 창백한 피부를 보던 그녀가 커다란 눈을 연신 깜빡였다.

이런, 방을 뒤지기도 전에 걸리다니.

종잇장처럼 얼굴을 일그러뜨린 미우가 아무런 말도 하지 못하자 그가 매서운 눈길로 미우를 바라보았다.

「방을 벗어나도 된다고 허락한 적이 없을 텐데.」

「어딜 허락받고 다닐 만큼 성격이 고분고분하지 못해서요.」

「목숨이 수십 개는 되는 모양이군.」

고저 없는 목소리에도 그녀는 고집스러운 얼굴로 말했다.

「가방 주세요. 그럼 얌전히 내가 있어야 할 곳으로 돌아갈 테
니까.」

마치 고양잇과 특유의 유연함을 가진 짐승처럼 그는 어둠 속에
서 놓여 있는 가구와 물건들을 피해 창가로 향했다. 바닥에 떨어
져 있는 가방을 든 그가 뒤돌아 미우와 시선을 마주했다.

「이걸 찾아?」

「줘요.」

그의 물음에 미우의 시선이 가방으로 향했다. 그녀의 눈망울이
사정없이 흔들리는 것을 보며 그가 무심한 얼굴로 들고 있던 가
방을 그녀의 앞으로 내던졌다.

탁.

더듬더듬 걸음을 옮긴 미우가 가방 앞에 털썩 주저앉았다. 서
둘러 가방을 연 그녀가 손을 넣어 안을 휘저었다. 다급한 손길이
무언가를 찾고 있었다.

하지만 끝끝내 그녀는 가방 속에서 자신이 원하던 것을 찾아낼
수 없었고, 고개를 팩 돌려 자신을 내려다보는 음습한 남자를 노
려보았다.

「내 가방 뒤졌죠?」

「그렇다면?」

「내놔요! 가져간 내 반지, 내놔!」

분노하며 소리치는 그녀의 목소리에도 그는 감정 한 자락 변하지 않은 모습으로 말했다.

「당신이 약점을 쥐고 흔드니 나도 그렇게 할 수밖에.」

그 말과 동시에 방밖에서 카펫도 미처 삼키지 못한 발자국 소리가 연신 들리더니 곧 옴브레의 방에 한 남자가 찾아왔다.

아직은 앳된 소년의 얼굴을 한 루프스.

대치하고 있는 두 사람을 본 그는 순식간에 상황을 파악한 듯 미우에게 달려가 그녀의 팔을 잡아끌었다.

「미우, 방으로 돌아가요.」

그의 목소리가 간절하게 떨렸다.

빛이란 빛은 모조리 막는 두꺼운 암막 커튼으로 인해 한 치 앞도 보지 못할 만큼 짙은 어둠에 휩싸인 방 안. 보통 이들이라면 공포심을 느낄 만큼의 어둠 속에서 옴브레 그만이 빛나고 있었다.

그와 눈을 마주한 그녀는 루프스의 팔을 털어 내며 말했다.

「돌아갈 수 없어요. 저 남자가 나한테서 훔쳐 간 것을 되돌려받기 전까지!」

「이 성에 있는 것은 모두 나의 것이야.」

짧게 정의를 내린 그가 성큼성큼 걸음을 옮겼다. 그리고 그녀의 앞에 한쪽 무릎을 꿇고 앉아 손으로 그녀의 어깨를 움켜쥐었다.

「놔요!」

미우가 몸을 비틀어 옴브레의 손아귀에서 빠져나오려 애를 썼지만 그는 무시무시한 악력으로 그녀를 제압했다. 입에서 신음이 터져 나올 것 같았지만 미우는 입술을 악물며 참아 냈다.

이런 그녀의 모습이 꽤나 귀엽게 느껴진 것일까, 그가 한층 누그러진 목소리로 말했다.

「당신이 죽음을 두려워하지 않는다는 것쯤은 이젠 확실히 알겠어. 나와 눈을 똑바로 마주치는 사람은 흔치 않으니까.」

그녀는 겁을 내는 기색 하나 없이 자신을 노려보고 있었다.

거슬린다.

계속 이 여자의 눈빛이 거슬려 참을 수가 없었다.

「처음에는 그냥 둘 생각이었어. 하지만 이렇게 천방지축 날뛰면 곤란해.」

「줘요, 달라고요. 나에겐 아주 소중한 거예요!」

그녀가 외쳤다. 그러자 그의 입에서 작은 웃음이 새어 나왔다.

그 웃음소리에 놀란 것은 옆에서 이 모든 상황을 지켜보고 있던 루프스였다.

옴브레가 웃어……?

그가 감정의 변화를 보인 것을 처음 보았고, 앞서 이곳에서 지낸 사람들에게서도 그런 이야기를 들어 본 적이 없었다. 그는 마치 죽은 시체처럼 굴었고, 사람을 사냥할 땐 코드가 입력된 기계처럼 굴었으니까.

하지만 지금 그가 웃었다. 그리고 느릿한 동작으로 주머니에서 반짝이는 반지를 꺼낸 후에는 좀 더 진하게 웃어 보인다.

「이걸 찾는 거지?」

「내놔요!」

그녀가 소리치자 옴브레는 순식간에 가슴께에서 총을 뽑아내 옆은 보지도 않은 채 방아쇠를 당겼다.

탕!

방 안을 울리는 소리와 함께 허물어지는 루프스의 모습에 깜짝 놀란 미우가 눈을 동그랗게 떴다. 오른쪽 허벅지가 관통된 루프스의 몸이 앞으로 고꾸라졌고, 곧 지독한 고통이 몰려오는지 그가 다리를 움켜쥐었다.

「이게 뭐하는 짓이에요……?」

「아아…….」

고통에 찬 루프스의 신음에 그녀의 몸이 바르작바르작 떨렸다. 그에게 붙잡힌 어깨를 털어 낸 그녀가 무릎으로 기어 루프스에게 다가가자 옴브레는 감정 없는 얼굴로 자리에서 일어나 두 사람을 내려다보았다.

「꽤 친분이 쌓였나 보군.」

「루프스, 루프스 괜찮아요?」

「끄윽…… 으윽!」

비명만 내뱉을 뿐 아무런 말도 하지 못하는 루프스의 모습에 미우가 당황한 듯 여기저기를 더듬어 댔다.

「미우.」

「당신 정말……!」

미우가 눈을 동그랗게 뜬 채 항의했지만 그는 자신의 옷에 튄 피를 감정 없이 툭툭 털어 낼 뿐이었다. 순간 미우의 눈빛이 흔들린다. 자신의 사람을 쏘고도 아무렇지 않은 모습을 보자 그가 조금씩 무서워졌다.

「네가 계속 내 신경을 긁어 댄다면 나 역시 그럴 수밖에 없어.」

「…….」

「그러니 얌전히 이곳에서 지내도록 해. 아니면 이곳에서 기껏 사귄 친구를 잃을 수도 있으니까.」

「악마…….」

그녀의 읊조림에 남자의 입에 웃음이 머물렀다. 하지만 눈은 웃고 있지 않았다. 그 모습이 더 괴기스럽고 무섭게만 보인다.

「이제야 알았군.」

웃음을 보인 그가 밖으로 나갔다.

그림자

그의 방은 늘 어두웠다. 해가 머리 꼭대기 위에서 반짝일 때도, 그리고 해가 서서히 가라앉으며 여러 색을 발할 때도 늘 커튼으로 막아 놓아 빛 한 점 들어오지 않았다.

그에게 어둠은 빛보다 친숙했다. 가끔은 빛이 더 무섭다 느껴질 정도였고, 자신의 모습도 보이지 않는 어둠 속에선 안정을 찾았다. 마치 그곳이 어미의 자궁 속이라도 되는 것처럼.

그런 짙은 어둠 속에, 청소년기의 아이들이나 쓰는 싱글침대 하나가 놓여 있었다. 그곳에서 그림자라 불리는 사내는 몸을 굽혀 불편한 자세로 잠을 자고 있었다.

숨소리도 내지 않고, 이불도 덮지 않은 그의 미간이 순간 꿈틀거린다. 연신 몸을 움직이던 그의 이마에 순간 식은땀이 맺혔고,

곧 악몽이라도 꾸는 듯 피부가 창백하게 변해 갔다. 하지만 남자는 여전히 신음 소리 하나 흘리지 않은 채다. 얼굴은 괴로워 보였으나 그 고통을 인내하며 사지를 떨었고, 옷이 푹 절 정도로 땀을 흘렸다.

그리고 그가 잠든 지 한 시간도 되지 않아 눈을 번뜩 떴다.

「젠장!」

거친 욕설을 내뱉은 그가 상체를 일으켜 침대에 앉았다. 양손에 얼굴을 묻은 그는 작게 숨소리를 내뱉었다. 뜨거운 입김에 손바닥에도 금세 땀이 차오른다.

늘 꾸는 악몽이었지만 오늘은 그 강도가 강했던 것인지 그는 한참이고 정신을 차리지 못하고 있었다.

작은 숨소리만 내뱉던 그가 몸을 벌떡 일으킨 것은 어느새 세상 밖에 해가 떠오를 무렵이었다. 그가 베개 밑에 넣어 두었던 총을 꺼내더니 뚜벅뚜벅 걸음을 옮겨 방 밖으로 나갔다.

망설임 없이 맞은편 방문을 연 그가 커다란 침대 위에서 평온하게 잠든 여자에게로 다가갔다. 걸음은 단 한 번도 멈추지 않았다. 행동엔 망설임이 없었고, 구둣발로 침대 위로 올라간 그가 양 허벅지 사이에 그녀를 가둔 후 총부리를 그녀에게 겨눴다.

「너 때문이다.」

죽어 버린 시선. 죽여 달라는 말.

그녀의 행동 하나에, 말 하나에 깊숙하게 묻어 놓았던 괴물이 감정과 함께 튀어나왔다.

이 여자가 거슬렸다. 마리의 일만 아니라면 당장에라도 죽이고 싶을 만큼.

아니, 마리와는 상관없는 듯 보이니 죽여도 상관은 없었다. 하지만 관자놀이에 닿은 총의 방아쇠를 당기지 못했다. 그 이유를 스스로도 찾지 못한 채 그가 미간을 구겼다.

「…….」

무심히 시각이 흘렀고, 열린 커튼 사이로 빛이 스며들었다. 아침이 찾아왔다고 세상은 알리고 있었으나 이 방의 시간만큼은 멈춘 듯했다.

그는 여전히 부들부들 떨리는 손으로 그녀에게 총을 겨누고 있었고, 눈빛만으로도 사람을 찢어 죽일 수 있었다면 진즉에 그녀의 사지가 찢겼을 것처럼 사납게 바라보고 있었다. 하지만 그녀는 여전히 잠든 채 누워 있었고, 그는 말없이 그녀를 내려다보고 있었다.

두 사람 사이에 내려앉았던 짙은 침묵을 깬 것은 의외로 미우였다.

「죽일 건가요.」

자는 줄 알았던 미우가 입술만 달싹여 말했다. 눈은 여전히 평온하게 감긴 채였다. 눈살을 찌푸린 그가 권총을 붙잡고 있던 손에 힘을 풀었다. 부들부들 떨리던 손이 그제야 떨림을 멈췄다.

눈을 뜬 미우가 남자의 얼굴을 올려다보았다. 양 무릎 사이에 자신을 가둔 채 위협적인 얼굴로 내려다보는 모습에 그녀가 웃었다.

「그게 당신의 본모습인가 보죠? 재미있네요.」

잿빛 눈동자를 깜빡이며 그를 올려다보던 그녀가 말을 이었다.

「그런데 왜 그렇게 화가 났죠? 내 무엇이 당신의 신경을 긁었나요?」

「……입을 다무는 것이 좋을 텐데.」

그가 낮은 목소리로 경고했다. 하지만 그녀는 말을 멈추지 않았다.

「당신 역시 마찬가지예요. 날 화나게 만들었어요.」

사각사각, 그 말이 그의 정신을 갉아먹었다.

「아직도 기어오르는 것을 보니 내 경고가 약했나 보군.」

「루프스요? 아쉽게도 그 아이가 나로 인해 죽게 된다면 어쩔 수 없다는 결론을 내렸어요. 루프스도 이곳이 그런 곳이란 걸 알고 왔으니까요. 그 아이의 운명이겠죠.」

옴브레의 미간이 구겨졌다. 무심한 얼굴로 하는 말은 진심이었다.

「반지라면 빨리 돌려주는 게 좋을 거예요. 제가 조금이라도 생명을 연장하길 바란다면.」

「……재미있네.」

짧게 읊조린 그가 말을 이었다.

「당신 재미있는 여자군. 어떤 의미론 대단한 여자기도 하고.」

그게 무슨 뜻이냐는 듯 그녀가 올려다보았다. 하지만 그는 아무런 말없이 총을 내려놓은 뒤 그녀의 멱살을 움켜쥐었다.

엄청난 악력에 순간 그녀의 몸이 위로 튀어 올랐다. 코끝이 닿을 정도로 가까운 거리에 미우가 눈을 동그랗게 뜨며 옴브레를 올려다보았다. 그러다 곧 자신의 입술에 닿는 차가운 입술에 몸을 떨었다.

남자는 그 성정만큼이나 거칠게 입술을 갈라 안으로 파고들어 휘저어 댔다. 마치 폭풍을 만난 바다처럼.

「으읍······!」

한 박자 늦게 정신을 차린 그녀가 팔다리를 허우적거리며 반항해 보았다. 하지만 자신의 다리를 억누른 허벅지와 가슴께를 짓누른 손에 바르작바르작 약한 반항뿐, 그녀는 그의 손을 떨쳐 낼 수가 없었다.

목젖을 스치는 혀에 그녀가 그의 입술을 깨물었다. 입 속으로 피가 흘러들었지만 남자는 혀를 빼지 않았다. 보통의 이라면 고통에 화들짝 놀라 입술을 뗐겠지만 그는 그러는 대신 눈을 떠 그녀와 시선을 마주한다.

시익.

그가 매혹적으로 웃으며 천천히 입술을 뗐다.

「그래, 이 방법이 제격이겠군. 당신을 괴롭히는 건.」

미우가 멍하니 그의 얼굴을 올려다보았다. 입가에 흐르는 피를 엄지손가락으로 닦아 낸 그는 덤덤한 얼굴로 미우를 내려다보며 입꼬리를 비틀어 웃었다. 마치 그의 행동을 막고 있던 무언가가 툭 하고 끊어진 것만 같이.

지금의 그는 몇 번 봐 온 그 남자가 아니었다.

「당신이 나에게 악마라 그랬지? 그렇다면 알겠군. 나에게 협박은 통하지 않는다는 걸.」

「······.」

「내 마음에 드는 짓을 해 봐. 그럼 돌려줄 테니까.」

남자는 진심인 듯 미우를 보며 그렇게 말했다. 그리고 힘없이 몸을 축 늘어뜨린 그녀를 놓아준 뒤 침대 밖으로 발을 디뎠다. 그런 그의 입술에선 분명 피가 철철 흐르고 있었지만, 표정은 여전히 무감했다. 고통에 익숙한 사람처럼.

뚜벅뚜벅 걸음을 옮기던 그는 뒤늦게 뒤에서 들려오는 목소리에 입술을 꿈틀거렸다.

「저질!」

거친 목소리는 감정으로 가득하다. 늘 어찌 되든 좋다던 그 여자와는 달리. 그래서 그의 입술에 진한 웃음이 내걸렸다.

「나쁜 놈!」

「……」

「죽어 버려!」

그 말에 멈추지 않을 것 같았던 그의 걸음이 우뚝 멈췄다. 어느새 입가를 크게 늘어뜨리며 웃은 그가 고개를 돌려 여전히 침대에 누워서 가슴만 들썩이는 미우를 보았다.

그가 낮고 음습한 목소리로 말했다.

「그래, 그것도 좋겠네.」

「……」

「당신이 내게 부탁했지? 죽여 달라고.」

미우가 천천히 몸을 일으켜 남자를 보았다. 머리부터 발끝까지 온통 검은 남자. 그는 색이 있는 옷을 입지 않았다. 어느 곳이든 몸을 숨겨야 하는 사람처럼.

빤히 그를 바라보자 옴브레가 천천히 입을 열었다. 그리고 말한다. 웃음이 가득 담긴 목소리로.

「나도 부탁하지. 부디 내가 당신을 망가뜨리기 전에 날 죽여.」

쾅!

문이 닫혔다.

미우의 눈에서 눈물이 터져 나온다.

「진짜 끔찍한 놈이야……!」

그녀가 울분에 차 외쳤지만 정작 이 말을 들어야 할 남자는 거침없이 복도를 걷고 있었다.

뚜벅뚜벅.

미우의 방에서 나온 그가 빠르게 걸음을 옮겼다. 평소 느린 그의 걸음과 비교해 보았을 때 뜀박질에 가까운 속도였다. 그는 자신에게 고개를 숙이는 이들에게 인사를 되돌리지도 않은 채 곧장 계단이 있는 곳으로 향한다. 마치 쫓기는 사람처럼.

그러다 1층과 연결된 계단에 다다랐을 때였다. 레오성에 있어선 안 되는 이가 계단을 오르고 있는 것을 본 것은.

우뚝.

순간 그의 걸음이 멈췄다. 이를 알아차렸는지 아래에서 올라오고 있던 상대의 얼굴이 밝아졌다.

「친구, 오랜만이네!」

「…….」

「어라, 입술은 왜 그래?」

마르코였다. 파블리오의 자금줄을 책임지고 있는 그는 돈(Don)의 왼팔이자 어릴 적부터 옴브레와 함께 커 온 자였다. 하지만 옴브레는 그의 등장이 썩 반갑지 않은 것인지 무거운 시선으로 내려다보기만 할 뿐, 아무런 답도 해 주지 않았다.

「입술은 왜 그러냐니까?」

「신경 쓸 것 없어.」

그의 말에 마르코가 속으로 웃음을 삼켰다.

「그래, 지금은 그게 중요한 게 아니지. 자네가 여자에게 입술이 물어뜯기든 말든 말이야. 무척 재미있는 스캔들이 될 것 같긴 하지만.」

옴브레가 미우의 방으로 들어갔다는 사실을 다른 이를 통해 알고 있었던 마르코가 장난스럽게 말을 이었다.

「어떤 정신 나간 여잔지는 몰라도…….」

그의 잡설이 길어지자 옴브레가 중간에 말을 끊었다.

「여긴 어쩐 일이야.」

그가 감정 없이 묻자 마르코가 손에 힘을 주어 그의 등을 팡팡 두드렸다.

「왜, 내가 이곳에 온 게 잘못이야?」

「…….」

「표정을 보니 잘못이란 얼굴이네. 쳇, 섭섭하게.」

혀를 찬 그가 걸음을 옮겨 옴브레의 곁에 섰다. 그리고 시선만 옮겨 자신을 바라보는 그를 향해 입꼬리를 비틀며 웃는다.

「요즘 이곳에 있는 여자가 네 신경을 건드린다기에 구경 왔지.」

「…….」

그의 얼굴이 와작 찌푸려지자 마르코가 손을 들어 입을 틀어막았다. 하지만 큭큭 새어 나오는 웃음까진 막지 못했다.

「뭐야, 그런데 그 소문이 진짜잖아? 그 입술도 그렇고.」

「그만해. 그 여자는 마리와 관련된…….」

「시칠리아에서 연락이 왔어.」

그 말에 순간 옴브레의 표정에 균열이 갔다.

「뭐……?」

「리카르도가 제안을 했다더군.」

시칠리아 지역을 장악하고 있는 리카르도는 파블리오와 형제이자 앙숙이었다. 5년 전에 있었던 전쟁이 제법 컸던 탓에 지금은 소강상태이긴 했으나 언제 다시 전쟁이 터질지 모르는 일촉즉발의 상황이 계속되고 있었다.

마리를 손에 쥔 그들이 순순히 내어 줄 리가 없었기에 그 제안은 듣지 않아도 뻔했다.

「네 목을 내놓으라더군.」

「……그래서 돈(Don)은?」

파블리오의 의중을 물은 옴브레가 마르코의 눈을 보았다.

「답이야 뻔하지.」

「뜻대로 해야지.」

망설임 없는 답에 마르코가 얼굴을 종잇장처럼 일그러뜨렸다.

「그래서 넌 재미가 없어.」

「…….」

옴브레가 무슨 말이냐는 듯 마르코를 보자 그는 방금 전과는 달리 표정을 굳히며 딱딱한 어조로 말했다.

「아버지가 널 사지로 몰아넣으면 슬픈 기색 정도는 보이라고.」

「내가 왜?」

곧장 흘러나온 답에 마르코가 기가 빠진다는 듯 헛숨을 내뱉었다.

「아아…… 그랬지, 참.」

그래, 이자는 이런 사람이었다.

열 살, 어린 나이에 어둠 속에 갇힌 후로 줄곧 이랬다.

「아직도 밤마다 악몽을 꿔?」

마르코의 물음에 그의 얼굴이 차갑게 굳어졌다.

「죽으면 끝나겠지.」

순간 옴브레의 눈빛이 흔들리는 것을 보며 마르코가 작게 휘파람을 불었다. 이 인간에게 아직도 감정이 남아 있다니.

마르코는 자신의 곁을 지나 계단을 내려가는 옴브레의 뒷모습을 보며 말했다.

「어디 가? 손님 대접도 안 해, 이놈의 집구석은?」

장난스러운 말에 이번에도 역시나 망설임 없는 답이 들려온다.

「돈(Don)을 봬야지.」

「너도 참 특이해. 스스로 무덤 속으로 들어가다니.」

마르코의 말을 그도 들었을 것이 분명했지만 끝내 걸음을 멈추지 않는다. 마치 그 끝을 기다려 왔다는 듯이.

커다란 문을 열고 사라진 그의 뒷모습을 보던 마르코가 고개를 설레설레 내저었다.

「나라면 돈(Don)을 죽였어, 이 멍청아.」

　　　　✛　　❖　　✛

「이런. 그 친구에게 혼이 났다더니 풀이 죽은 모습이군요, 아가씨?」

「당신은 누구죠?」

침대 위에서 무릎에 얼굴을 묻고 있던 미우가 깜짝 놀라 고개를 퍼뜩 들었다. 그러자 아래위로 파란색 슈트를 입은 사내가 문가에 서 있었다. 그는 마치 미우의 속을 꿰뚫어 보듯 한참이고 얼굴을 살피더니 이내 가벼운 웃음을 흘렸다.

「음, 그 재수 없는 자식의 친구죠.」

여기서 재수 없는 자식이란 옴브레, 그를 말하는 것임을 알기에 미우가 무릎으로 기어 침대맡으로 갔다.

미우가 떨리는 얼굴로 물었다.

「루프스는…… 루프스는 괜찮나요?」

마르코가 이 성에 지내는 사람이라 생각했기에 묻는 말이었다. 방금 전 그녀가 한 말로 인해 또다시 루프스에게 피해가 간 것은 아닐까, 걱정하는 얼굴이었다.

미우의 얼굴에서 긴장이 뚝뚝 떨어지자 마르코가 눈알을 데록데록 굴리더니 이내 자신이 저번 달에 뽑아 이곳으로 배정한 어린 풋내기를 떠올렸다. 그리고 급히 이곳으로 파견된 조직과 연이 있는 의사가 보고했던 내용도 함께 생각해 낸 그가 고개를 끄덕였다.

「루프스? 아아, 여기에 배정된 그 말단 말이군요?」

미우가 맞다는 듯 침을 꼴딱 삼키며 고개를 끄덕이자 마르코가 걸음을 옮겨 의자에 앉은 후 다리를 꼬았다.

긴장한 얼굴을 보자 좀 더 골려 주고 싶은 마음이 들었다. 지금 그녀를 골려 주는 방법은 답을 조금 늦추는 것만으로도 가능했으니까. 힘들이지 않고도 상대를 괴롭힐 수 있는데 주저할 그가 아니었다.

「흐음…….」

그의 콧소리에 미우의 얼굴에서 순간 핏기가 가셨다.

「서, 설마…….」

눈을 크게 뜨며 곧 숨이 넘어갈 것처럼 놀라는 반응에 마르코가 허공에서 손을 저으며 상상의 나래를 막았다.

「죽지 않은 걸 다행이라고 생각해요.」

「아…….」

「그리고 그 친구의 사격 솜씨가 좋다는 것도.」

그러면서 씨익 웃는 그의 모습은 진정 악마로 보였다. 즐거운 듯 말했으니까.

그가 여전히 목소리에 음률을 담아 말했다.

「전 마르코예요. 본가에서 왔죠. 아가씨와 그 친구가 요즘 제법 재미있는 기 싸움을 하고 있다기에 친히 구경하러 왔는데, 그 녀석이 바쁘다고 외출하지 뭐야.」

「……그 사람 너무 싫어요.」

미우가 인상을 찌푸리며 하는 말에 자리에서 일어난 마르코가 말했다.

「그거 다행이네요. 그 녀석도 아가씨가 질색인 듯 보였으니까.」

뚜벅뚜벅, 자신을 향해 걸어오는 그를 홀린 듯이 바라보던 미우가 검지손가락을 척 들어 충고를 늘어놓는 그를 멍하니 올려다 보았다.

「하지만 아가씨, 그건 명심해요. 그 녀석의 심기를 너무 더럽히 진 말아요.」

「네?」

얼이 빠진 얼굴에 그가 인상을 구긴다.

「당신만 죽는 건 상관없는데, 성질 뻗쳐서 여기 있는 녀석들에 게까지 피해가 가면 내가 곤란해지거든. 사람을 또 이곳으로 배치 해야 하니까.」

「⋯⋯.」

이미 곤란한 듯 찌푸려진 얼굴에 미우가 고개를 숙였다. 자신 이 그의 성격을 긁어 대 루프스가 다쳤으니까.

그녀가 땅으로 파고들 듯 고개를 숙이는 것을 보며 마르코가 웃음을 삼켰다. 조금 더 놀려 주고 싶었지만 서둘러 옴브레의 뒤 를 따라야 했다. 너무 늦으면 정말 소중한 친구를 잃을지도 몰랐 으니까.

마르코는 그녀의 앞에 손바닥만 한 종이를 툭 내려놓았다. 새 하얀 종이엔 이름과 전화번호만이 적혀 있었다.

「자, 이건 내 연락처.」

「이건 왜요?」

「분명 나중에 내 도움이 필요할 때가 올 거예요. 그때 연락하라고.」

그리곤 마르코는 볼일이 끝났다는 듯 구겨진 슈트 끝을 손으로 탁탁 두드렸다. 그 소리에 미우가 자신을 바라보자 그가 입술 끝을 휘어 개구쟁이처럼 웃는다.

「그런데 다음엔 입술을 물어뜯지 말고 복부를 걷어차. 그나마 그 녀석, 볼만한 곳이 얼굴뿐인데 그 지경으로 만들어 놓으면 어떻게 해?」

마르코의 말에 순간 미우의 얼굴에 열이 확 올랐다.

그 모습을 재미있다는 듯 바라보던 마르코가 작게 웃음을 내뱉었다.

「그럼 또 다음에 보자고. 겁 없는 아가씨.」

수많은 남자들이 도열해 있는 한가운데, 머리부터 발끝까지 온통 검은 먹물을 뒤집어쓴 남자가 서 있다.

적진을 향해 혈혈단신으로 온 것이었지만, 남자는 긴장한 기색 하나 없이 숨을 죽인 채 자신을 바라보는 사내들 사이에 야차처럼 서 있다. 이곳까지 오는데 이미 몇 번의 전투를 치른 것인지 남자의 옷이 피로 푹 젖어 있고, 새하얀 뺨에도 핏방울이 튀어 있었다.

남자들이 옴브레에게서 잠시도 시선을 떼지 않는다. 찰나의 순간 명줄을 끊을 수 있을 만큼 대단한 살인귀라는 사실을 알기 때문이다. 그는 마치 저승에서 살아 돌아온 악마와 같았다.

「겁도 없지.」

이 상황이 재미있다는 듯이 중앙에 놓인 소파에 다리를 꼬고 앉아 있는 리카르도가 장난스럽게 웃으며 말했다. 상황은 전혀 즐겁지 않았음에도 그는 옴브레를 보며 생글생글 웃고 있었다.

「조카가 왔는데, 준비한 게 마땅치 않아서 어쩌나.」

「장단 맞춰 드릴 시간 없습니다.」

옴브레가 무심한 어조로 읊조렸다.

하지만 의자 손잡이에 턱을 괸 채 앉아 있는 리카르도에게선 긴장한 기색 하나, 두려운 기색 하나 없었다.

리카르도 이아퀸타는 시칠리아를 장악하고 있는 '카일룸(Cælum)'의 대부였다. 젊은 나이에 정상에 올라 지금까지 세력을 더욱 단단히 해 나가고 있는 그는 나폴리 파블리오와 함께 이탈리아 마피아에서 최고로 손꼽히는 수장이었다.

그는 눈앞에서 마치 죽은 자와 다름없는 표정을 하고 있는 옴브레를 보며 짧게 읊조렸다.

「재미없는 새끼.」

「마리를 주십시오.」

「그전에 줄 게 있지 않나? 내가 분명히 말했던 걸로 기억하는데…… 못 본 사이 멍청해지기라도 한 거냐?」

아들의 목을 내놓는다면 마리를 내어 주겠다고 파블리오에게 제안한 일을 들먹이며 리카르도가 웃었다. 그리고 현재 옴브레는 눈앞에 딱딱하게 굳은 표정으로 리카르도를 마주하고 있었다. 훌륭하고, 충분한 답변이었다.

리카르도는 옴브레의 오른쪽 손가락 끝에서 뚝뚝 떨어지는 피를 주시했다. 총탄이 스치고 간 자리에 생긴 상처가 꽤나 깊은 것인지, 옴브레의 발밑으로 커다란 피 웅덩이가 생기고 있었다. 하지만 옴브레는 고통조차 느끼지 않는지, 멀찍이서 리카르도를 바라보고 있었다.

「형님의 취미가 변하지는 않았나 보군.」

느릿한 어조로 말한 리카르도는 표정 변화 하나 없는 옴브레를 보며 조소를 지었다.

「아들을 사지로 몰아넣는 거.」

「리카르도의 취향도 변하지 않았나 봅니다.」

고저 없는 목소리에 리카르도가 눈을 가늘게 뜨며 웃었다. 눈동자는 반짝반짝 호기심으로 빛나고 있었다.

「뭐?」

「장난에 목숨 거는 거.」

두 사람 사이에 짙은 침묵이 흘렀다. 다른 이들은 감히 끼어들 수 없을 만큼 엄청난 아우라를 내뿜으며 서로를 바라보는 사내들은 마치 이성이 있는 짐승과 같았다.

두 사람 모두 이 잔혹한 세계에서 수십 년 동안 살아왔다. 그사이 그들의 손에 아스러져 간 사람도, 그리고 죽음의 위협도 수없이 많았다. 그런 그들에게 어떻게 대적할 수 있겠는가. 보통 일반인들이었다면 두 사람과 눈을 마주치는 것도 힘들 것이다.

서로를 바라보며 꼼짝도 않고 있는 두 사람을 보며 사내들은 숨을 죽였다. 일촉즉발의 상황, 갑자기 어떤 일이 일어나도 이상

하지 않을 것 같은 분위기가 흘렀다.

한참이고 옴브레를 보던 리카르도가 입꼬리를 휘며 매혹적으로 웃었다.

「하하, 건방진 새끼. 난 이래서 네가 좋더라. 재미있거든.」

「…….」

에메랄드빛 눈동자가 흥미로움을 머금었다.

「계집은 어디 있지? 파블리오가 제 자식을 바쳤으니, 약속대로 해야지.」

「지금 이리로 오고 계십니다.」

그 말이 끝남과 동시에 문이 열리더니 가슴골이 훤히 드러나는 드레스를 입은 여자가 안으로 들어왔다.

「릭, 왜 불렀어요?」

여자가 붉게 칠한 입술 끝을 부드럽게 휘어 웃다 말고, 고개만 돌려 자신을 바라보고 있는 남자를 보았다. 순간 얼굴에 핏기가 가셨다.

「오, 옴브레…….」

「이런, 마리. 표정이 왜 그래? 반갑지 않은 건가?」

「릭……?」

마리의 몸이 바들바들 떨렸다. 검은 눈동자를 보자 공포심이 온몸을 휘감았다. 마리가 부들부들 떨며 걸음을 뒤로 물리자, 날카로운 힐 소리가 정적을 깼다.

「마리, 미안하게 됐어. 지금 막, 거래가 성사된 참이거든.」

리카르도가 옴브레를 향해 손을 뻗었다.

「자, 계집은 여기 있다. 이제 네가 목을 내놓을 차례지?」

피식, 리카르도를 보며 잇새로 웃음을 내뱉은 옴브레가 순간 날렵하게 몸을 움직여 마리에게 달려갔다. 사내들이 몸을 움찔 떨었지만 그는 순식간에 마리의 목을 낚아챈 후 뒤에서 그녀가 움직이지 못하도록 칼을 목 깊숙이 가져다 댔다.

「이 새끼가!」

사내 중 하나가 흥분해 욕설을 내뱉었다. 하지만 옴브레는 여전히 여유로운 얼굴로 자신을 바라보는 리카르도에게서 시선을 떼지 않고 있었다.

「리카르도.」

「릭이라 불러, 엔바.」

그가 옴브레를 향해 싱글벙글 웃으며 말했다. 엔바라는 애칭에 옴브레의 미간이 꿈틀거렸다.

「남처럼 왜 그래?」

사지를 바들바들 떨며 자신을 향해 구원의 눈길을 보내는 마리를 보고 있으면서도 리카르도는 장난스럽게 웃으며 말을 마친다.

죽음의 그림자에 몸을 떨던 마리가 바싹 마른 입술을 달싹였다.

「리, 릭! 사, 살려 줘요.」

마리의 눈에 금세 눈물이 고이고, 얼굴은 절망으로 물들었다. 장난스럽게 웃는 리카르도의 표정을 보니, 자신을 살려 주기 위해 그 어떠한 행동도 취하지 않을 것 같았기 때문이다.

바들바들.

자신의 목을 파고드는 칼날에 몸을 떨던 그녀가 결국 겁에 질려 오줌을 지렸다.

「꺽…… 꺽!」

「저런, 그 계집 살려 주려는 게 아니었어?」

「글쎄요.」

짧게 말을 내뱉은 옴브레가 입술 끝을 휘며 웃었다. 하지만 눈은 여전히 웃지 않은 채 무감했다.

「살려 오라는 명은 없었습니다.」

우둑, 우두둑.

둔탁한 소리가 나고 발치로 사지가 늘어진 여자가 떨어진다.

쿵―!

옴브레가 자신의 앞에서 허물어지는 여자의 몸을 놓으며 리카르도와 시선을 맞췄다.

단번에 마리의 목숨을 앗은 그의 행동에 여기저기서 숨을 들이켜는 소리가 들렸으나, 옴브레는 천천히 리카르도와 눈을 맞추며 한쪽 무릎을 굽히고 앉았다. 그리고 방금 전까지 그녀를 위협하던 칼을 높이 들어 마리의 오른쪽 엄지손가락을 힘껏 내려쳤다.

리카르도의 한쪽 눈썹이 위로 휘는 순간, 옴브레는 손가락을 손수건에 감싼 후 속주머니 안에 넣었다. 그리곤 시선으로 자신을 좇는 리카르도를 보며 말했다.

「그럼 다음에 뵙겠습니다.」

슈트 자락을 휘날린 옴브레가 뒤돌아 빠르게 이곳을 벗어났다. 전력 질주해 뛰어가는 옴브레의 뒷모습을 보던 리카르도의 입에서 커다란 웃음이 터져 나왔다.

피로 낭자한 바닥을 보던 그는 곁으로 다가와 다급한 얼굴로 외치는 니콜라이를 곁눈질했다.

「보스! 안 잡으십니까?」

「네가 저놈의 상대는 되나?」

「그, 그것이…….」

「됐어. 내버려 둬. 다른 놈들에게도 쫓는 시늉만 하다 적당히 물러나라고 일러두고.」

「릭…….」

「오랜만에 얼굴 보니까 좋군.」

리카르도의 입가로 만족스런 웃음이 걸렸다.

빠르게 변하는 차창 밖 세상을 무심하게 바라보던 옴브레는 옆에서 연신 들려오는 잔소리에도 눈썹 하나 까딱하지 않는 모습이었다.

이를 마르코도 알고 있었지만 잔소리를 멈출 수는 없었다. 자신의 소중한 벗이자 형제와 다름없는 이 사내는 자신의 뼈는 철근이고, 생명은 수십 개를 가지고 있는 것처럼 굴었다.

아무리 그러한 환경 속에서 살아왔다 하더라도 간혹 옆에서 보고 있기에도 아찔한 상황이 계속되고 있으니, 이번엔 확실하게 이야기를 해 두는 것이 좋겠다고 판단되었다.

마르코가 대충 지혈을 해 놓은 팔을 힐끗 곁눈질하며 말했다.

「오른쪽으로 2cm만 비껴 맞았어도 불구가 됐을 거야.」

「난 신기할 정도로 그쪽으론 운이 좋아.」

「그 운 믿다간 진짜 죽을 거다.」

마르코가 힘주어 말했다. 가차 없는 말에 보통의 이들은 눈살을 찌푸리며 화를 냈겠지만 그는 달랐다.

「그것도 괜찮네.」

「웃기는 자식.」

심드렁한 어조에 오히려 화가 난 것은 마르코였다. 그가 이를 짓이기며 말한 후 깊은 숨을 들이마셨다.

그래, 옴브레가 이런 놈이란 것을 모르고 있었단 말인가. 이런 놈이란 것은 지긋지긋하게 알고 있었다. 삶에 대한 애착 따윈 없으며 늘 무심하고 담담한 사람이란 것도, 죽음을 두려워하지 않고, 감정은 죽어 있다는 것도 말이다. 그리고 그를 이런 사람으로 만든 것은 자신이 모시고 있는 돈(Don)이었다.

어릴 적 파블리오 말단 직원으로 지내며 옴브레가 어떠한 성장 과정을 거쳤는지, 괴물 같은 지금의 모습을 왜 가지게 되었는지도 모두 알고 있었다.

화를 내 봤자 소용없겠지. 그는 왜 자신이 화를 내는지조차 모를 테니까.

신호가 없는 고속도로를 빠르게 내달리는 차는 옴브레와 닮았다. 그는 브레이크가 고장 난 차와 같았다. 아니, 애초에 브레이크가 없는 차라고 말하는 것이 옳을 것이다. 멈추지 않을 것이고, 멈추는 순간은 사고가 났을 때. 폐차를 해야 할 정도로 망가지고 나서야 멈추겠지.

일순간 마르코의 눈빛이 어두워졌다.

「네 입술을 물어뜯은 아가씨는 어떻게 할 거야?」

「…….」

「마리가 죽었으니 더 이상 쓸모가 없지 않나?」

마르코의 물음에 차창 밖을 향해 있던 옴브레의 시선이 옮겨져 그에게로 향한다. 그리고 굳게 다물고 있던 입술을 달싹였다.

「글쎄…….」

어떻게 해야 할까?

그의 눈동자가 마르코에게 물음을 던졌다.

운전을 하느라 정면을 주시하고 있어 그와 눈을 마주치지 않았음에도 마르코는 그의 물음을 기가 막히게 캐치해 내곤 가벼운 어조로 말했다.

「돈(Don)이 가만히 두지 않을걸?」

「…….」

그 역시 동감하는 것인지 검은 눈동자에 맺혀 있던 빛을 죽인다.

그의 시선이 다시 창밖을 향했다. 죽음을 기다리는 것처럼 힘없이 눈을 깜빡이던 미우의 모습을 떠올리며 말을 아꼈다.

❖　❖　❖

창문을 연 그녀가 창틀에 엉덩이를 붙이고 앉았다. 잘못 몸이 앞으로 쏠리면 뼈도 못 추릴 아찔한 절벽을 내려다보던 그녀가 고개를 들어 하늘을 보았다.

"백야인가……."

밤 11시가 다 된 시각이었지만 하늘은 여전히 낮처럼 밝았다. 스위치가 고장 난 전등처럼 시간 감각을 잃게 하는 하늘을 보며 그녀가 허탈하게 웃는다.

"난 여기서 뭐하고 있는 거야."

눈을 감은 미우가 불어오는 후덥지근한 바람에 입꼬리를 아래로 축 늘어뜨렸다.

지루한 시간이 느리게 흘러갔다. 덜렁 침대와 테이블만 놓여 있는 공간에서 그녀가 할 수 있는 일이라곤 창가에 앉아 저 멀리 풍경을 살펴보는 것뿐. 처음 며칠은 늦게까지 잠을 자고 침대에서 빈둥거렸지만 말상대도 없이 시간을 죽이는 일은 생각보다 고독하고 힘든 일이었다.

"언제부터 그랬다고."

미우가 창밖 세상을 보며 무심하게 읊조렸다. 언제부터 타인과 함께 있는 것이 익숙했다고 외로움을 탄단 말인가.

희미하게 웃음을 짓던 그녀의 시선이 아득히 멀어졌다.

그래, 그녀는 혼자 있는 것이 익숙해졌다. 아니, 익숙해져야 했다. 함께 있는 것의 즐거움을 가르쳐 줬던 이가 제 곁을 떠난 이후론 그렇게 될 수밖에 없었다. 따스했던 체온이 사라지고, 자신을 향하던 웃음이 없어지고, 늘 두 개였던 집의 물건들의 한쪽 주인이 사라지는 순간 그녀는 좌절했고 아파했다. 그리고 현실에서 눈을 감았다.

후후, 그녀가 짧게 웃음을 흘리며 자리에서 일어났다. 그리고 무언가에 홀린 것처럼 걸음을 옮겨 자신이 열도록 허락되지 않은 문을 열었다.

이곳에 있는 자들은 그녀에게 방 밖으로 나오지 말라고 경고를 했으나, 문을 잠그거나 감시하고 있진 않았다. 루프스가 있긴 했으나 그가 다치고 나서는 제 곁을 지키는 사람은 없었다.

감금이었으나 감금이 아닌 상태.

그녀는 자유로이 걸음을 옮겨 자신의 맞은편 방으로 향했다. 그리고 망설임 없이 문을 열고 안으로 들어갔다.

짙은 어둠에 방 안을 제대로 볼 수는 없었다. 손을 뻗어 벽에 있는 스위치를 눌렀지만 역시 전등이 고장 났는지 불이 켜지지 않았다.

"답답하지도 않나?"

이곳에서 정말 생활을 할 수 있을지 의문이 들 정도로 방은 온통 캄캄했다.

달칵.

문을 닫자 이젠 정말 한 치 앞도 보이지 않는다. 눈을 동그랗게 떴던 미우는 어둠에 익숙해질 때까지 기다렸다. 그리고 시야가 조금 익숙해지고, 곳곳에 놓여 있는 가구가 희미하게 보이고 나서야 걸음을 옮겼다. 조심스럽게 걸음을 옮긴 그녀는 곧장 창가로 향해 두터운 커튼을 걷었다.

방 안엔 작은 싱글침대와 커다란 테이블, 의자 등 최소한의 가구만이 놓여 있었다. 자신이 지내고 있는 곳도 썰렁하기 그지없다 생각했으나 이곳에 비하면 많은 것들이 갖춰져 있다 생각이 들 정도였다.

흔한 책 하나 없이, 가전제품 하나 없는 곳은 사람이 사용하지 않는 곳 같았다. 그리고 썰렁한 내부처럼 사람이 지내면 당연히 날 법한 냄새조차 나지 않았다.

"일단 뒤지지, 뭐."

그가 자신에게서 빼앗아 간 반지가 있을 만한 곳을 찾던 미우는 곧장 책상으로 향했다. 그러곤 서랍 문을 일일이 열고 구석구석까지 손을 넣어 샅샅이 뒤졌다. 하지만 먼지만 묻어 나올 뿐 반지는 찾을 수가 없었다.

도대체 어디 있는 거지?

모든 책상 서랍을 뒤지고 난 후 자리에서 일어난 미우의 시선이 붙박이장 앞에 놓인 작은 서랍에 닿는다. 미우의 걸음이 홀린 듯 옮겨졌다.

자신의 무릎까지밖에 올라오지 않는 높이의 서랍장을 내려다보던 그녀가 손을 뻗을 때였다. 문 밖에서 작은 소음이 들리자 그녀의 눈이 커다랗게 변했다.

「소란 떨 것 없어.」

「어떻게 소란을 안 떨어? 너 사람이야! 목숨은 하나뿐이고!」

「머리 울려.」

"이크!"

분명 그 남자의 목소리였다. 주위를 빠르게 둘러본 그녀가 붙박이장 문을 열었다. 가지런히 걸려 있는 옷을 민 뒤 몸을 구겨

넣었다. 문을 닫은 후 아슬아슬하게 문이 열리는 소리가 들렸다.

「루까를 부를게.」

「그럴 필요 없어.」

들려오는 목소리에 미우는 침을 꿀꺽 삼킨 후 작은 틈으로 밖의 상황을 보았다. 침대맡에 서 있는 마르코와 침대에 걸터앉아 있는 옴브레가 보였다. 그가 많이 다친 것인지 마르코는 연신 잔소리를 늘어놓은 후 힘없이 축 늘어뜨리고 있는 오른팔을 보고 있었다.

「아무리 네 목숨이 무지막지하게 질기다 하더라도 팔에 난 바람구멍은 저절로 아물지 않아. 총알도 빼야 할 것 같고.」

「내가 하면 돼…….」

「한 번이라도 내 말 좀 들어 주면 안 되냐? 가끔 널 정말 죽이고 싶어져.」

「…….」

「기다려, 연락하고 올 테니까.」

말을 끝낸 후 답이 없는 옴브레를 한참이고 노려보던 마르코가 몸을 돌려 방 밖으로 나갔다. 달칵, 문이 닫히자 곧 숨을 깊게 들이마셨다가 내뱉는 소리가 들린다.

꼴깍.

침을 삼킨 미우가 눈을 감았다.

아, 이젠 어쩌나.

그녀의 얼굴이 난감함에 굳어졌다.

번뜩 눈을 뜬 미우가 미간을 찌푸렸다.

가끔 자신의 무신경함에 욕을 해 주고 싶을 때가 있었는데, 바로 지금 같은 순간이었다. 언제 잠든 것인지도 모른 채 붙박이장 안에서 단잠을 잔 그녀는 손을 들어 자신의 머리를 몇 번 쥐어박은 뒤에야 작은 틈으로 방 안의 동태를 살폈다.

백야까지 물러간 짙은 밤인 것인지 불 꺼진 방 안은 무척이나 어두웠다. 한참이고 눈을 깜빡이며 어둠에 익숙해지길 기다리던 그녀는 곧 흐릿한 형체로 가구들이 보이자 조심스럽게 문을 열었다.

쥐 죽은 듯이 조용한 방 안엔 아무도 없는 것 같았다. 이때가 기회라고 생각하며 그녀가 서둘러 걸음을 옮길 때였다.

부스럭.

인기척에 순간 미우의 얼굴에서 핏기가 가셨다.

「……」

얼음땡 놀이를 하는 어린아이처럼 움직임 없이 그 자리에 서 있던 미우는 한참이 지나도 그의 목소리가 들려오지 않자 안도의 한숨을 내뱉었다.

고개를 돌린 그녀가 방금 전 소리가 들렸던 곳을 바라보자 이불을 덮지도 않은 채 몸을 웅크리고 있는 커다란 인영이 흐릿하게 보였다. 미우의 걸음이 마치 홀린 듯이 그쪽으로 향한다.

미우는 말없이 옴브레를 내려다보았다. 늘 크고 위협적이던 사내가 식은땀을 흘리며 잠들어 있었다.

"뭐야……."

단 한 번도 감정을 보여 주지 않았던 그였다. 하지만 지금은 다르다. 파르르 떨리는 속눈썹과 침대시트가 흠뻑 젖을 정도로 흐른 식은땀, 그리고 보라색으로 변한 입술을 악물고 잠들어 있는 남자는 마치 상처받은 짐승처럼 보였다.

무릎을 굽혀 옴브레의 얼굴을 보던 미우가 악몽을 꾸는 듯 일그러진 남자의 얼굴로 손을 뻗을 때였다.

번뜩!

검은 눈동자가 살기를 띤 채 떠지더니 순식간에 미우의 팔을 낚아채 침대로 눕혔다. 오른팔에 감아 놓은 붕대가 핏빛으로 물들었지만 남자는 어느새 꺼내 든 총으로 미우의 목을 정확하게 짓눌렀다. 방아쇠만 당긴다면 그녀는 반항 한 번 해 보지도 못한 채 죽을 것이다.

미우의 모습을 확인한 그가 몸에 흐르던 긴장을 풀었다. 희번덕 빛나던 눈빛도 원래대로 돌아왔다.

「뭐야…….」

「그건 내가 할 말이에요. 깜짝 놀랐다고요!」

벙찐 얼굴로 그를 올려다보던 미우가 눈을 커다랗게 뜨며 외쳤다. 멈춰 있던 심장이 다시 수축과 팽창을 하며 힘껏 피를 돌려 댄다.

새빨갛게 변한 얼굴로 자신을 올려다보는 미우의 모습에 그가 총구를 거뒀다. 그리고 손을 들어 자신의 이마에 맺혀 있는 땀을 거칠게 닦은 후 침대에서 멀어진다. 여전히 얼떨떨한 얼굴로 침대에 누워 있는 미우를 보며 그가 물었다.

「네가 왜 여기 있어?」

「아…….」

짧게 신음을 내뱉은 미우가 상체를 벌떡 일으킨 후 어깨를 으쓱였다. 평소의 뻔뻔한 모습으로 돌아간 그녀가 심드렁한 얼굴로 말했다.

「여러 가지 사정이 있었죠.」

「반지를 찾으러 왔군.」

어둠 속에서 두 사람의 눈길이 맞부딪쳤다. 어둠에 완벽하게 적응한 그녀는 옴브레의 눈이 순간 잿빛으로 보인다 생각했다, 예전처럼.

그와 진득한 시선을 마주하던 미우가 고개를 숙였다. 왠지 그와 눈을 마주할 수가 없었다.

「맞아요. 소중한 것이니까 돌려줘요.」

「……다음엔 허락 없이 이 방에 들어오지 마.」

「지금 그 이야기를 하는 게…….」

「그땐 당신이 나한테 안기고 싶다는 걸로 간주하고 안을 거니까.」

그의 협박이 제법 먹혀든 것인지 미우가 입술을 꾹 깨물었다.

한 번 한다면 정말 하는 남자처럼 보였으니까.

후, 한숨을 내뱉은 그녀가 고개를 들 때였다.

「왜, 정말 나에게 안기고 싶어서 찾아왔나?」

「설마요! 당장 비켜요!」

어느새 자신의 앞까지 다가온 옴브레의 모습에 그녀가 자리에서 벌떡 일어나 그의 몸을 힘껏 밀었다.

「으…….」

그러자 그가 팔을 감싸 쥐며 작게 신음을 뱉었다. 흰 붕대가 핏빛으로 물든 것을 본 그녀가 눈을 동그랗게 뜨며 사과의 말을 내뱉었다.

「미안해요.」

「뭐?」

그녀의 사과에 그의 눈이 커진다.

그는 수없이 그녀를 위협하고 협박했다. 몇 번은 정말 살의에 차 그녀의 숨통을 끊어 놓으려 하기도 했다. 그런데 이 여자는 그런 자신에게 미안하다고 말을 한다. 고작 상처를 건드렸다는 이유로.

미간을 찌푸린 그가 낮고 음습한 목소리로 말했다.

「당신 재미있는 사람이야.」

「…….」

미우가 눈을 동그랗게 뜨며 그를 바라보았다. 그리고 시선이 마주하는 순간 자신도 모르게 고개를 돌려 버렸다.

「그래서 화가 나.」

그가 입술을 짓이기며 진심으로 화를 냈다.

❖　◈　❖

철퍼덕 침대에 누운 미우가 커다란 눈을 깜빡이며 멍한 표정을 지었다. 마치 혼이 나간 것 같은 표정을 짓고 있던 미우가 상체를 벌떡 일으켰다.

"누가 무서워할 줄 알고?"

마치 문이 옴브레라도 되는 양 노려보던 그녀가 고개를 푹 숙였다.

무섭진 않은데 껄끄럽다.

죽음이 두려운 것은 아니었지만 그와 마주치는 것은 조금 무섭다.

자신의 생각에 미우가 콧잔등에 주름을 잡았다.

"그게 뭐야."

스스로 생각해 보아도 기가 막힌 생각인 것인지 그녀가 짜증스럽게 말을 내뱉으며 문을 노려보고 있을 때였다.

똑똑.

간결하게 들리는 노크 소리에 미우의 몸이 위로 튀어 올랐다. 서서히 열리는 문에 긴장한 기색을 감추지 못하던 그녀는 곧 안으로 들어오는 남자의 모습에 눈을 동그랗게 떴다.

「루프스! 몸은 괜찮아요?」

「네, 보시다시피요.」

루프스였다. 그렇게도 찾아 헤매던. 아직도 걸음걸이가 불편한 것인지 한쪽 다리를 절기는 했으나 혈색은 좋았다.

깜짝 놀라 아무런 말도 하지 못하는 미우를 보며 그가 들고 있던 쟁반을 보여 주며 말했다.

「점심 가지고 왔어요.」

「하아, 어떻게 된 일이에요? 몸은 괜찮아요?」

「네, 아주 멀쩡해요.」

루프스가 어깨를 으쓱였다. 그리고 절뚝절뚝 걸음을 옮겨 테이블 위에 쟁반을 내려놓으며 말했다.

「다시는 옴브레 님께 반항하지 마세요.」

루프스가 고개를 돌려 미우와 눈을 마주했다. 얇은 입술이 일그러지며 어설픈 웃음을 머금었다. 그 모습을 가만히 내려다보고 있던 미우가 천천히 읊조렸다.

「미안해요, 나 때문에 총까지 맞고.」

「그 정도는 괜찮아요. 어느 정도 각오하고 이곳으로 온 것이니까.」

신경 쓰지 말라는 듯 웃는 그의 모습에 미우가 작은 목소리로 말한다.

「루프스는 이곳과 어울리지 않는 사람이네요.」

「글쎄요, 전 미우가 생각하는 사람과 거리가 먼 사람이에요.」

「왜 그런 말을 해요?」

미우가 눈을 동그랗게 뜨며 물었다. 루프스가 어설픈 웃음을 지으며 답했다.

「어찌 됐든 이곳에서 일하고 있는 사람이니까요.」

「루프스…….」

「전 이곳에 온 지 아직 두 달도 되지 않았어요. 레오성은 말단 직원이 관리를 하는 곳인데, 이번엔 제가 이곳의 관리를 맡게 됐죠. 청소와 빨래를 할 때도 있고, 개 먹이를 줄 때도 있고…….」

왠지 마지막 말끝을 유달리 흐린다고 생각한 미우가 턱을 괴며 루프스를 보았다. 토마토가 버무려져 있는 파스타를 테이블 위에 올려놓는 그의 손길을 보며 그녀가 말했다.

「흠, 무섭지 않나?」

「이곳의 사람들이 하는 일보다 더 무서운 건 가난과 배고픔이에요.」

그가 고개를 돌려 미우를 보았다. 놀란 눈으로 자신을 바라보는 그녀의 모습에 그가 싱긋 웃음 지었다. 상큼한 미소는 세상 물정 모르는 어린아이 같았다. 그래서 더 놀라 버렸는지도 모른다.

「아…….」

「어린 동생들이 굶는 것을 더 이상 볼 수 없었거든요. 전 공부 머리도 없고, 영어를 잘하는 것도 아니어서 선택의 폭이 좁았어요. 나폴리에서 할 수 있는 일은 한정되어 있으니까요.」

그렇게 말한 루프스가 서글프게 웃었다. 왠지 이 소년은 과도기에 놓인 것 같았다. 돈이 필요해 이곳에 오긴 했으나 아직 완벽하게 적응하지 못한…….

얼마나 인생의 쓴맛을 본 것인지는 몰랐으나 루프스의 일그러진 얼굴을 보며 미우가 자리에서 일어선 후 암막 커튼을 걷었다. 그러자 알프스의 어느 한 곳을 차지하고 있을 높은 봉우리가 보였다. 그 봉우리를 따라 나 있는 길엔 지나가는 차도 없었고, 하늘을 날아다니는 비행기나 헬기도 보이지 않았다.

깊숙한 산속을 보며 그녀가 무심한 목소리로 말했다.

「뭐, 자신이 선택했다면 후회하지 마세요.」

「네?」

조금은 놀라움에 찬 목소리가 들려오자 미우가 천천히 몸을 돌려 루프스를 바라보았다. 창틀에 엉덩이를 걸치고 앉은 미우가 루프스와 시선을 마주하며 말했다.

「인생이 서글픈데, 내가 선택한 길조차 잘못되었다고 생각하면 자신이 너무 싫어지지 않겠어요?」

「아…….」

확신에 찬 목소리에 그가 자신도 모르게 고개를 끄덕였다. 그 모습에 미우가 희미한 웃음을 입가에 머금었다.

「전 그랬어요.」

「뭐가요?」

「인생도 서글퍼 미치겠는데, 내가 선택한 길조차 후회하고 있어. 되돌릴 수 있으면 되돌렸으면 좋겠다고 밤마다 생각했어요. 너무 후회했죠.」

「미우…….」

그녀의 과거도 만만치 않았던 듯 미우가 쓴웃음을 지었다. 입 안이 텁텁했다. 쓴 술을 잔뜩 삼킨 다음 날처럼.

미우가 루프스를 천천히 살폈다. 객관적으로 보아도 참 잘생긴 얼굴이었다. 아직 어린 티가 가시지 않은 얼굴이지만. 예전부터 웃음이 많았던 듯 자연스럽게 휘어지는 눈매와 웃고 있지 않아도 위를 향해 있는 입꼬리를 보자 저 아이의 처지가 조금은 불쌍하게 느껴졌다.

그녀는 애초에 행복했던 적이 없어 발밑이 꺼지는 슬픔을 느꼈을 때도 1년이란 시간을 버틸 수 있었다. 행복했을 때조차도 슬픔을 생각했기에.

천천히 눈을 깜빡인 미우가 루프스를 보며 희미한 웃음을 머금었다.

「한 가지 재미있는 거 말해 줄까요?」

그녀의 눈빛이 애잔하게 빛났다. 루프스는 답하지 않았으나 미우는 입술을 한껏 휘어 웃으며 말을 이었다.

「난 사람을 죽였어요. 그리고 도망쳐 온 거예요, 이탈리아로.」

관찰

「답답해, 루프스.」

제법 루프스와 편해지고 난 후 미우는 그에게 가벼운 어조로 말할 수 있었다. 그녀의 말에 루프스가 설레설레 고개를 저었다.

「절대 안 돼요.」

「왜!」

「이 성에 파블리오 조직원이 몇 명이나 있는 줄 아세요? 그 사람들 중 한 사람에게라도 눈에 띄면 옴브레 님 귀에 들어갈 거예요.」

루프스가 얼굴을 일그러뜨리며 말했다. 그의 귀에 들어갔다간 어떤 사달이 일어날지 몰랐기에 걱정이 이만저만이 아닌 듯했다.

그의 말에 미우는 제법 상큼한 웃음을 지었다.

「여기에 더 있다간 옴브레 손에 죽기 전에 답답해서 죽을걸?」

진심이라는 듯 연신 고개까지 끄덕이는 그녀를 보며 루프스가 단호하게 말했다.

「그래도 안 돼요.」

「저녁에 나가면 되잖아, 응?」

「미우.」

「아니면 당장이라도 뛰쳐나가 줄까?」

「……..」

제법 위협적인 협박이었던 것인지 루프스의 얼굴에서 점점 핏기가 가셨다.

옴브레가 시칠리아에서 상처를 입고 돌아온 후 레오성 안엔 시베리아 한파보다 더 서늘한 바람이 불었다. 파블리오 조직의 돈(Don)이 있긴 했지만 이 성에 소속되어 있는 이들은 대부분 옴브레를 따르는 이들이었고, 보스나 다름없는 그가 상처를 입고 온 것을 보고 모두 다시 전쟁을 일으켜야 한다며 흥분한 상태였다.

그런데 지금 이런 분위기에서 훤한 대낮에 그녀가 성 안을 활보한다고?

미래가 예상이 된다는 듯이 루프스의 눈망울이 흔들렸다.

제 협박이 들어 먹힌 것을 눈치챈 미우가 생글생글 웃으며 말을 이었다.

「밤에 몰래 나가면 되잖아. 그 남자는 크게 다쳐서 방에서 안 나온다며.」

「하지만……..」

「요 앞에 잠시만. 어? 정말 바람만 쐬고 들어오자. 응응? 루프스!」

「하아.」

깊은 한숨을 내뱉은 루프스가 고개를 내저었다.

「와, 살 것 같다!」

목소리를 죽여 외친 미우가 넓은 정원 안을 망아지처럼 뛰어다녔다.

정원 중에서도 가장 깊숙하고 수풀이 우거져 보이지 않는 공간. 평소 사람들의 발길이 닿지 않았음을 알려 주듯 잡초가 그녀의 무릎만큼 자라나 있었고, 여기저기 이름을 알 수 없는 꽃들도 피어 있었다.

이 공간이 제법 마음에 들었던 것인지 미우는 고개를 돌려 조금 떨어진 곳에서 주위의 인기척을 살피고 있는 루프스를 향해 말했다.

「여기 정말 좋다.」

목소리에 가득한 흥분에 루프스가 팔을 휘저었다.

「쉿, 그러다 다른 사람들이 눈치채요.」

「뭐야, 여기까지 와서 눈치를 봐야 해?」

「당연하죠. 요즘 분위기가 많이 안 좋다니까요?」

「쳇.」

루프스의 잔소리에 고개를 팩 돌린 미우가 신고 있던 신발을 벗어 던진 후 흙바닥에 맨발을 내렸다. 사박사박, 그녀의 발바닥에 짓눌린 이름 모를 잡초들이 소리를 냈다.

「……루프스.」

「네? 왜요?」

주위를 경계하며 루프스가 말했다. 그러자 그녀는 그와 좀 더 멀찍이 떨어져 하늘에 떠오른 동그란 달을 올려다보며 물었다.

「여기서 도망가고 싶지 않니?」

「미우, 안 돼요. 당신 도망갔다간…….」

루프스가 다급한 목소리로 말했다. 그녀가 도망갔다가 붙잡히는 날에는 온전한 시신을 건지지 못할 정도로 잔인하게 살해될 것이다. 레오성의 일원들은 대부분 쉐도우 출신의 살인마였고, 전쟁이 일어날 땐 가장 앞장서 상대를 무너뜨리는 존재들이었으니까. 그녀 하나 잡는 것쯤은 문제도 되지 않을 것이다.

그의 말에 미우는 고개를 돌려 루프스와 시선을 마주하며 웃었다.

「나 말고 너.」

「네?」

그게 무슨 말이냐는 듯 루프스가 눈을 동그랗게 뜨며 되묻자 그녀가 입가에 희미한 웃음을 머금었다.

「가족이 보고 싶지 않아?」

「그거야 보고 싶지만……. 미우는요?」

서글픈 감정이 올라오자 루프스가 서둘러 말을 돌렸다. 그의 마음을 잘 알고 있다는 듯이 미우가 싱긋 웃음 지은 후 고개를 돌렸다. 그녀의 시선은 또다시 커다란 달로 향했다.

「나를 기다리는 사람은 없어.」

「……가족이 없어요?」

놀란 목소리가 뒤에서 들려오자 미우가 허무한 목소리로 답했다.

「응.」

그게 서글펐던 적은 없었는데.

유독 큰 달 때문일까, 조금은 감성적으로 변한 그녀가 웃음기 가득한 목소리로 말을 마친다.

「만들고 싶었는데 그마저도 실패했어.」

자신을 바라보는 탁한 눈이 있는지도 모른 채.

❖　❖　❖

머리 꼭대기에 떠오른 달을 조명 삼아 천천히 걸음을 옮기던 미우는 어제 보았던 정원의 끝자락에 와서야 걸음을 멈췄다. 고개를 들어 멍하니 하늘을 보던 그녀의 입술에 서글픈 웃음이 걸리는가 싶더니 곧 몸이 기우뚱 기울었다.

털썩.

힘없이 잔디에 누운 미우가 달을 보며 멍하니 말했다.

"괜찮아…… 괜찮아."

더듬더듬 말을 내뱉은 그녀가 눈을 감았다. 방금 전까지만 해도 일그러졌던 표정은 어느새 평온하게 변해 있었다.

숨소리조차 내지 않으며 불어오는 후덥지근한 바람을 느끼고 있을 때였다.

부스럭.

뒤에서 인기척이 들려왔지만 그녀는 이를 알아차리지 못한 채 여전히 눈을 감고 있었다.

부스럭, 부스럭.

옷자락에 풀잎이 스치는 소리가 들렸다. 하지만 그녀는 숨소리 하나 없이 눈을 감고 있을 뿐, 움직임이 없었다. 마치 죽은 사람처럼.

달빛에 비친 그녀의 얼굴이 창백하게 빛나자 그림자처럼 나타난 옴브레가 빠르게 걸음을 옮겨 미우의 목을 잡았다. 미약하게 뛰는 맥박과 갑작스런 손길에 놀라 동그랗게 떠진 눈.

놀란 두 사람의 눈이 강렬하게 마주쳤다.

「…….」

실핏줄이 터져 붉어진 그의 눈을 보며 미우가 입을 꾹 다물었다. 깜짝 놀라 터져 나오려던 비명이 쏙 들어갔다.

아무 말 없이 자신을 보는 그녀의 시선에 옴브레는 지금 자신이 어떤 표정을 짓고 있는지도 모른 채 말했다.

「당신이 왜 여기에 있지?」

「아…….」

말끝이 떨려 더 이상 말을 잇지 못하고 입을 다문 그가 미우를 보았다.

「내 마음이에요.」

고집스러운 말에 일자로 굳어 있던 그의 입술이 부드럽게 호를 그렸다. 그는 여전히 잔디밭에 누워 눈만 끔뻑이는 그녀를 보았다.

「그래, 당신이 경고를 한다고 해서 말을 들어먹을 사람은 아니지.」

그의 목소리에 웃음기가 묻어나 있다, 라는 생각이 들었다. 착각일 것이 분명했지만.

미우가 콧잔등을 찌푸리며 그를 올려다보았다. 계속 이 상태로 있는 것도 이상할 것 같아 상체를 일으키려던 그녀는 순간 그의 얼굴이 점점 내려오자 바짝 얼어 버린다.

고개를 내려 미우의 입술에 입을 맞춘 그가 입술을 벌려 작은 입술을 한입에 머금었다. 혀를 길게 빼내 입술을 핥고 힘껏 빨아들인 그는 얇은 턱 선을 힘주어 잡았다. 갑작스러운 고통에 조개처럼 다물어져 있던 입술이 열리고, 곧 터진 길을 따라 혀를 밀어넣었다.

얼이 빠진 얼굴로 눈을 감을 생각도 하지 못하고 있던 미우는 자신의 혀를 옭아매고 뜨거운 숨길이 훅 하고 입안으로 들어오자 몸을 바르작 떨었다. 그의 타액이 연신 입안으로 흘러 들어온다. 꿀꺽, 침을 삼킨 그녀는 입술이 떨어지는 순간까지 멍하니 그를 바라볼 뿐이었다.

「지금 표정, 볼만하군.」

미우가 울 것처럼 그를 올려다보았다.

그날부터였을 것이다. 달빛 아래서 그와 키스를 나눈 그 일이 있은 후부터 루프스 대신 옴브레가 그녀의 방을 찾은 것은.

미우는 침대에 걸터앉아 책을 읽고 있는 옴브레를 보았다. 그는 무표정한 얼굴로 활자가 적힌 종이에서 시선을 떼지 않은 채 무던히 시간을 흘려보내고 있었다.

루프스 대신 왜 당신이 왔어요?

당신 지금 나 감시하는 거예요?

그날의 키스는 뭐예요?

당신 나하고 뭐하자는 거야!

할 말은 수없이 많았지만 미우는 웬일인지 그의 앞에선 한마디도 내뱉을 수가 없었다. 입술을 달싹이면 온몸이 바짝 얼어붙는 기분이었고, 그와 눈이 마주치면 심장이 팔딱팔딱 뛰었다. 자신도 모르게 시선을 피하고 대화를 피하게 된다.

고개를 내려 자신의 무릎을 보고 있던 미우가 힐끗 그가 있는 쪽을 보았다. 그러다 우연히 고개를 든 그와 눈이 마주치자 목이 간질간질했다.

"히끅!"

「……?」

"히끅, 히끅!"

계속 올라오는 딸꾹질에 그녀가 눈을 동그랗게 뜨며 입을 틀어막았다. 어쩔 줄 몰라 안절부절못하는 미우를 가만히 바라보던 그가 책을 덮은 뒤 멀뚱멀뚱 바라보았다. 그 어떤 말도 행동도 취하지 않은 채.

무심한 눈초리에 그녀가 입술을 악물며 고개를 옆으로 팩 돌렸다.

이것은 분명 그가 새로 생각해 낸 고문 방법이 분명했다!

오늘도 여지없이 자신의 방을 찾은 옴브레를 보며 그녀가 팔짱을 꼈다. 벌써 일주일째였다. 그가 자신의 방을 찾아 아무 말 없이 책을 읽는 것도.

간간이 그녀의 식사를 챙겨 방을 찾는 루프스에게 시선으로 저 인간이 왜 매일 너 대신 이 방을 찾는 것이냐고 물어도 그는 어색하게 웃을 뿐 아무런 답도 해 주지 않았다. 아니, 답을 하지 못했을 것이다. 그 또한 옴브레의 의중을 모를 테니까.

오늘은 단단히 마음을 먹었는지 미우는 문을 열고 들어오는 옴브레를 보며 도끼눈을 떴다.

「지금 나와 뭐하자는 거예요?」

날카로운 음성에도 옴브레는 늘 그랬듯 의자에 앉은 후 책을 펴 든다.

「뭐가?」

「왜 매일 당신이 이 방을 오는 거냐고요!」

미우의 외침에 그제야 조금 흥미가 생겼는지 그가 고개만 들어 그녀를 보았다.

「감시자로 붙인 루프스가 자신의 일을 제대로 수행하지 못하고 있으니까.」

빠르게 읊조린 그가 책을 덮은 뒤 자리에서 일어난다. 그리고 팔짱을 낀 채 전투력을 불태우고 있는 그녀의 앞으로 바짝 다가와 고개를 내밀었다.

「제대로 임무를 수행하지 않은 죄를 묻지 않은 것만으로도 다행으로 생각해.」

「뭐, 뭐요?」

「당연하지. 눈알을 파 버려도 시원치 않으니까.」

「…….」

「루프스와 함께 정원에 갔었지? 알고 있었어.」

그의 말에 미우가 입술을 악물었다.

그건 또 언제 봤대?

입이 열 개라도 할 말이 없는 상태였지만 어디 기를 꺾을 그녀던
가. 눈을 반짝인 그녀는 꿍꿍이가 가득한 표정으로 그에게 물었다.

「루프스와 내가 정원에 가는 게 큰 잘못이란 거죠?」

「그래, 당신은 이 방에서…….」

「그럼 당신이랑 나가는 건 되나요?」

그녀의 물음에 옴브레가 미간을 찌푸렸다. 이야기가 왜 그리로
튀냐는 표정이었다. 하지만 미우는 눈을 게슴츠레 뜨며 빠르게 말
을 내뱉었다.

「당신은 이곳의 보스죠? 그럼 나 정도 정원에 내보내 주는 것
은 식은 죽 먹기겠죠?」

그녀가 눈에 별을 담으며 물었다.

「그런데?」

「그럼 데리고 나가 줘요.」

「…….」

「네? 두 달 동안 여기에만 얌전히 있었잖아요. 가끔은 내 요구
도 들어줘요!」

미우가 발을 쾅쾅 굴리며 항의했다. 그러자 무심한 얼굴로 그녀의 얼굴을 빤히 보고 있던 그가 고개를 불쑥 그녀의 앞으로 내밀었다.

두 사람의 코끝이 닿았다. 조금만 더 움직이면 입술도 닿을 거리에 미우가 침을 꿀꺽 삼켰다. 흔들리는 눈동자를 본 그가 무심한 눈을 깜빡이며 물었다.

「넌 내가 무섭지 않아?」

보통 사람들은 그의 앞에서 바짝 긴장한 모습을 보인다. 하지만 미우는 지난번의 일이 있었음에도 또다시 그의 앞에서 당당하게 고개를 치켜들고 자신의 이야기를 하고 있었다.

이 여자 뭐지?

그의 눈빛이 마치 그렇게 말하는 것만 같았다.

그의 눈을 가만히 들여다보고 있던 미우가 침을 꼴딱 삼킨 후 느릿한 어조로 말했다.

「……정원에 데려다 주면 다음부터 무서워할게요.」

「…….」

끝까지 자신의 의지를 굽히지 않는 미우의 모습에 그가 고개를 뒤로 뺐다.

정원에 오자마자 미우는 가장 먼저 신발부터 벗었다. 그리고 뜨거운 햇살에 바짝 마른 풀잎을 밟으며 눈을 감았다. 바닥에 딱딱한 돌도 밟혔고, 버석버석한 흙도 밟혔지만 그녀는 기분 좋다는 듯이 웃고 있었다.

그녀는 이곳이 참 마음에 들었다. 그래서였을까, 지금 옴브레와 함께 있다는 것을 알면서도 너른 마음이 된다.

살랑살랑 불어오는 바람에 머리카락이 날리자 그녀가 손을 들어 정리하며 고개를 돌렸다. 멀찍이 서 있는 옴브레는 그녀를 보고 있었다.

늘 그랬던 것처럼 표정 없는 얼굴에 그녀가 입꼬리를 휘어 웃으며 말했다.

「역시 낮에 보니 더 멋있네요.」

「이곳은 관리를 하지 않아.」

「그래서 멋있어요.」

미소를 지은 그녀가 고개를 돌려 노란 꽃을 보았다. 이름 모를 꽃이다. 그리고 이런 꽃들을 그녀는 수없이 많이 보았다.

「어릴 적에 살았던 곳 근처에 이런 공터가 있었거든요.」

그녀가 자랐던 곳 근처에 있었던 공터, 그곳에서 미우는 처음으로 정우를 만났다. 가족이 되고 싶었던 남자. 그리고 자신의 곁을 너무나 무심하게 떠났던 남자.

미우는 고개를 돌려 자신을 바라보고 있는 옴브레와 눈을 마주하며 말했다.

「그건 언제 돌려줄 거예요?」

미우의 시선이 자신의 목에 닿는 것을 본 그가 손을 올려 목 언저리를 만졌다. 그의 손끝에 목걸이 체인에 걸린 두 개의 반지가 만져졌다. 지켜야 할 물건이 있다면 몸에 지녀야 하는 것은 당연하다. 절대 잃어버릴 일도, 빼앗길 일도 없으니까. 어릴 적부터 그렇게 배워 온 그가 입술을 비틀어 웃자 미우가 피식 소리 내서 웃었다.

그가 자신의 방을 찾으면서 목걸이를 보았다. 처음엔 저것을 어떻게 뺏을까, 고민도 했지만 방법이 없다는 사실을 곧 깨달았다. 빼앗을 수 없다면 부탁을 할 수밖에.

「거기 있으면 빼앗아 올 수가 없잖아요. 내가 당신을 힘으로 이길 수 있을 리도 없고.」

「방법이야 많지.」

그가 걸음을 옮겨 가까이 다가오자 미우가 걸음을 뒤로 물렸다. 위협적으로 다가오던 남자의 걸음이 멈췄다.

「뭔지 알 것 같은데 하기 싫네요.」

고개를 돌린 미우가 눈을 감았다.

맴맴—

귓가에 따가운 매미 소리가 들렸다.

❖　❖　❖

몸을 동그랗게 만 채 잠들어 있는 미우의 이마에 식은땀이 송골송골 맺혀 있었다. 끔찍한 악몽이라도 꾸는 듯 주먹을 쥐고 있는 손이 부들부들 떨렸고, 입술은 보랏빛으로 물들어 있었다.

"아, 안 돼……."

목소리가 열에 들떠 잔뜩 갈라졌다. 하지만 얼굴을 일그러뜨린 채 미우는 여전히 꿈속에서 허덕이고 있었다.

연신 앓는 소리를 내뱉으며 몸을 뒤척이던 그녀가 순간 거친 숨을 토해 냈다.

"가지 마요, 가지 마……."

눈가에 뜨거운 눈물이 맺혔다. 침대를 움켜잡는 손이 하얗게
질린다.

그 모습을 가만히 내려다보고 있던 옴브레가 손을 뻗어 그녀의
손을 잡았다. 그러자 미우가 안도의 한숨을 내뱉더니 입꼬리를 휘
어 웃었다.

옴브레는 한동안 그 모습을 보고 있었다. 바닥에 한쪽 무릎을 꿇
은 채 그녀가 악몽을 꾸지 않도록 자신의 손을 내어 준 그는 오랜
시간이 흐르고 해가 떠오를 때가 되어서야 그녀의 손을 놓았다.

뒤돌아 그녀의 방을 나온 그가 성큼성큼 걸음을 옮겨 자신의
방 안으로 들어갔다. 세상은 어둠을 물리고 빛으로 가득 차오르기
시작했지만 두꺼운 커튼을 쳐 놓은 방은 여전히 암흑이었다. 하지
만 그는 망설임 없이 곧장 붙박이장 앞에 있는 작은 탁자 쪽으로
가 가장 아래서랍을 열었다.

쓰으윽—

오랫동안 열지 않아서인지 나무 끌리는 소리가 들렸다. 그 속에
들어 있던 낡은 사진 한 장을 꺼낸 그가 허리를 편 채 멀뚱히 섰다.

옴브레가 무심한 눈으로 사진을 내려다보았다. 모서리가 닳은
낡은 사진 속에는 붉은색 머리카락을 느슨하게 묶고 있는 젊은
여자가 환하게 웃고 있었다.

시간이 어떻게 흐르는지도 모른 채 한참 사진을 보던 그가 굳
어 있던 입술을 열었다. 숨소리가 거칠게 터져 나왔다.

눈을 감은 옴브레가 무감각한 얼굴로 잔디밭에서 눈을 감고 있던 미우를 떠올렸다.

24년 전, 그곳에서 삶의 의지 하나 없이 누워 있던 여인과 똑같은 모습으로 있던 그녀의 모습을.

❖　❖　❖

루프스의 뒤에 위치해 있는 문을 연신 힐끔힐끔 보던 미우가 한숨을 내뱉었다. 기다리는 누군가가 있는 것처럼 몇 번이고 문을 바라보던 그녀는 문득 자신의 행동을 깨달은 것인지 입술을 깨물었다.

도대체 지금 누굴 기다리는 거야?

미우가 미간을 찌푸린다. 지난 2주간, 자신의 방을 찾던 옴브레가 오늘은 웬일인지 루프스를 보냈다. 오랜만에 방을 찾은 그는 환한 웃음을 지으며 잘 지냈냐고 인사를 건넸지만, 이에 그녀는 아무런 말도 하지 못하고 어색한 웃음을 지을 수밖에 없었다.

당연히 올 줄 알았던 사람이 오지 않아서.

자신의 마음을 깨달은 미우가 자리에서 벌떡 일어나자, 창가에서 방금 그녀가 먹다 만 점심 식기를 정리하고 있던 루프스가 그녀를 향해 날카롭게 경고의 말을 건넸다.

「오늘은 얌전히 있어요. 아니, 아니다. 앞으로 옴브레 님을 화나게 하지 마세요.」

「왜?」

미우가 물었다. 그녀가 그를 화나게 만드는 거야 이 성에서 지내는 이들 중 모르는 이가 없을 정도였고, 매일 그의 신경을 긁어대는 것은 일상과 같은 일이 되었다. 그런데 이제 와서 다시 한번 경고를 건네니 의아할 수밖에.

동그랗게 뜬 미우의 눈동자와 마주하자 루프스는 헛말을 했다는 듯이 입술을 깨물었다. 미우가 그에게 또렷한 시선을 보내며 다시 한 번 물었다.

「왜 이제 와서 다시 한 번 경고를 하는 건데?」

「그게 저기…….」

「무슨 일이기에 그렇게 망설여?」

미우는 자신의 눈동자를 보며 입술을 달싹이는 루프스를 보았다.

몇 번이고 말을 꺼내려던 그가 깊은 한숨을 내뱉으며 머리를 벅벅 긁었다. 그녀에게 숨기고 싶었던 것인지 한참 망설이던 그가 조심스러운 어조로 말했다.

「마리가 죽었어요.」

쿵.

순간 심장이 내려앉았다.

마리가 죽었다.

그녀가 이곳에 살아 있는 전제 조건인 자가 죽었다.

그리고 그녀의 최후가 어땠을진 묻지 않아도 뻔했다.

「……미우, 그러니까 그의 심기를 어지럽히지 말아요.」

살아남고 싶으면 그러지 말아요.

루프스가 걱정스럽게 말했다. 다정한 목소리에 혼이 빠져나간 듯 멍했던 그녀의 시선이 다시 생기를 머금는다.

「그렇구나.」

미우가 입술을 늘어뜨려 한껏 웃었다.

밤이 길어졌다.

미우는 하얀 밤하늘을 올려다보며 그렇게 생각했다.

백야 현상이 없는 한국에서 자라고 지냈기에 처음 하얀 밤을 접했을 때 그녀는 신기해했다. 날이 밝아서 그런지 평소라면 잠들었을 시간에도 멍한 정신에 눈을 깜빡이며 한참 하늘을 올려다봤었다. 그러다가 짙은 어둠이 찾아오면 하늘에 송송 떠오른 별과 달에서 시선을 떼지 못했다.

확실히 한국과는 다른 하늘.

그리고 이 하늘을 같이 보고 싶던 사람이 있었다.

한참 창틀에 걸터앉아 있던 미우는 밖에서 문이 닫히는 소리가 들리자 자리에서 일어났다. 그리고 무심한 얼굴로 걸음을 옮겨 방금 외출을 마치고 돌아왔을 옴브레의 방으로 향한다.

노크도 없었다. 다짜고짜 문을 연 미우는 어둠 속에서 막 와이셔츠를 벗고 있는 그를 마주했다. 옷 사이로 탄탄한 근육이 드러나 있었다. 그 모습에서 시선을 떼지 못하던 미우는 곧 가슴 밑과 허리, 쇄골 라인 근처에 있는 희미한 흉터를 가만히 보았다. 최근에 생긴 것은 아닌지 희미한 형태이긴 했으나 분명 어딘가에 찔리거나 총을 맞은 흔적처럼 보였다.

상처로 엉망인 몸을 보던 그녀의 시선이 이번엔 오른팔로 향했다. 얼마 전에 다친 상처가 아직도 아물지 않은 것인지 그곳엔 압

박붕대가 감겨 있었다.

「분명 경고했을 텐데.」

이 방에 온다면 그땐 자신에게 안기고 싶어 찾아온 것이라 생각하겠다고 했던 말이 떠올랐다. 미우는 이에 아무런 말도 하지 않았다. 깊은 침묵만 지킬 뿐.

평소라면 얼굴을 붉히며 파르르 몸을 떨 그녀가 웬일인지 아무런 말도 하지 않자 그가 무심하게 물었다.

「무슨 일이야.」

미우가 자신의 몸을 뚫어져라 보고 있다는 것을 알고 있었으면서도 그는 개의치 않고 의자에 걸쳐 두었던 티셔츠로 갈아입었다. 브이넥 셔츠에 상처가 가려지자 그녀의 시선이 그제야 그의 검은 눈동자로 향한다.

그녀가 멍하니 읊조렸다.

「죽여 주세요.」

「…….」

그가 아무 말 없이 미우의 표정을 살폈다. 감정 없이 인형처럼 서 있는 그녀를 보며 그가 천천히 걸음을 옮겼다.

자신의 앞에 멈춰 선 그가 다시 한 번 말해 보라는 듯 어두운 시선으로 내려다보자 미우가 입술을 달싹였다.

「마리가 죽었다는 이야길 들었어요. 그러니까…….」

그녀가 말을 끝맺기도 전, 옴브레가 손을 들어 힘껏 그녀의 뺨을 내려쳤다.

짝!

날카로운 소리와 함께 그녀가 바닥에 널브러졌다. 손을 들어 화끈거리는 뺨을 움켜쥐는 그녀를 보며 그가 한쪽 무릎을 꿇고 앉았다.

「다시 한 번 말해 봐.」

눈빛으로 사람을 죽일 수 있다면 진즉에 자신의 몸이 갈가리 찢겼을 것이다.

검은 눈동자가 머금은 격랑은 분노로 인해 생긴 것. 그녀는 그와 마주하고 있던 시선을 아래로 내리며 몸을 바르작바르작 떨었다.

두려웠다. 처음 경험해 보는 공포. 그는 마치 야차와 같았다.

「죽여 달라고 했지, 아프게 해 달라고 한 적은 없는데요.」

「언제까지 그렇게 말할 수 있는지 보자고.」

살기 띤 눈으로 미우를 보던 그가 말했다. 그가 다시 한 번 손을 치켜들자 미우가 눈을 질끈 감았다. 하지만 아픔은 느껴지지 않았다. 천천히 눈을 뜬 그녀는 어느새 평소와 같은 모습으로 돌아간 그를 보며 눈꼬리를 아래로 축 늘어뜨렸다.

아무런 감정도 머금고 있지 않은 남자.

그래서 그라면 자신을 죽여 줄 수 있을 것이라 생각했다.

두려움에 스스로 목숨을 끊을 수 없는 자신을 말이다.

호텔에서 처음 자신의 목을 조르고 있던 그와 만났을 때 막연히 그렇게 생각했다.

그래서 따랐다, 그의 말에. 그 답답한 방에 갇혀 있는 것도 감내해 냈다.

그런데, 그런데……!

「왜요, 이건 약속 위반이에요!」

미우가 외쳤다. 절망으로 물든 목소리로.

그녀의 모습을 보던 그가 천천히 입술을 뗐다.

「말하지 않았나?」

「……?」

무슨 말이냐는 듯 미우가 바라보자 그가 입술 끝을 늘어뜨리며 말했다.

「당신의 목숨은 나의 것이라고.」

고저 없는 목소리에 미우가 눈을 질끈 감았다. 그와의 거래가 떠올랐다.

「한 가지 명심해. 그녀를 찾기 전까지 당신의 목숨은 내 것이야.」

깊은 울림을 가진 목소리가 뇌리를 스치자 가슴 한 켠이 뛰기 시작했다.

콩닥콩닥.

마치 나 아직 살아 있어요, 라고 말하는 듯했다. 그녀의 심장이.

그래서 그녀는 화가 났다.

「마리를 찾기 전까지라고 했잖아요, 분명히!」

「좋아.」

짧게 답한 그가 건조한 눈을 깜빡이며 말을 이었다.

「그럼 왜 죽고 싶은지 이야기해 봐.」

「그걸 당신에게 말해 줄 의무는 없어요.」

미우가 고개를 돌려 그의 시선을 피했다. 하지만 그는 늘 그랬던 것처럼 조금의 틈도 허용하지 않겠다는 듯 잘라 말한다.

「난 이야기했어. 마리를 찾는 이유.」

「…….」

그녀의 입술이 파르르 떨렸다. 자신이 말하지 못하리란 것을 알면서도 그는 묻고 있었다. 그의 의중이 뭘까, 그는 왜 자신을 괴롭히는 것일까? 맞은 뺨이 또다시 아파 왔다. 입안이 터졌는지 비릿한 피맛이 느껴졌다.

「내 손에 굳이 피를 묻혀야 하는 이유를 말하기 전까진 난 약속을 지키지 않겠어.」

그의 말에 미우가 눈을 감았다. 갑자기 자신의 가슴 한 켠에 깊숙이 묻어 두었던 기억들이 파노라마처럼 눈앞을 스치고 지나갔다.

"미우야, 사람은 혼자 있어선 안 돼. 그럼 더 외로워져. 그리고 어느 순간 외롭다는 것도 잊으면 그땐 정말 죽고 싶어져. 그러니까 우리 함께 있자. 네가 결혼하기 싫어하는 것, 두려워하는 것, 다 알고 있어."

2년 전의 일이었지만 자상하게 웃어 주던 정우의 얼굴과 가족이 되어 주겠다던 따스한 말은 너무나 생생히 떠올랐다.

"하지만…… 함께 있으면 이겨 낼 수 있어."

자신의 손을 따스하게 잡아 주던 손길.

"사랑해, 미우야."

그리고 가슴 설레던 고백.

"사랑한다, 미우야."

그리고 자신의 앞에서 아스러져 가던 생명.

미우가 숨을 헐떡였다. 눈가에 눈물이 차올랐다. 뜨거운 눈물은 피부에 화상이라도 입힐 것처럼 지글지글 끓었다.

참을 수 없었다. 숨을 헐떡거리며 눈을 뜬 그녀는 자신을 바라보는 차가운 시선에 입술을 비틀어 웃었다.

자리에서 일어난 미우가 빠르게 걸음을 옮겨 창으로 향했다. 두꺼운 커튼을 걷고 힘껏 창문을 연 그녀의 몸이 아래로 기울 때였다. 죽음을 기다리던 그녀는 자신의 허리를 감싸는 손길에 얼굴을 일그러뜨렸다.

「나한테 왜 이래요…….」

「나도 모르겠어.」

눈물이 흘렀다. 이 남자는 나한테 왜 이러는 것일까.

왜, 왜.

약속도 지키지 않으면서 마지막까지 날 붙잡는 것일까.

눈을 뜬 그녀는 눈물로 흐릿하게 보이는 옴브레의 얼굴을 보았다.

그는 무감각한 얼굴로 자신을 바라보고 있었다.

하지만……

「당신이 말해 주겠어? 내가 왜 당신에게 이러는지.」

「…….」

그의 말에 오히려 혼란스러워진 것은 미우였다.

그의 눈동자에 비친 자신의 모습에 미우가 입술을 악물며 눈을 질끈 감았다.

삐이이이이—

머릿속에서 위험 경보가 날카롭게 울렸다.

무거운 침묵이 흘렀다.

창밖의 세상에 또다시 어둠이 물러가고 빛이 찾아온다. 양면이 공존하는 하늘을 보던 그녀는 자신이 그의 침대에 앉아 있다는 생각도 하지 못한 채 멍하니 읊조렸다.

「언제까지 거기서 그러고 있을 거예요?」

빛이 닿지 않은 곳에 서 있던 그가 한 걸음 앞으로 나왔다. 그의 움직임에 시선을 돌린 미우가 새하얀 얼굴을 보았다.

살아 있는 사람의 것 같지 않은 창백한 피부와 날카로운 턱 선, 그리고 검은 늪을 연상시키는 눈은 그의 인상을 전체적으로 차갑게 보이게 만들었다. 기다란 속눈썹과 높은 콧날, 붉은 입술은 그가 인간이 아닌 누군가가 정성스럽게 빚어 놓은 조각처럼 보이게도 만들었다.

그 모습을 빤히 보던 그녀가 입술을 달싹였다.

「옴브레.」

「아니야.」

짧은 그의 말에 미우가 입을 다물었다. 그러자 옴브레는 입술을 길게 늘어뜨리더니 천천히 운을 뗐다.

「니제르(Niger).」

「네?」

「내 이름은 니제르다.」

그렇게 말한 그는 어두운 시선을 그녀에게서 떼지 않는다.

늪처럼 음습한 그의 눈동자를 바라보던 미우가 천천히 고개를 돌렸다.

검은 눈동자와 눈을 마주할 수가 없었다.

그늘

　창밖을 보며 멍하니 생각에 잠겨 있던 미우가 시선을 옮겨 방 한구석에 놓여 있는 가방을 보았다.

　지난 6개월을 카지노에서 시간을 죽인 덕에 쌓인 돈은 꽤 많았다. 자신에게 도박에 재능이 있다는 것을 안 순간 더 열을 내서 했더니 한국에서 들고 온 돈의 10배는 족히 불어 있었다.

　저 돈이 다 떨어지는 순간 그녀는 여행을 끝마치리라 마음먹었었다. 그리고 도박판을 전전했다.

　"여행을 끝내고 싶지 않아서……?"

　희미한 웃음을 흘린 그녀가 자리에서 일어나려 할 때였다. 문이 열리더니 멀끔한 슈트를 입은 마르코가 들어왔다.

　「아가씨, 안녕?」

가볍게 인사를 건넨 그는 걸음을 옮기다 말고 우뚝 멈춰 섰다. 시선을 옮겨 그녀의 얼굴을 꼼꼼히 살피던 그가 한숨을 푹 내뱉었다.

「이런, 아가씨. 그러게 옴브레를 건드리지 말라고 했잖아. 제명에 못 죽는다고.」

마르코는 퉁퉁 부은 미우의 왼쪽 뺨을 보며 말했다. 마치 오래전부터 안 사람처럼 친숙한 어조로 말한 그는 성큼성큼 걸음을 옮겨 의자를 끌어다 앉았다.

「죽여 달라고 했어요. 그런데 그 남자, 화를 내더라고요.」

희미하게 웃으며 하는 말에 마르코가 눈을 동그랗게 떴다.

「뭐?」

그게 무슨 소리야?

그는 그녀의 말을 정확하게 이해하지 못했다는 듯 되물었고, 미우는 손가락으로 퉁퉁 부은 자신의 뺨을 쿡 찌르며 장난스럽게 말했다.

「니제르가 화를 냈다고요.」

그 말에 마르코의 얼굴이 순식간에 얼어붙었다. 곧 그는 날카로운 시선으로 쏘아보며 짓이기듯 말했다.

「당신이 어떻게 옴브레의 이름을 알아.」

「가르쳐 주던걸요.」

「이런!」

눈을 동그랗게 뜬 마르코가 이내 허탈한 웃음을 내뱉었다. 기름으로 잘 빗어 넘긴 머리카락을 거칠게 흐트러뜨린 그가 자리에서 일어났다. 그리고 의아한 얼굴로 자신을 보는 미우를 진득한 시선으로 내려다보며 읊조렸다.

「일이 재미있게 돌아가네.」

전혀 재미있다는 어조가 아니었다. 심각한 얼굴은 무거운 고민을 품고 있었다. 그녀가 고개를 기울이며 순진한 눈을 깜빡이자 그가 입술 끝에 조소를 머금었다. 비웃음이 분명한 표정이었지만 어딘가 씁쓸해 보이는 웃음에 그녀의 의문은 더욱 커져 가기만 했다.

「옴브레는 자신의 이름을 아무에게도 가르쳐 주지 않아. 그의 이름을 아는 사람들도 그 이름으로 부르지 않고.」

「왜요?」

눈을 동그랗게 뜨며 묻는 말에 마르코는 성큼성큼 걸음을 옮겨 그녀의 앞으로 다가왔다. 위협적인 움직임에 어깨를 움찔 떤 그녀는 비밀스러운 이야기라는 듯 자신의 귓가에서 속살거리는 말에 침을 꿀꺽 삼켰다.

「옴브레의 생모가 지어 준 이름이거든.」

달그락, 달그락.

접시와 포크가 연신 부딪히는 소리가 방 안을 가득 메웠다.

평소보다 훨씬 많은 양의 점심을 먹은 그녀는 자신의 곁에 서 있는 루프스를 올려다보며 웃었다.

「나 살 좀 찐 것 같지 않아?」

그녀의 물음에 루프스가 그녀의 몸을 훑었다. 비쩍 마른 팔목은 한 손으로 움켜쥐면 똑 부러질 것 같았고, 얇은 허벅지는 두발로 서 있는 것이 신기할 정도였다.

「전혀요. 오히려 쪄야 할 것 같은데요?」

「그런가? 아, 한식 먹고 싶다.」

미우는 루프스가 접시를 치우는 것을 보며 의자에 등을 편히 기대며 소리쳤다.

「한국이란 나라에서 왔다고 했죠?」

「응.」

미우가 심드렁한 표정으로 짧게 답하자 루프스는 입구 쪽에 있는 협탁 위에 접시와 컵을 가지런히 쌓아 두며 물었다.

「어떤 나라예요?」

「음……」

말꼬리를 길게 늘인 미우가 곧 답을 찾았다는 듯이 천천히 말했다.

「돌아가고 싶지 않은 곳?」

「네?」

「괴로움만 가득한 땅이어서 돌아가고 싶지 않아. 지금은 이탈리아가 더 좋네.」

「설마요. 여기서 얼마나 험한 꼴을 많이 당했는데.」

걱정스러운 표정으로 자신을 바라보는 그의 모습에 미우가 어젯밤부터 계속 생각하고 또 생각했던 이야기를 떠올렸다. 방금 전, 자신의 앞에 접시가 놓일 때까지도 내려지지 않았던 결론이 이제야 내려졌다.

자리에서 일어난 미우는 접시를 들고 밖으로 나가려는 루프스를 붙잡았다.

「합의금을 줄게. 나 때문에 다쳤으니까.」

「이제 와서요? 됐어요.」

루프스는 그녀의 말이 장난이라 생각을 한 것인지 가볍게 웃으며 말을 흐렸다. 하지만 미우는 미리 나누어 담아 놓은 가방 하나를 루프스의 앞으로 내던졌다. 묵직한 가방이 커다란 소리를 내자 루프스의 눈이 동그랗게 떠졌다.

「진심……이에요?」

「물론이야.」

짧게 답한 미우는 바닥에 있는 녹색 체크무늬 가방을 보았다. 자신이 가진 여행 경비의 반을 옮겨 담은 것이었다. 이탈리아 땅어디에서든 작은 가게 하나 정도는 거뜬히 차리고도 남을 금액이었다.

「이거면 동생들을 굶기지 않아도 돼. 이곳을 떠나.」

「미우…….」

「고마워하진 말아. 그러라고 주는 것 아니니까.」

그렇게 말한 미우가 가벼운 어조로 말했다.

「여행 경비 중의 일부야. 피땀 흘려 번 돈이 아니니까, 미안해하지 않아도 돼.」

「…….」

루프스의 시선이 가방으로 향했다. 흔들리는 눈동자를 보던 그녀가 한숨을 내뱉었다. 고민하고 있었다. 그리고 그녀는 그 고민을 끝내는 방법을 알고 있었다.

「루프스, 넌 이곳과 어울리지 않는 사람이야. 그러니 가. 너의 가족이 있는 곳으로. 어린 동생들의 곁으로.」

가족.

이곳으로 오게 만든 것이 가족이었으니 어린 동생을 언급만 하면 고민은 사라진다.

「⋯⋯미우는요?」

그 물음에 미우는 답 대신 희미한 웃음을 지었다. 쥐면 바스라질 것같이 연약한 미소를.

그리고 미적거리는 그를 보며 그녀가 마지막 물음을 던졌다.

「그 어떠한 대가도 치를 준비는 되었지?」

그녀의 물음에 루프스가 천천히 고개를 끄덕였다.

잘 지내야 해, 건강해.

그런 마지막 인사는 없었다.

그저 웃으며 그가 원래 있어야 할 곳으로 돌아가 행복하길, 진심으로 빌었다.

✤　❖　✤

커다란 문 앞을 지키고 있는 두 명의 사내가 옴브레와 마르코의 모습에 허리를 숙여 인사를 건넸다. 손을 들어 인사를 받아 준 마르코와는 달리 옴브레는 곧장 손을 들어 노크부터 하려 했다. 그런 그의 손을 붙잡은 마르코가 불안함이 가득한 어조로 말했다.

「알지?」

마르코가 흔들리는 눈으로 요구했다.

돈(Don)에게 반항하지 마.

할 거면 명줄을 끊어.

그의 눈빛에 옴브레는 작게 고개를 끄덕인 후 노크를 했다. 그러자 곧 안에서 들어오라는 근엄한 목소리가 들린다.

문을 열고 안으로 들어가자마자 허리를 숙인 옴브레는 뒤에서 닫히는 문소리에 고개를 들고 소리 없이 파블리오에게 다가갔다.

서재 안엔 시가 냄새가 그득 차 있었다. 입에 굵직한 시가를 문 채 눈살을 찌푸리고 있던 그는 무표정한 얼굴로 제 앞에서 고개를 숙이는 옴브레를 보며 말했다.

「얼굴 보기가 힘들구나.」

「마리에게서 수거하지 못한 물건을 구하느라 사람을 만나고 다녔습니다.」

정확하게 근황을 보고하는 모습에 파블리오가 고개를 끄덕였다. 비밀은 없다는 듯 옴브레의 시선이 파블리오의 눈동자에 정확히 닿아 있었다.

흔들림 없는 눈동자를 보던 파블리오가 무심하게 물었다.

「그 여자가 아직도 레오에 있다지?」

「……」

「알고 있겠지? 경찰 쪽의 움직임이 수상하다는 것을. 증인은 남겨 놓지 않는 게 좋아.」

미우는 지나치게 많은 것들을 알고 있었다. 코카인에 관한 건도, 레오성이 사실은 마피아 소굴이라는 것도, 마리의 죽음까지도.

그런 자는 살려 두지 않는 것이 이곳의 불문율이었다. 오메르타(Omerta:묵계규칙)가 깨진 이후론 말단 조직원은 물론이고 목격자와 관련자 모두 개밥이 되었다. 목격자이자 관련자인 그녀 또한 살려 두어선 안 될 일이었다. 하지만 그 생각을 하는 순간 그의 눈이 번뜩였다.

검은 눈동자에 머금어지는 감정에 파블리오의 입꼬리가 부드럽게 휘었다.

「눈빛을 보니 어둠의 방에 들어가고 싶은가 보구나.」

파블리오의 말에 옴브레의 몸이 움찔 떨렸다. 그의 검은 눈동자에 순간 두려움이 가득 차오른다.

「아직도 기억하고 있겠지? 그 방에서 있었던 일.」

「……」

「되풀이하고 싶지 않다면 확실하게 처리하는 게 좋아.」

흔들리는 감정을 수습해 보려 해도 쉬이 되질 않았다. 표정의 갈무리는 물론이고, 사지 또한 떨림을 멈추지 않았다. 눈을 질끈 감은 옴브레가 이를 악물었다. 턱 근육이 움찔거리며 뺨에 깊은 우물이 생겨났다.

그 모습을 만족스레 보던 파블리오가 입술을 비틀어 웃었다.

「넌 나의 개로만 있으면 된다.」

「…….」

「알겠어?」

두려움의 근원은 그다.

옴브레의 심장을 죽인 것도 그다.

그의 인생을 시궁창으로 내던진 것 역시 그다.

고저 없는 말에 옴브레가 시선을 들어 파블리오를 보았다.

그의 눈동자가 말했다.

당신의 뜻대로.

무표정한 얼굴로 문을 열고 성 안으로 들어온 옴브레가 날카로운 시선으로 넓은 로비를 훑었다. 16세기, 페스트(Black Death:흑사병)를 피해 높고 깊은 산자락에 지어진 이곳은 40년 전, 파블리오가 취미로 구입한 것이었다. 로비는 물론이고, 안에 있는 가구도 대부분 16세기의 것으로 모두 골동품이었다.

이 성에서 태어나 어린 시절을 보냈던 옴브레는 눈에 익은 가구 하나하나를 살핀 후 죠반니에게 물었다.

「무슨 일이지?」

미묘하게 분위기가 바뀌어 있었다. 가구나 장식품들이 여전히 그 자리에 있음에도.

눈에 익은 것들이 바뀌지 않았다면 다른 것이 변했다는 뜻이었다.

옴브레의 물음에 죠반니가 허리를 숙이며 답했다.

「루프스가 조직을 떠나겠다 말했습니다.」

「……」

루프스란 이름에 옴브레의 눈빛이 어두워졌다. 미우의 감시를 맡긴 말단 직원이었다.

「조직을 떠나기 위해선 어떠한 대가를 치러야 하는지도 미리 알고 있었습니다. 지금 지하 방에 있습니다.」

「가자.」

「옴브레 님이 굳이 나서지 않으셔도…….」

뒤에서 자신을 붙잡는 목소리가 들렸으나 옴브레는 곧장 지하실과 연결된 계단으로 향했다.

무섭게 가라앉은 눈으로 그가 수백 개의 계단 끝에 있는 지하 방으로 향한다. 계단을 내려갈수록 벌써부터 진한 피 냄새가 맡아졌다.

아침부터 단 한 번도 자리에 앉지 않은 채 창가에 서 있던 미우는 문이 열리는 소리가 들림과 동시에 고개를 돌렸다. 그곳엔 옴브레가 야차처럼 서 있었다.

새하얀 얼굴 위로 핏방울이 튀어 있었고, 그 색과 닮은 입술은 비틀려 조소를 머금고 있었다.

「재미있네. 아니, 똑똑하다고 해 줘야 하나.」

그렇게 말한 옴브레가 걸음을 옮겼다. 그의 걸음을 따라 핏방울이 후두둑 떨어졌다. 그의 손에 들려 있는 지방 덩어리 때문이었다.

끔찍한 모습이었지만 미우는 흔들림 없이 그를 보았고, 걸음이 멈추자 낮은 목소리로 말했다.

「니제르.」

「그래, 약점을 치워 버리는 것은 당연하지. 가까이 둬 봤자 발목만 잡을 테니까.」

그렇게 말한 그는 미우의 앞에 잘린 손목을 던졌다. 오른손이었다. 누구의 것인지는 묻지 않아도 알 수 있었다.

조직을 탈퇴하는 대가가 오른손 하나인가.

미우가 눈을 감았다.

「······.」

「그래, 이젠 죽을 생각인가?」

「제가 어떻게 했으면 좋겠어요, 니제르?」

말을 마친 미우가 파르르 떨리는 입술을 악물었다.

잠시 후, 미우가 눈을 뜨고 얼마 떨어지지 않은 곳에 서 있는 그를 보았다. 공기가 유독 무겁게 느껴졌다.

「궁금하다고 했죠? 그 반지가 뭔지. 왜 죽고 싶어 하는지.」

「······.」

미우의 시선이 옴브레의 목으로 향했다. 그곳엔 여전히 한 쌍의 반지가 체인에 걸려 있었다. 조명을 받아 반짝이는 다이아몬드를 보던 그녀가 숨을 삼켰다.

다이아몬드는 영원하다 했던가?

그래서 결혼을 하는 한 쌍의 커플에게 잘 어울리는 보석이라고 했던가?

그 말에 그와 함께 웃으며 골랐던 반지는 여전히 찬란하게 빛나고 있었다.

「……사랑하는 사람이 죽었어요.」

미우의 말에도 그는 여전히 무감한 표정이었다. 놀라지도 않았고, 기뻐하지도 않았다. 그리고 되묻지도 않는다.

「그래서 도망쳤어요.」

천천히 걸음을 옮긴 미우가 그의 앞에 멈춰 선 후 팔을 뻗어 그를 끌어안았다. 석고상처럼 딱딱한 가슴에 대고 그녀가 한숨처럼 속삭였다.

「……죽여 주세요.」

제발, 제발요.

그렇게 빌었다.

하지만 단단한 몸은 움직이지 않는다. 꼼짝도 하지 않는 몸에 그녀는 눈을 감았다.

「내 친구는 죽음과 가까운 곳에 있었어, 늘. 자신의 어머니가 제 눈앞에서 죽은 이후로 그랬지. 그런 그가 왜 당신은 못 죽이는 것일까…….」

마르코의 음성이 귓가에 울렸다.

그는 물음을 던지고 있었으나 사실은 모든 것을 알고 있다는 듯 슬픈 눈동자로 자신을 바라보았다. 그의 말에 미우는 아무런 말도 할 수가 없었다.

바늘 하나 들어가지 않을 것 같은 이 남자의 마음속에 자신이 있다는 것을. 그리고 이 남자의 곁에 남고 싶은 자신의 마음을.

지금이라도 도망치라는 목소리가 이명처럼 들려왔다. 지금이라면 괜찮다고, 지금이라면 도망칠 수 있다고, 아직 늦지 않았다고. 하지만 그녀는 늘 그랬던 것처럼 아무것도 하지 않았다.

그의 품에 있는 총을 꺼낸 그녀는 본능적으로 위험을 느끼고 총을 움켜쥐는 그의 손에 웃었다. 이것이 이 남자의 인생이었을 것이다.

그녀는 총구를 잡은 손에 힘을 주어 자신의 가슴에 겨누며 고개를 들어 그와 시선을 맞췄다.

「쏴요.」

그의 눈가가 파르르 떨렸다.

「왜요, 못 죽이겠어요? 당신은 눈 하나 깜짝하지 않고 사람을 죽일 수 있잖아요. 나도 그렇게 죽여 주세요.」

「……」

아무 말 없이 자신을 바라보던 그가 손을 내린다. 그리고 그녀의 손도 미끄러지듯 아래로 뚝 떨어진다.

그는 자신을 죽일 수 없다.

그건 그녀도 알고 있었다.

혼란스러운 눈으로 자신을 바라보는 검은 눈동자를 보며 그녀가 천천히 손을 뻗어 옴브레의 손을 양손으로 감싸 쥐었다.

고독의 끝은 어딜까……

「당신은 차가워서 좋아요.」

그 누군가를 떠올리지 않게 해서, 그게 참 좋아요.

미우는 자신의 손을 움켜쥔 커다란 손을 내려다보며 눈물을 흘렸다.

멍청한 년.

욕을 하고 싶었으나, 그조차도 할 수가 없었다.

Chapter

2

체온은 나에겐 필요치 않다.
누군가와 감정을 나누는 일 역시, 필요 없다.

허상

붉은 머리카락의 여자, 나젤린은 어린 핏덩이를 안고서 한참을 울었다.

그리고 그 아이의 이름을 니제르라 지었다.

Niger.

슬픔에 잠긴, 이란 뜻을 가진 이름.

그는 그녀에게 슬픔밖에 되지 않는 존재였다.

✣ ❖ ✣

레오성에서 태어나 그곳에서 다섯 살까지 산 니제르가 파블리오 본가로 향한 것은 여섯 살이 되던 겨울이었다.

삼엄한 경비. 혈의 향이 강한 거대한 저택을 보며 니제르가 물었다.

「엄마, 여긴 어디예요?」

「네 아버지가 계신 곳.」

짧은 답에 니제르의 눈이 순진함으로 반짝였다.

「정말요? 아빠가 여기 있어요?」

「그렇단다.」

짧게 답한 나젤린은 한쪽 무릎을 굽혀 아이와 눈을 마주했다. 그리고 아이에게 단단히 경고했다.

「울지 말거라.」

「네?」

「슬퍼하지도 마.」

「엄마?」

무슨 말인지 모르겠다는 듯 아이의 작은 얼굴이 옆으로 기울었다. 그러자 나젤린은 아름다운 얼굴 위에 슬픔을 꽃피웠다.

「무엇을 보든 모른 척해야 한다. 알았지?」

아이는 아무것도 몰랐지만 어미의 부탁에 열심히 고개를 끄덕였다. 그리고 나젤린의 말이 무엇인지 알 수 있었던 것은 아이가 조금 더 자란 후의 일이었다.

✧   ❖   ✧

「그리론 가지 말라는 어른들 말 못 들었어?」

니제르는 뒤에서 들려오는 음성에 놀란 얼굴로 고개를 돌렸다. 그곳엔 니제르와 비슷한 또래의 남자아이가 있었다.

하얀 피부에 주근깨가 송송 박혀 있는 얼굴을 본 니제르가 미간을 찌푸리며 말했다.

「마르코.」

「그 복도로 들어선 것을 누군가 본다면 혼쭐이 날걸?」

마르코는 방금 니제르가 들어서려고 했던 어두운 복도를 손가락으로 가리키며 말했다. 긴 복도의 끝, 그곳엔 돈(Don)의 방뿐이었다. 아니, 요즘 나젤린이 그 방에서 나오지 않고 있었으니 부부침실이라 하는 것이 좋을 것이다.

부모의 방으로 찾아가는 것이 금지된 아이는 외로웠다. 하지만 니제르는 울지 않았다. 나젤린과 약속했기 때문이다.

울지 않을 것.

제 어미의 말을 착실히 따르던 니제르는 이제 한계치에 다다른 것인지 고개를 저었다.

「그래도 갈래.」

「죽도록 혼나도 난 모른다?」

마르코가 심통맞은 얼굴로 붙잡고 있던 팔을 놓아주었다. 그러자 니제르는 곧장 벽을 더듬으며 어두운 복도 위를 걸었다.

걸음을 옮기고 방이 가까워질 때쯤, 니제르의 몸이 움찔 떨렸다.

「그만, 제발 그만…… 악!!」

분명 나젤린의 비명이었다. 화들짝 놀란 니제르가 숨을 들이켰다. 성급하게 걸음을 옮기며 방으로 뛰어가려는 아이의 모습에 뒤따라온 마르코의 걸음도 빨라졌다.

「엄마가 많이 아픈가 봐, 가 봐야겠어.」

니제르가 창백한 얼굴로 말하자 마르코가 서둘러 손을 뻗어 붙잡았다. 니제르의 안색만큼이나 어두운 낯빛으로 한참이나 그를 보던 마르코가 입술을 깨물었다.

두 아이는 같은 나이였으나, 어릴 적 부모에 의해 이곳으로 팔려 온 마르코는 세상을 좀 더 빨리 알게 되었다. 그래서 저 소리가 무엇인지 정도는 알고 있다. 아니, 자신과 같은 방을 쓰는 형들의 이야기를 들었기에 쉬이 유추해 낼 수 있었다.

마르코가 고개를 저었다.

「지금 가면 안 돼.」

「왜?」

「왜는 왜야! 안 되니까!」

어떻게 설명을 해야 할지 몰랐던 마르코가 버럭 소리쳤다. 아무리 어른의 세상을 잘 안다 하더라도 마르코도 이제 겨우 열 살이 되었을 뿐이다. 그런 그에게 사실을 말하지 않으며 니제르를 구워삶을 능력 따윈 없었다.

마르코의 팔을 털어 낸 니제르가 걸음을 옮겨 방문 손잡이를 붙잡았다. 그리고 조심스럽게 문을 연 아이는 커다란 침대 위에서 울부짖고 있는 나젤린의 모습에 몸이 얼어붙었다.

「아…….」

니제르의 입에서 신음이 터져 나왔다. 서둘러 아이의 어깨를 붙잡은 마르코가 소리 내지 않고 문을 닫았다. 소년의 팔을 잡아 질질 끌고 복도 끝까지 온 마르코가 목소리를 죽였다.

「못 본 척해.」

「저게⋯⋯ 뭐야?」

슬픔으로 그득 찬 눈으로 묻는 그는 이미 모든 상황을 알고 있었다. 하지만 물었다. 자신의 생각이 틀렸다고 생각하며. 믿고 싶지가 않아서.

「넌 몰라도 돼.」

딱 잘라 말한 마르코가 손을 들어 머리를 거칠게 헤집었다.

그러게 내가 가지 말라고 했잖아, 라며 입술을 비틀어 말한 마르코가 1층에 있는 자신의 방으로 가기 위해 성큼성큼 걸음을 옮겼다. 그 뒷모습을 바라보던 니제르가 갑자기 입을 틀어막더니 벽을 짚었다.

「웩⋯⋯!」

토악질이 터져 나왔다. 저녁에 먹은 음식물을 모두 쏟아 낸 니제르가 그곳에 털썩 주저앉았다.

아이는 작은 손을 들어 눈을 틀어막았다.

「엄마⋯⋯ 차라리 구해 달라고 하지.」

아이는 방 안에서 자신과 눈이 마주친 나젤린이 눈빛으로 외치던 말을 떠올리며 읊조렸다.

아가, 도망가!

나젤린은 그렇게 외쳤다.

❖　　❖　　❖

　니제르의 손이 파르르 떨렸다. 아이는 앞으로 힘없이 꼬꾸라진 나젤린을 보며 눈물을 쏟아 냈다.

　툭, 투둑.

　굵은 눈물 방울이 무게를 이기지 못하고 떨어졌다.

　「어, 엄마……..」

　왜, 왜요?

　왜 그랬어요?

　니제르는 그녀의 옆에 떨어져 있는 날카로운 단도를 멍하니 보며 주먹을 들어 가슴을 쿵쿵 쳤다.

　「꺽……..」

　무언가 가슴을 꽉 막아 숨을 쉴 수가 없었다. 연신 숨을 헐떡거리던 니제르의 입에서 급기야 커다란 울음이 터져 나왔다.

　「엄마! 엄마! 엄마……!」

　니제르가 미친 듯이 나젤린을 불렀다. 그리고 무릎으로 기어가 벌겋게 속이 드러난 제 어미의 몸이 무섭지도 않은지 양팔로 꼭 끌어안았다. 젖무덤에 얼굴을 처박은 채 온몸을 떨며 울기 시작했다.

　2층 가장 구석에 있는 방에서 니제르의 울음소리가 터져 나오자 각기 자리에서 자신의 일을 하던 사람들이 순식간에 몰려들었다. 하지만 그 누구도 어린 니제르를 달랠 수 있는 이는 없었다.

「무슨 일이야?」

「그게……」

파블리오는 엉망이 된 침실과 그 가운데서 울음을 터뜨리고 있는 어린 니제르를 무심한 눈으로 보았다. 아이는 굵은 눈물방울을 연신 떨어뜨리고 있었다. 아이의 손엔 힘없이 늘어진 나젤린이 창백한 얼굴로 눈을 감고 있었다. 배에서부터 시작된 피는 시트를 낭자하다 못해 침대 아래까지 뚝뚝 떨어지고 있었다.

제 아비가 왔다는 사실을 알아서일까, 고개를 든 니제르가 몸을 파들파들 떨며 파블리오에게 말했다.

「나 때문에 죽었어요. 내가 봐 버려서.」

아이의 말에 답을 해 주는 이는 없었다. 모두 파블리오의 눈치를 살피며 사체를 어떻게 해야 할지 명을 기다리고 있었다.

파블리오는 죽은 나젤린을 힐끗 바라보더니 고저 없는 목소리로 말했다.

「루키가 배가 고프던가?」

루키는 본가에서 키우는 사냥개들을 통틀어 하는 말이었다. 그리고 파블리오가 하는 말이 어떠한 뜻인 줄은 이곳에서 4년을 지낸 니제르도 알고 있었다.

아이가 자리에서 일어나 파블리오를 보았다. 아이의 눈에 분노가 들끓었다. 그 모습을 흥미롭게 바라보던 파블리오가 입술을 비틀어 웃었다.

「넌 감정을 좀 죽일 필요가 있겠구나.」

파블리오의 말이 끝남과 동시에 건장한 체격의 사내 둘이 다가와 니제르를 양쪽에서 붙잡았다.

「어떻게 그럴 수가 있어, 어떻게!」

어린아이가 분노에 차 외쳤다. 어떻게 자신의 엄마를 개의 먹이로 던져 줄 수 있냐며 악을 썼다. 하지만 몸집이 작은 아이는 할 수 있는 게 아무것도 없었다.

그날, 니제르는 처음으로 빛 한 점 들어오지 않는 방에 갇혔다.

고독의 끈

좁은 침대 위 옴브레가 잠들어 있었다. 잠을 잘 때면 늘 그의 꿈에서 만나는 허상을 오늘도 만나고 있는 듯했다.

그래서 그는 길게 잠들지 못했다. 아니, 잠들 수 없었다.

꿈에서 그의 어머니 나젤린은 늘 울었다. 원망스럽게 아들을 바라보았다.

이게 다 너 때문이야.

그렇게 말하는 것 같았다.

「헉헉······!」

오늘도 꿈에서 나젤린을 만난 옴브레는 채 30분도 잠들지 못하고 눈을 떴다. 그리고 자신의 양손을 내려다본다. 손은 깨끗했지만 마치 그곳에 나젤린의 붉은 피가 가득 묻어 있는 것 같았다.

주먹을 움켜쥔 그가 자리에서 벌떡 일어나 방을 나섰다. 성급하게 맞은편 방으로 간 그는 커다란 침대에 잠들어 있는 미우의 앞에 한쪽 무릎을 굽히고 앉는다.

조심스럽게 손을 뻗은 그가 작은 손을 움켜쥐었다. 그녀의 체온은 따뜻했다.

「……」

말없이 미우를 내려다보며 그는 그 체온을 느꼈다. 딱딱하게 굳어 있던 그의 표정이 누그러지고 살기로 가득했던 눈빛은 평온을 되찾는다.

「악몽을 꿨나요?」

그때 잠든 줄 알았던 미우가 천천히 눈을 뜨며 물었다. 애초에 잠이 들어 있지 않았던 듯 그녀의 눈빛은 또렷했다.

미우는 자신이 덮고 있던 이불을 들쳐 그를 초대했다.

「……들어올래요?」

「왜?」

그의 눈망울이 흔들렸다. 혼란스러움이 가득한 그의 모습을 보며 그녀가 이불을 잡고 있던 손을 내렸다. 그리고 자신의 손을 잡고 있는 상처 가득한 손등 위에 다른 손을 겹친 후 깍지를 낀다.

「당신 추워 보여요.」

미우가 떨리는 눈동자를 마주하며 웃었다.

❖　❖　❖

미우는 루프스의 손을 내던지며 했던 그의 목소리를 떠올리며 자리에서 일어났다.

「도망가고 싶으면 가 봐. 그땐 당신의 소중한 사람의 목숨을 앗을 테니까.」

"……멍청한 남자."

자신에게 소중한 사람이 없을 거란 걸 알면서도 한다는 협박이 고작 그 정도였다. 어떻게 해야 다른 사람을 자신의 곁에 둘 수 있는지 모르는 남자가 할 수 있는 말은 그 정도뿐이었겠지.

미우의 눈이 감겼다.

그는 지난밤, 자신의 침대로 들어오지 않았다. 그저 더욱 힘주어 손을 잡을 뿐.

스스로도 무슨 일을 하고 있는지 모르겠다는 듯 혼란스러움이 가득했던 눈망울을 떠올리며 그녀가 신음을 삼켰다.

"당신을 어떻게 하면 좋을까요."

그녀의 정신은 어느새 마르코와 이야기를 나눴던 날로 옮겨졌다.

「열 살 때였나? 생모가 옴브레의 눈앞에서 자살을 했어. 아주 끔찍했지.」

그렇게 말한 마르코는 손으로 제 배 바로 앞을 허공에서 쭉 그었다.

단순한 자살이 아니었다.

옴브레의 앞에서 친모가 할복자살을 했다고 말한 마르코는 재미있다는 듯 웃었지만 미우는 숨을 왈칵 토해 냈다.

「그리고 사체를 개의 먹이로 던져 줬지. 옴브레가 보는 앞에서.」

파르르 떨리는 손을 맞잡은 미우가 눈을 감았다.

그 뒤로 한동안 침묵이 흘렀다.

어느새 눈가에 맺힌 투명한 눈물을 알아차리지도 못한 채 눈을 깜빡이는 미우를 보며 마르코 또한 침묵에 동조했다. 그리고 그녀의 시선이 다시 자신에게로 향하자 그는 멈췄던 말을 이었다.

「처음 방에 갇힌 것은 열 살 때였어. 어두운 방은 빛 하나 들어오지 않았지. 그래서 옴브레는 아직도 어둠이 더 친숙하다고 말해. 그곳에서 오히려 더 평안함을 느낀다고. 그리고 두 번째로 갇힌 것은 열다섯 살 때, 돈(Don)을 죽이려고 하다가 실패했을 때지.」

빛 하나 들어오지 않는 방…….

불이 들어오지 않던 그의 방이 떠올랐다.

그리고 그곳에서 아무렇지도 않게 생활하던 그의 모습도.

「그때 옴브레의 몸에 치사량에 가까운 마약이 투약되었어. 스물다섯살 때까지. 정신이 피폐해질 때까지 코카인을 맞았지. 그리고 전쟁이 나면 가장 앞장서 살육을 했어. 수많은 여자도 그 방으로 향했지. 어두운 방은 서로의 얼굴도 보이지 않을 정도였지만 돈(Don)은 가차 없었어.」

숨을 들이켠 마르코가 슬픔에 찬 목소리로 외쳤다.

「옴브레의 정신을 파괴하고 짓밟았어.」

또다시 어깨를 짓누르는 침묵이 흘렀다.

얼마의 시간이 흐른 후 미우가 고개를 들어 그를 보았다. 왜 자신에게 이러한 이야기를 해 주는 것이냐며, 왜 남의 사정을 말해 마음을 무겁게 만드는 것이냐며 눈빛으로 물었다. 차마 입 밖으로 말을 내뱉지 못한 채.

그러자 마르코는 웃었다.

「옴브레는 지옥에서 살아.」

지옥.

그 말에 그녀의 눈망울이 또다시 흔들린다.

「그리고 그 지옥에서 당신을 발견한 모양이네, 겁 없는 아가씨.」

잿빛 눈동자를 깜빡이던 미우가 자리에 털썩 주저앉았다.

마르코의 말은 녹음을 해 둔 것처럼 토씨 하나 틀리지도 않고 모두 기억이 났다.

그가 말했다. 지금의 옴브레는 입력해 놓은 코드대로 움직이는 살인귀에 지나지 않는다고. 그리고 그렇게 만든 것은 옴브레의 친부이자 그렇게도 미워하던 남자.

하지만 오랜 시간 동안 힘 하나 쓸 수 없는 무능력한 자신을 발견한 후론 감정 없이 인생을 살고 있었다.

지옥 속에서.

✛　◈　✛

아무 말 없이 자신의 손을 내려다보는 옴브레는 평소와 같이 차가운 모습이었으나 눈빛엔 묘한 감정이 머물러 있었다. 손끝이 시려웠으나 아직도 그녀의 체온이 남아 있는 것 같았다.

그 모습을 곁에서 보고 있던 마르코가 거친 목소리로 외쳤다.

「옴브레!」

「듣고 있어.」

잘 들리니 소리치지 말라는 뜻이었다. 하지만 마르코는 그 말을 믿을 수 없다는 듯이 거칠게 고개를 내저었다.

「듣고 있다면 그럴 수가 없지! 아니, 미치지 않고서야 그럴 수 없어!」

「…….」

쾅!

성질을 이기지 못한 마르코가 결국 책상을 거칠게 내려쳤다.

「옴브레!」

그리고 다시 한 번 정신 차리라는 듯 외친다. 그제야 무심한 눈길이 자신에게 닿자 마르코가 머리로 열이 쏠려 어지러운 것인지 손으로 이마를 짚었다.

늘 속을 알 수 없어 답답한 친구이긴 했다. 가끔 미친 짓을 해 걱정스러운 친구이기도 했다. 하지만 이번처럼 이렇게 대책 없이 군 적은 단 한 번도 없었다.

아니, 단 한 번 있었던가?

열다섯 살, 치기 어린 마음에 돈(Don)의 방에 총자루를 들고 간 이후론 처음이었다.

「이제야 봐 주네.」

「듣고 있다고 몇 번이나 말했어.」

고저 없는 목소리에 한숨을 내뱉은 마르코가 끙 않는 소리를 내며 말했다.

「제정신이야? 살려 두면 어쩌잔 거야?」

「둘 중에 누굴 말하는 거야.」

「옴브레!」

마치 제삼자의 일이라도 되는 양 심드렁한 모습에 마르코의 얼굴이 종잇장처럼 일그러졌다.

둘 다였다.

미우와 루프스.

미우는 돈(Don)의 명으로 죽여야 했고, 루프스는 조직의 규율로 죽여야 했다. 평소라면 눈 하나 깜짝하지 않고 이를 시행했을 옴브레는 이번만큼은 그렇게 하지 않았다.

바뀌었다, 그가.

자신도 모르는 사이 변해 버렸다.

「루프스는 왜 살려 둔 건데?」

미우는 그렇다 치더라도 그 남자는 옴브레의 감정을 건드려 살 수 있을 만한 사내는 아니었다. 그의 물음에 옴브레의 미간이 찌푸려졌다.

「글쎄…….」

왜 오른손 하나로 그를 풀어주었던 것일까.

옴브레도 몰랐다.

혼란스러운 표정을 보며 마르코가 숨을 삼켰다. 그제야 루프스가 미우의 곁을 지켰던 감시자란 사실이 떠올랐다. 모든 것은 그녀로 시작해 그녀로 끝났다.

마르코가 걱정스러운 얼굴로 옴브레를 보았다.

미우에게 자신의 이름을 가르쳐 주었다는 이야기를 들었을 때만 해도 쉬이 접을 수 있을 것이라 생각했다. 고독한 그 방에 갇혔을 때 여자라면 지겹게 안았을 것이고, 사랑이란 감정을 느낄 수 있을 만큼 정신이 멀쩡한 사내는 아니었으니까.

하지만 이런 자신의 예상이 100% 빗나갔나 보다.

「잠시만…… 아주 잠시만.」

옴브레의 말에 마르코의 눈에 슬픔이 차올랐다.

「그때가 되면 그 여자를 죽일 수 있긴 하고?」

「…….」

그의 물음에 옴브레는 아무런 답도 하지 못했다.

스스로 답을 내릴 수 있는 문제가 아니었기에.

「정신 차려.」

마르코가 읊조렸다. 그러자 옴브레는 시선을 돌려 자신을 오랫동안 지켜봐 온 그를 보며 말했다.

「그 어느 때보다 정신이 맑아. 그래서 당황하는 중이야.」

「…….」

「난 왜 그 여자를 죽일 수 없는 것일까.」

「멍청한 자식…….」

마르코의 목소리가 갈라졌다. 그 감정의 정체를 알고 있었으나 그는 말해 주지 않는다. 말해 주었다간 지금보다 더 당황스러울 정도로 빠르게 변할 옴브레란 것을 알기 때문이다.

사람과의 끈은 열 살 때 나젤린이 그의 앞에서 죽는 순간 끝이 났다. 하지만 옴브레는 오랜 시간이 흘러 다시 그 끈을 붙잡은 듯했다.

한동안 옴브레의 얼굴을 보던 마르코가 몸을 돌렸다. 더 이상 그에게 할 말이 없었기 때문이다. 옴브레가 어떻게 살아왔는지 잘 알기에 말릴 수도, 그렇다고 축하할 수도 없었다.

쾅!

거칠게 문을 닫고 밖으로 나온 마르코는 놀란 시선과 마주하자 우뚝 걸음을 멈췄다. 눈을 동그랗게 뜬 작은 체구의 미우는 깜짝 놀란 표정을 갈무리하더니 이내 입술을 길게 늘어뜨려 웃었다.

이 여자의 무엇이 옴브레를 바꿔 놓은 것일까.

알 수가 없었다.

온통 모를 것들뿐이다.

「안 그래도 마르코에게 연락을 하려고 했어요. 그리고 알았죠. 나에게 휴대전화가 없다는 것을.」

가벼운 어조로 하는 말에 마르코가 입을 굳게 다물었다. 늘 장난스러운 웃음을 내걸고 있던 입술에서 감정이 사라진 것을 보던 미우도 표정을 굳혔다. 그리고 흔들리는 눈망울로 마르코를 보았다.

「이제 전 어떻게 해야 할까요?」

그녀 역시 감정의 소용돌이에 휘말린 모습이었다.

「하아.」

마르코의 입술에서 짙은 한숨이 터져 나왔다.

이놈이나 저년이나.

그가 미우를 보며 힘주어 말했다.

「도망쳐.」

「…….」

「이곳에 있으면 죽어.」

그의 말에 미우가 작게 고개를 저었다. 손을 마주 잡은 채 마르코를 올려다보던 그녀가 해사하게 웃었다.

「전 괜찮아요.」

그렇게 말하는 눈빛이 잔잔하게 빛났다.

난 괜찮아요. 그러니까 가여운 그 사람의 곁에 조금이라도 있고 싶어요.

그녀와 시선을 마주하던 마르코가 입술을 짓이겼다.

「옴브레.」

「네?」

미우가 이해하지 못했다는 듯 눈을 동그랗게 떴다.

「옴브레가 죽어.」

그의 말에 순간 미우의 얼굴에서 핏기가 가셨다.

자신이 여기 있으면 그가 죽는다.

그 말에 미우는 한참이고 할 말을 잃은 채 입술만 달싹였다. 그녀가 겨우 말을 꺼내 놓은 것은 그로부터 조금의 시간이 흐른 후였다.

「그럼…… 조금만 더 있다가 절 데리러 와 줄래요?」

「뭐?」

「두 명씩이나 죽이고 싶진 않아요.」

「너…… 설마?」

마르코의 눈이 커졌다. 그의 눈동자 속에 담긴 뜻을 알아차린 미우가 고개를 저었다.

「아니요, 아니에요.」

빠르게 부정의 말을 쏟아 낸 그녀가 시선 둘 곳을 찾지 못하고 이리저리 눈동자를 굴렸다.

「그럴 리가 없잖아요. 내가 누군가를 다시 사랑하다니.」

「…….」

말을 마친 미우가 시선을 들어 마르코를 보았다. 그리고 힘없이 웃었다.

「전 그냥 조금만 더 그 사람의 곁에 있고 싶은 것뿐이에요.」

그녀가 지옥으로 끌려 들어가겠다 말했다.

✤　❖　✤

백야가 물러가고 오늘도 짙은 밤이 찾아오자 그녀는 숨을 고르고 눈을 감았다. 몸이 매트리스에 착 들러붙은 듯이 힘을 빼고 누워 있던 미우는 오늘도 문이 열리는 소리가 들리자 입가에 미소를 띠었다.

발자국 소리도 없었다. 그 흔한 샴푸 냄새나 샤워코롱 냄새도 나지 않았다.

공기와 같은 남자가 침대맡으로 다가와 자신의 손을 붙잡았다.

지나치게 차가운 그의 손은 시체 같았다. 하지만 체온을 나눈 손은 미지근해졌다.

천천히 눈을 뜬 미우가 자신을 바라보고 있는 짙은 시선과 마주하며 웃었다.

「오늘도 안 들어올 건가요?」

그녀의 말에 옴브레가 천천히 입술을 뗐다.

「내 옆에 잤다간 당신이 죽을지도 몰라.」

잠이 들어서도 끊임없이 주위를 경계해야 하는 삶을 살고 있는 그의 손에 자칫 죽을 수도 있었다. 하지만 미우는 그 말에 가벼운 웃음을 흘렸다.

「처음부터 말했죠?」

그녀의 물음에 옴브레가 입을 굳게 닫았다.

「당신의 손에 죽는 것도 괜찮겠다고.」

그가 미우의 목을 졸랐을 때 힘겹게 내뱉었던 말이다.

옴브레가 한참이고 말없이 미우를 보았다. 그녀의 눈을 마주하며 그 속에 무엇이 있는지 알아차리려는 듯 한참이고 보았다. 그러다 자리에서 일어나더니 쥐고 있던 손을 놓는다.

순간 차가운 기운이 자신의 손에서 빠져나가자 미우의 눈망울이 흔들렸다. 그녀가 힘없이 자신의 손을 내려다볼 때였다.

삐그덕—

침대가 묵직한 소리를 내며 울었다.

미우는 자신의 옆에 눕는 옴브레를 보았다. 뻣뻣하게 누운 남자를 보며 그녀가 싱긋 웃음을 내뱉었다. 그는 미우의 몸을 만지지 않았다. 아니, 만지기는커녕 닿지도 않으려 굴었다. 그 모습에 미우가 눈살을 찌푸렸다.

「뭐하는 거예요?」

「누우라고 해서 누운 것뿐이야.」

미우의 작은 입술에서 웃음이 터졌다. 그가 왜 웃냐는 듯이 고개를 돌려 그녀를 바라보자, 미우는 마치 작은 종달새처럼 웃던 웃음을 멈춘 후 이마를 그의 팔에 가져다 댔다.

그의 몸이 바싹 어는 것이 느껴졌다.

「오늘은 이러고 자요.」

달빛 산책

커다란 로비 왼쪽으로 뻗어 있는 깊숙한 복도를 걸어 들어가면 하나의 방이 나왔다. 그곳은 레오성에서 지내는 사람들이 모두 들어갈 수 있을 정도로 커다란 방으로, 평소엔 사용되지 않다가 피의 전쟁 혹은 비밀스러운 임무를 전달할 때 사용되었다.

백 명에 달하는 조직원들은 커다란 비밀의 방에 모여서 서로를 걱정스러운 얼굴로 바라보고 있었다. 이곳에서 모이라는 옴브레의 명이 내려지자마자 그때부터 그들 사이의 수군거림은 멈출 줄을 몰랐다.

「무슨 일이야? 옴브레 님은 왜 이곳에 모이라고 하신 거지?」

「혹시 전쟁인가?」

5년 전에 힘들게 종식된 전쟁을 떠올리며 조직원들은 두려움에 떨었다.

죽음이 무서운 것이 아니다.

동료의 죽음과 끝이 나지 않을 것만 같은 시간. 그리고 자신들의 주위로 산처럼 쌓였던 시신들이 내뿜는 시체 썩는 냄새 때문이었다. 그로 인해 아직도 악몽에 시달리는 이들이 대부분이었다.

「시칠리아 새끼들 때문인가?」

「아니면 정부 쪽일 수도 있어.」

조직원들의 대화가 길어질 때였다. 문이 열리더니 옴브레와 함께 그가 자리를 비울 시 레오성을 관리하는 죠반니가 들어왔다. 긴장한 얼굴로 옴브레를 보던 사내들은 그의 입술이 천천히 열리자 침을 꿀꺽 삼켰다.

「오메르타를 시행한다.」

웅성웅성.

짧은 말에 조직원들이 당황해 서로의 눈을 마주하며 혼란스러운 표정을 지었다.

오메르타(Omerta). 조직원, 목격자, 관련자 모두가 당국에 조직의 불법행위를 발설하지 않으면 목숨만은 살려 주는 묵계규칙이었다. 하지만 어느 순간 정부의 회유로 오메르타가 깨지는 순간, 그들은 죽음으로 비밀을 지키게 만들었다.

그런데 이제 와서 왜……?

「오늘부터 이 성에서 일어나는 일들은 본가 파블리오에 보고하지 않는다. 이를 보고하는 자가 있다면 죽음으로 오메르타를 지키게 만들 것이다.」

그의 말에 곳곳에서 신음이 터져 나왔다.

「그건 본가에 대한 배신입니다!」

사내 하나가 외쳤다. 그러자 옴브레는 시선을 옮겨 그를 바라보며 말했다.

「두려운 자들은 지금 이 시각 이후로 레오를 떠나라.」

「옴브레!」

웅성웅성.

그들 사이에 혼란스러움은 전염병처럼 퍼져 갔다. 하지만 옴브레는 그들의 혼란 따위 상관하지 않는 듯 힘주어 말했다.

「아무것도 보고하지 말라.」

짧게 말한 그는 할 이야기가 끝났다는 듯이 걸음을 옮겨 방을 빠져나갔다. 그리고 그 뒤를 따른 죠반니는 주위에 아무도 없자 확신에 찬 어조로 말했다.

「지금이야 괜찮을지도 모르지만 곧 비밀은 깨질 겁니다.」

예전 오메르타가 깨졌듯이. 그리고 이를 옴브레도 알고 있다는 듯이 고개를 끄덕였다.

「잠시의 시간이라도 좋겠지.」

「그 짧은 시간을 위해 목숨을 거실 겁니까, 옴브레?」

그 여자 때문이지요? 옴브레의 공간에 있는 그 여자.

죠반니가 눈으로 물었다. 그러자 옴브레는 입술을 비틀어 조소를 지으며 말했다.

「죠반니, 넌 언젠가 내가 죽여 주겠다.」

옴브레의 말에도 죠반니는 두려운 기색 하나 없이 그를 보았다. 그의 얼굴에 가득한 것은 걱정이었다. 그 지옥불 속에서도 함께 살아온 두 사람이었다.

죠반니가 옴브레를 모신 것도 올해로 12년째, 그에 관한 것이라면 무엇이든 알고 있었다.

「옴브레 님.」

걱정스러운 음색에도 옴브레는 천천히 걸음을 옮기며 정면을 주시했다. 그의 발끝이 닿는 곳은 4층으로 통하는 계단, 그는 지금 이 순간에도 미우를 향해 가고 있었다.

「나에 대해 너무나 많은 것을 알고 있어.」

계단을 오른 그의 시선은 오롯이 위를 향할 뿐이다.

미우는 창밖의 하늘을 보았다. 이젠 백야 현상이 줄어들었다. 그녀가 처음 이 성에 올 때만 해도 밤 11시에도 하늘이 밝았는데, 지금은 8시만 되어도 캄캄했다.

하늘에 떠 있는 서늘한 달을 보며 미우가 쓸쓸하게 웃음 짓는다.

"그 사람 같네."

해처럼 압도적으로 빛나진 않지만 서늘한 빛을 가지고 있었다. 신경 쓸 정도로 강렬하진 않지만 늘 그 자리에 있는 달.

미우는 손을 들었다. 잿빛 눈동자가 제 시선에 닿는다.

"그래, 내 손을 잡았기 때문이야."

밤마다 악몽을 꾸는 남자. 그리고 그럴 때면 남자는 자신의 방을 찾아와 제 손을 찾았다.

마치 위로받듯이.

"그래, 그래서 그래."

미우가 눈을 감았다.

그녀 또한 알고 있었다. 누군가의 손길이 필요할 때, 누군가의 체온이 너무나 필요할 때.

몸에 핏기가 가시고, 손가락 끝이 너무나 시려워서 툭 치면 와장창 온몸이 부서져 나갈 것 같은 경험을 그녀도 한 적이 있었다.

그때 그녀에겐 아무도 없었다. 하지만 저 남자에겐 자신이 잠시의 위로라도 줄 수 있지 않은가?

잠시만…… 아주 잠시만…….

그때의 자신과 비슷한 지금의 그에게 잠시의 위로만 건넨 후에…….

미우가 감고 있던 눈을 떴다. 고개를 돌려 보자 어느새 문 앞에 그가 서 있었다.

「표정이 왜 그래요?」

미우의 물음에도 옴브레는 아무런 말도 하지 않은 채 그 자리에 서 있었다.

미우가 달빛을 등지고 그를 바라보았다. 빛이 역광되어 그녀의 표정이 보이지 않아서일까, 옴브레는 눈살을 찌푸렸다.

일그러진 그의 얼굴에 미우가 창틀에 등을 기대며 웃었다.

「왜요? 내 얼굴이 못 봐 줄 정도로 엉망이에요?」

왜 자신을 보며 표정을 찌푸리고 있냐고 장난스럽게 물은 미우는 그의 눈망울이 힘없이 흔들리는 것을 말없이 보았다.

저 남자의 속에선 얼마나 많은 감정들이 변하고 있을까. 혼돈의 소용돌이에 휘말린 것 같은 기분일 것이다.

미우는 희미한 웃음을 지은 채 그의 모습을 보았다. 그의 입술이 먼저 열리길 기다리며. 그러자 한참의 시간이 흐른 후 옴브레가 천천히 입술을 뗐다.

「정원에 갈래?」

그의 물음에 미우의 눈이 크게 떠진다.

「정원이요? 지금요?」

「그래.」

짧은 답에 미우가 그의 얼굴을 가만히 보았다.

그러다 이내 알겠다는 듯 희미하게 웃었다.

「네, 그럼 정말 좋을 것 같아요.」

이 사람은 날 기쁘게 해 주고 싶은 거구나.

미우는 자신의 말에 느슨하게 풀린 그의 입가를 보며 그렇게 생각했다.

사박사박.

맨발로 잔디를 밟으며 천천히 걸음을 옮기던 미우는 발바닥에 닿는 느낌이 좋은 것인지 눈을 감았다. 머리 위엔 서늘한 달빛이 비치고, 그녀의 뒷모습엔 따가운 시선이 닿았다.

미우는 입꼬리를 부드럽게 휘며 고개를 숙였다.

예전엔 저 남자의 시선이 부담스럽다는 생각을 했을 때가 있었다. 그땐 왜 저 시선이 죽음보다 더 두려운지 알지 못했었다. 하지만 이젠 알 것 같았다.

자신만을 향하기 때문이었다. 다른 곳은 향하지 않고 오롯이 자신에게만 곧게 향하는 시선. 그리고 그 시선이 자신에게 각인되는 것이 무서웠다. 그럼 쉬이 떠나지 못할 테니까.

미우가 시선을 돌려 옴브레를 보았다. 늘 그랬던 것처럼 남자의 시선은 자신에게 향해 있었다.

단 하나에만 각인되고, 그 사람의 인생에 딱 한 사람만 존재할 때의 파급력은 잘 알고 있었다.

단 하나를 잃는 순간 그녀는 모든 것을 놓았다. 자신의 꿈도 희망도 미래도, 모두 놓았다. 그럴 수밖에 없었다. 그 모든 것에 정우가 있었으니까. 그가 없는 미래는, 희망은, 꿈은, 그녀에게 필요하지 않았었다.

미우가 그를 향해 손을 뻗었다.

「이리 와요.」

미우의 부름에 옴브레는 멀뚱히 손만 바라보고 있을 뿐이었다. 또 그 눈이었다. 혼란스러움이 가득한 시선에 미우가 웃었다.

「엄청난 위협을 받는 듯한 표정이네요. 위협이라면 내가 늘 당신에게 당하고 있는데.」

「…….」

「내 손이 무서워요?」

그녀의 물음에 옴브레의 얼굴이 일그러졌다.

「그래, 그렇군.」

긍정의 뜻에 미우의 눈이 커다랗게 변했다.

「난 당신의 손이 무서운 거였어.」

그의 말에 커다랗게 떠졌던 미우의 눈이 원래대로 돌아왔다. 잿빛 눈동자에 담긴 것은 달빛을 받은 채 외롭게 서 있는 상처받은 짐승이다. 그 짐승은 그녀의 손을 붙잡지 않았다. 그리고 그 손이 무섭다고 말한다.

미우가 손을 내림과 동시에 고개를 숙였다. 입가에 허무한 웃음이 머물렀다.

정우가 왜…… 자신의 손을 놓지 못했는지 이제야 알 것 같았다.

그 아이가 왜 지독하게 못난 자신의 손을 놓지 못했는지도 이제야 알 것 같았다.

그리고 마지막 순간까지 왜 자신에게 웃어 줬는지도…… 이제야 알 것 같다.

"정우야…… 너도 이런 기분이었니?"

미우의 몸에 오소소 소름이 돋아났다.

옴브레를 보자 이제야 그의 사랑의 감정을 깨달은 듯이.

시선을 든 그녀의 눈가에 눈물이 맺혀 있었다.

"살아 주길 바랐구나."

넌, 내가 살아 주길 바라는 거였어.

그녀가 옴브레를 보며 느낀 감정과 비슷한 감정으로 오랜 시간 자신의 곁을 지켰던 남자.

그 남자의 짙은 사랑에 그녀는 눈을 깜빡여 눈물을 털어 냈다.

왜 죽어 가는 순간까지 자신을 보며 걱정 어린 시선을 거두지 않았는지…… 이제야 그 비밀을 풀었기 때문이다.

「알아들을 수 없어.」

한국말에 옴브레가 미간을 찌푸렸다.

「이탈리아어로 말…….」

그가 미처 말을 끝맺지 못하고 입을 꾹 다물었다.

사박사박, 작은 소리를 내며 미우가 그에게 다가갔다. 그리고 날카롭고 냉혹한 시선을 마주하며 양팔을 벌렸다. 그의 몸을 끌어 안자마자 남자의 몸에 긴장이 흐른다. 마치 목석처럼 굳어 버린 몸을 끌어안은 그녀가 눈을 감았다.

「타인과 몸이 닿는 게 무섭나요?」

「…….」

「사람과 나누는 체온이 무섭죠?」

「…….」

그것이 얼마나 허무한 것인지 아니까.

그녀의 말에도 옴브레는 답이 없었다. 그저 자신의 쇄골 라인 밖에 오지 않는 작은 여자를 내려다보고 있을 뿐.

「……이 체온에 의지하지 말아요.」

그럼 그 체온이 떠났을 때 무너질 테니까.

체온을 나눠 주는 사람들은 모른다. 동정심에 던졌을지도 모르는 그 체온 때문에 홀로 남는 사람이 얼마나 힘이 드는지. 어떠한 감정을 가지고 살아가는지.

하지만 미우는 알고 있었다. 그 체온을 놓은 적이 있었으니까.

하지만 그럼에도 그녀는 상처받은 짐승을 끌어안았다.

딱딱하게 굳어 있던 그의 몸을 끌어안고 미우가 거친 숨을 내뱉을 때였다. 그가 그녀를 힘껏 밀어 버린 후 두어 발자국 뒤로 물러났다.

휘청거리던 몸이 곧게 세워지고 그만큼 흔들림 없는 시선이 그에게 닿았다.

「다가오지 마.」

짧은 말을 내뱉은 그는 곧장 몸을 돌려 정원을 벗어났다. 성급한 그의 뒷모습을 바라보고 있던 미우가 시선을 올린 후 눈을 감았다. 얼굴에 내려앉는 달빛에 그녀가 허무한 웃음을 짓는다.

"이미 늦었어요."

난 고집쟁이니까.

❖　❖　❖

힘없이 늘어진 나젤린의 몸을 끌어안던 그날.

분수처럼 뿜어져 나오는 피를 끌어모아 그녀의 배 안으로 밀어넣었던 그날.

사람이 이렇게 허무하게 죽을 수 있구나, 라는 것을 안 그날부터 그는 쉬이 잠을 이룰 수가 없었다.

악몽은 계속되었고, 하얗게 밤을 지새우는 날들이 많아질수록 그의 정신은 피폐해져 갔다.

자신을 좀먹는 존재.

하지만 잊을 수도 없었다.

그가 사랑하는 사람이었기에.

그의 어머니였기에.

온몸이 땀에 푹 절어 자리에서 일어난 옴브레가 손을 들어 눈을 가렸다.

「제발…….」

매일 밤 그의 앞에서 죽어 가는 어머니.

그가 가장 사랑했던 존재.

그의 전부였던 존재.

옴브레는 실핏줄이 터진 눈을 연신 껌뻑이며 오늘도 꿈에서 나타나 자신을 괴롭히는 나젤린에게 부탁했다.

「한 번만이라도 웃어 주세요…….」

단 한 번만이라도.

숨을 헐떡이며 한참이고 호흡을 고르던 그가 자리에서 벌떡 일어났다. 늘 한 몸처럼 지니고 있던 총은 여전히 베개 아래에 넣어 둔 채.

빠르게 걸음을 옮긴 그가 미우의 방 문을 열고 안으로 들어갔다. 그답지 않게 소리를 죽이지 않은 채. 그리고 잠들어 있을 것이라 생각했던 미우가 창가에 서 있는 것을 보았다.

그녀는 마치 그를 기다리고 있었던 듯했다.

미우가 입꼬리를 부드럽게 휘며 앞으로 손을 내밀었다.

「잡으러 왔죠?」

이미 늦었다.

그에게 그녀는 각인되었고, 그녀는 그에게 정우와 같은 마음을 가지게 되었다.

✤　✤　✤

달그락, 달그락.

4층 가장 구석에 있는 부엌에서 연신 접시가 부딪히고 그릇이 부딪히는 소리가 들렸다.

이제 곧 해가 떠오를 시각.

다른 이들이라면 모두 잠들어 있을 이 시간에 부엌에서 분주히 움직이는 그림자가 막 잘게 썬 야채를 냄비 속에 투하하고 있을 때였다.

「여기서 뭐하십니까.」

"헉!"

화들짝 놀란 미우가 숨을 들이켰다. 손바닥에 식은땀이 찼다.

긴장한 얼굴로 돌아보니 금발이 꽤나 멋있는 남자가 서 있었다. 이곳에 와서 옴브레와 루프스, 마르코를 제외하곤 다른 사람을 만난 적이 없었던 그녀의 눈에 순간 긴장감이 돌았다.

아, 어쩌지?

작은 냄비에서 보글보글 끓던 음식에서 옅은 탄내가 느껴지자 미우가 서둘러 불을 껐다.

「여기서 뭘 하시는 거냐 물었습니다.」

후, 한숨을 내뱉은 미우가 뒤돌아서 남자와 눈을 마주했다. 벽안이 아름다운 남자였다.

「음식을 하고 있었어요. 보시다시피.」

어깨를 으쓱인 미우가 남자와 눈을 마주했다.

「들키지 않고 만들 생각이었지만요.」

남자의 얼굴이 일그러졌다. 그녀를 바라보는 눈동자가 살기를 띠었지만 어찌 된 일인지 미우는 두려운 기색 하나 없이 남자를 바라보고 있었다. 그제야 남자는 이 여자가 이 성에 오고 나서 행한 일들을 떠올렸다.

옴브레 님 앞에서 눈 하나 깜짝하지 않던 여자였지.

한숨을 내뱉은 그가 잠시 뜸을 들인 후 말했다.

「……성 안을 돌아다니지 마십시오. 당신이 다른 이들의 눈에 띌수록 곤란해지는 것은 옴브레 님입니다.」

「당신한텐 들켜도 되고요?」

「…….」

남자가 아무런 말 없이 자신을 보자 미우의 입술이 부드럽게 호를 그렸다. 자신을 바라보는 눈빛만으로도 답은 충분히 되었다. 하지만 그녀는 확신을 얻기 위해 물었다.

「당신의 이름은 무엇인가요?」

「…….」

「아니, 질문이 잘못됐나?」

작게 웃음을 내뱉은 그녀가 다시 질문을 던졌다.

「당신은 니제르의 편인가요?」

「…….」

그녀의 물음에도 남자는 아무런 답이 없었다. 그저 냉혹한 눈으로 그녀를 뚫어지게 바라볼 뿐. 당장이라도 사지를 찢고 싶다는 듯 바라보는 눈빛에 미우가 무심한 눈을 깜빡였다. 방금 전과는 달리 그의 답이 나올 때까지 진득하게 기다리던 그녀는 남자가 한숨을 내뱉은 후 입술을 달싹이는 것을 보았다.

「죠반나라고 합니다. 옴브레 님을 모시고 있습니다.」

「좋아요. 니제르의 편이란 거군요.」

「하지만 당신의 편은 아닙니다.」

고저 없는 목소리에 그녀의 웃음은 더욱 진해졌다.

「더욱 좋군요.」

미우의 말에 죠반니의 몸이 움찔 떨린다. 뭐가 좋다는 것일까. 이해할 수 없는 얼굴이었다.

「오늘 일은 눈감아 주세요.」

「그럴 수……..」

「대신.」

그의 말을 가로막은 미우가 몸을 돌려 미리 꺼내 놓은 접시에 음식을 옮겨 담으며 말했다. 차마 죠반니의 눈을 마주할 수 없어서.

「다음에 나 때문에 니제르에게 위험이 닥칠 것 같으면 그땐 눈감지 마세요.」

죠반니의 표정이 순간 탁 풀렸다.

「당신은 무엇을 원하시는 겁니까?」

그러한 의문이 들 수밖에 없었다. 자신의 목숨을 쉬이 거둬 가라는 말이었으니까.

「그가 살길 원해요.」

뒤돌아선 채로 하는 말에 죠반니의 얼굴이 일그러졌다.

오늘도 어김없이 옴브레는 그녀를 찾았다. 늘 그랬던 것처럼 감정 한 터럭 없는 얼굴로 의자에 앉아 책을 읽던 그는 미우가 자신을 바라보고 있는 것을 알고 있었음에도 미동 하나 없이 책장만 넘기고 있었다.

미우는 날카로운 그의 얼굴을 보며 숟가락으로 접시를 탁탁 내려쳤다. 날카로운 소리에 그의 미간이 찌푸려지는 것을 보며 그녀가 희미한 웃음을 지었다.

「같이 먹어요.」

「……..」

옴브레가 시선을 옮겨 그녀를 말없이 바라보았다. 그러자 미우는 양 뺨에 바람을 불어 넣으며 투덜거렸다.

「여기 와서 내내 혼자 밥 먹었단 말이에요. 혼자 먹는 밥이 얼마나 맛없는 줄 알아요? 이것 봐, 나 마른 거!」

미우가 가느다란 팔을 허공에 척 들어 올리며 입술을 뾰족하게 내밀었다.

그녀의 말대로 미우는 많이 말라 있었다. 손목은 틀어잡으면 손가락 한 마디 조금 넘게 남을 정도였고, 허리 또한 한 움큼도 되지 않았다.

같이 먹어 주지 않으면 한 술도 뜨지 않겠다는 듯 그녀가 숟가락을 내려놓자 옴브레가 자리에서 일어났다. 자신의 곁에 서는 그를 올려다보며 미우가 입술 끝에 미소를 머금었다.

「같이 먹어 줄 거죠?」

「처음 보는 음식이군.」

「한식이란 거예요. 내 고국의 음식이죠.」

미우가 싱긋 웃으며 계란이 뒤섞인 죽을 보여 주었다. 음식과는 거리가 먼 그녀가 할 수 있는 몇 안 되는 음식 중 하나였다.

미우의 맞은편에 앉은 옴브레가 숟가락을 들었다. 그리고 막 먹고 싶지 않은 죽에 숟가락을 푹 담가 한 술 든 그가 고개를 돌려 미우를 바라본다.

약간 긴장을 한 것 같은 얼굴. 그리고 반짝이는 눈동자.

그 모습에 옴브레가 다시 숟가락을 내려놓으며 얼음장처럼 차가운 표정으로 말했다.

「약을 탔나?」

「……왜 그런 생각을 하죠?」

기대감에 찬 표정을 순식간에 지운 채 미우가 멍한 얼굴로 물었다. 그러자 옴브레는 음습한 눈동자를 그녀의 얼굴에서 거두지 않은 채 고저 없는 목소리로 말했다.

「안타깝게도 나에겐 독은 통하지 않아. 내성이 생겼거든.」

「…….」

순간 말문이 막힌 미우가 입술을 깨물었다. 그럴수록 그의 확신은 커져 갔다.

이 여자는 날 죽일 생각이군.

그의 눈빛이 차갑게 식어 갔다.

「왜요? 왜 내성이 생겼는데요?」

「……왜, 안타깝나? 날 죽이지 못해서.」

두 사람은 서로에게 계속해서 왜, 왜, 왜, 라는 질문을 던졌다.

입술을 비틀어 조소를 짓는 옴브레를 보며 미우가 커다란 눈을 깜빡였다.

「아니요, 정말 궁금해서요.」

미우의 말에 옴브레는 의자에 편히 등을 기댄 후 감정 동요 하나 없는 얼굴로 말했다.

「열다섯 살에 방에 들어간 적이 있지. 그때 내 몸에 치사량에 가까운 약물이 투여됐어. 매일 약에 취해 있었지.」

「……」

「그리고 스물다섯까진 환각 상태에서 살았다.」

무덤덤한 목소리로 하는 끔찍한 말에도 미우는 무감한 얼굴로 그를 바라볼 뿐이었다. 한참이고 옴브레를 보던 미우가 작은 웃음을 내뱉었다. 그리고 숟가락을 들어 그의 앞에 놓여 있던 접시로 가져갔다.

「독을 탔어요. 사람의 감정을 지독하게 만드는 독이죠.」

웃으며 말한 그녀가 죽을 한 술 떠 자신의 입으로 가져갔다. 아무런 감정 없던 그의 얼굴에 균열이 갔다. 아무렇지도 않게 음식을 먹으려는 그녀에게 손을 뻗은 그가 팔을 쳐 냈다. 고통에 순간 미우의 얼굴이 일그러졌다.

쨍그랑!

저 멀리 던져진 유리수저가 깨지며 파열음을 냈다.

미우가 고개를 돌려 옴브레를 보았다. 그의 눈동자에 비친 감정을 보던 그녀가 웃음 지었다.

「왜요?」

그 물음에 옴브레는 답을 하는 대신 자리에서 벌떡 일어났다. 그리고 자신의 앞에 놓여 있는 접시를 들더니 바닥을 향해 내던졌다.

쨍그랑!

유리 파편과 죽이 사방으로 튀었다. 놀란 눈으로 자신을 올려다보는 미우와 시선을 마주한 채 그는 그녀의 접시와 함께 이름 모를 음식이 담긴 접시까지 모두 던져 버렸다.

쨍그랑! 쨍그랑!

접시 깨지는 소리가 연신 방 안에 울려 퍼져도 두 사람은 눈하나 깜짝하지 않은 채 시선을 마주하고 있었다.

옴브레의 눈매가 부드럽게 휘었다.

「이걸 어쩌지? 죽일 수 없게 되었네.」

짧게 말을 내뱉은 그가 뒤돌아 성급하게 방을 나섰다.

쾅!

커다란 소리와 함께 문이 닫히자 미우는 그제야 시선을 거두며 엉망이 된 바닥을 보았다.

"쳇. 오랜만에 만들어 본 한식인데. 나쁜 사람."

「헉! 헉!」

거친 호흡을 뱉으며 그가 손을 뻗어 벽을 짚었다.

토악질이 나올 것 같았다.

아무런 감정도 담겨 있지 않은 미우와 시선을 마주한 순간 속이 울렁거리고 가슴 한 켠에 있던 무언가가 덜컥 내려앉는 기분이 들었다.

왜? 왜지?

그는 자신에게 물음을 던져 보았지만 역시나 답을 찾을 수 없었다.

아니, 하나는 확실히 알 수 있었다.

두려움.

그는 그녀가 두려웠다.

한참 거친 숨을 토해 내던 그가 굽히고 있던 허리를 폈다. 그리고 인기척 없이 다가온 사내를 향해 물음을 던졌다.

「무슨 일이야.」

그의 물음에 죠반니는 파르르 떨리는 입술을 악물었다. 잔뜩 겁에 질린 모습을 보던 옴브레가 무언가를 예감한 듯 미간을 찌푸렸다.

「돈(Don)께서 찾으십니다.」

그리고 그의 예상에서 한 치도 벗어나지 않은 답이 들려왔다.

✤ ❖ ✤

「요즘 한가한가 보네.」

짧게 내던져진 물음에 마르코가 미간을 찌푸렸다.

본가의 거대한 저택. 그 앞에서 옴브레가 오길 기다리고 있던 마르코는 자신에게 고작 한다는 말이 그것뿐이냐는 듯 그를 노려보았다.

「왜 널 부른 거야?」

「본가에 있는 네가 나보다 더 잘 알겠지.」

「설마…… 아니겠지?」

마르코가 걱정스럽게 미간을 찌푸리며 물었다. 미우와 루프스의 건을 알게 된 것은 아닌지 걱정이 되었다. 그것이 아니라면 딱히 옴브레를 직접 이곳까지 소환할 일이 없었기 때문이다.

걱정스레 인상을 구긴 마르코가 옴브레에게 성큼성큼 다가가 앞을 막았다.

「지금이라도 사실대로 말해.」

「무얼?」

「그 여자와 말단 직원 일. 그리고 스스로 처리해.」

짧은 말에 옴브레의 입술이 부드럽게 호를 그렸다. 예전이라면 그 웃음에 마르코는 무척 기뻐했을 것이다. 너도 사람처럼 웃을 수 있지 않냐며 장난을 걸었을지도 몰랐다. 하지만 저 웃음이 뜻하는 바를 알고 있었기에 그는 웃을 수가 없었다.

마르코의 얼굴이 절망으로 물들었다.

이 멍청한 새끼, 라고 속 시원하게 욕을 해 주고 싶었으나 입술 밖으론 말이 흘러나오질 않았다.

힘들게 살아남아서 고작 이 정도 일에 목숨을 던지냐, 라고 그를 원망하고 싶었지만 그럴 수도 없었다.

그에겐 이 정도의 일이 아니었다. 단단한 시멘트라도 발라 놓은 듯 꿈쩍하지 않던 심장을 건드린 여자였다. 삶의 고독 속에서 찾아낸 사람이었다. 분명 자신이라도 놓지 못하리라.

마르코의 몸이 절망에 풀썩 내려앉았다. 가만히 곁에서 죽음을 향해 걸어 들어가는 저 사내를 보고만 있어야 하는 이 엿 같은 상황이 답답해 말조차 나오지 않는다.

옴브레는 자신의 앞에서 주저앉은 마르코를 보며 천천히 운을 뗐다.

「전에 그때가 되면 여자를 죽일 수 있냐고 물었지?」

「……」

「아니, 못 죽여.」

확신에 찬 어조에 마르코의 눈이 질끈 감겼다.

옴브레는 망설임 없이 걸음을 옮겼다.

죽음 속으로.

파블리오는 자신의 곁을 지키는 이들을 모두 물러 낸 후 제 아들을 보았다. 옴브레는 파블리오의 앞에 고개를 숙인 채 서 있었다. 그의 입에서 어떠한 말이 흘러나올지 몰라 긴장하는 와중에도 표정엔 변화가 없었다.

뜨거운 커피 잔이 식을 때까지 아무 말이 없던 파블리오는 작은 잔이 바닥을 보이고 나서야 시선을 들어 옴브레를 보았다.

그가 만든 살인 병기.

자신이 입력해 놓은 대로만 움직이는 살인마.

그가 어릴 적 루키에게 먹이로 던져 주지 않았던 것을 이제 와 다행이라고 생각한 파블리오는 입가에 잔혹한 웃음을 지었다.

「네가 해야 할 일이 있다.」

그의 말에 옴브레는 작게 고개를 숙이는 것으로 답을 대신했다. 긴장감은 어느새 옴브레의 정신을 좀먹고 있었다. 하지만 이를 알아차리지 못한 파블리오는 즐거운 게임을 하는 사람처럼 흥분에 찬 눈으로 말했다.

「사냥을 해야겠다.」

탕! 탕탕!

몇 발의 총성이 들렸는지도 몰랐다. 길을 지나갈수록 그의 왼팔이 허물어지고, 걸음은 절뚝절뚝 옮겨졌다. 아래위로 온통 검은색의 옷이어서 붉게 물들지는 않았으나, 축축하게 젖어 아래로 피가 물처럼 흘러내리고 있었다.

하지만 그는 무심한 얼굴로 시신 위를 건너며 **빠르게 목적지**로 향하고 있었다.

뚝뚝.

그가 지나간 길 위에 남은 것은 붉은 **혈**뿐.

종착점에 도착하고 나서 사냥거리가 눈에 보이는 순간 그는 이번에도 망설임 없이 방아쇠를 당겼다.

탕—!

머리부터 발끝까지 온통 피를 뒤집어쓰고서 산처럼 쌓인 시신 가운데 서 있는 옴브레의 몸이 그제야 허물어졌다.

찰박.

힘없이 내린 왼손에 따뜻한 피가 닿았다.

시선을 내려 붉은 피를 바라보던 그가 입술을 비틀어 웃었다.
그러곤 떨어지지 않도록 붕대로 고정해 놓았던 총을 풀어 옆으로
던져 버렸다.

무심한 눈으로 주위를 둘러보던 그가 숨을 토해 내며 시선을
내리깔았다.

언제쯤 끝날까…….

크게 숨을 들이마셨다가 내뱉은 그가 휘청거리며 자리에서 일
어났다.

「끝이 나긴 하는 거냐.」

✛　❖　✛

창가에 서 있던 미우는 오늘도 자신의 방을 찾지 않은 옴브레
를 생각하고 있었다.

손을 든 미우가 자신의 손바닥을 내려다보았다. 그만큼이나 서
늘하던 체온. 그 체온을 이 손은 아직도 기억하고 있었다.

한숨을 내뱉은 미우가 눈을 감았다.

그녀도 어느새 어둠이 익숙해져 있었다. 정우가 자신을 떠나고
난 후엔 혼자 있을 때도 집 안의 불이란 불은 죄다 켜고 지냈었는
데, 이곳에 온 뒤론 그와 닮은 어둠이 더 친숙해져 버렸다.

"멍청해."

미우가 짧게 읊조렸다. 그리고 한숨을 내뱉는다.

접시를 모두 내던진 이후로 그가 자신의 방을 찾지 않은 것도 이틀이었다. 그 이틀간 그녀에게 음식을 가져다주는 남자에게 그가 어디로 갔는지 물었지만 아무런 말도 해 주지 않았다. 그저 자신을 노려보며 원수라도 되는 듯 굴기만 했을 뿐.

"죠반니란 남자는 알고 있을까?"

미우는 부엌에서 만났던 벽안의 남자를 떠올리며 읊조렸다. 자신에게 방에서 나오지 말라는 강력한 경고를 하긴 했지만 이대로 그가 오기만을 기다리고 있을 순 없었다.

결심이 선 그녀가 몸을 돌려 문 쪽으로 향할 때였다.

콰앙— 탕!

거칠게 닫히는 문소리에 미우의 눈이 동그랗게 떠졌다.

그다!

귀를 쫑긋 세운 그녀가 문을 열고 밖으로 나왔다. 복도엔 늘 그랬던 것처럼 무거운 침묵이 내려앉아 있었다.

걸음을 옮겨 망설임 없이 문을 연 미우는 어둠 속에 있어야 할 그가 보이지 않자 주위를 두리번거렸다. 커튼에 가려진 곳에서 인기척이 느껴지자 미우의 발걸음이 성급하게 그곳으로 향했다.

달칵.

문을 엶과 동시에 차가운 물줄기가 쏟아지는 소리가 들렸다. 동그랗게 눈을 뜬 미우는 속옷만 입은 채 물줄기 아래에 서 있는 옴브레를 보며 입술을 굳게 다물었다.

그 역시 갑자기 나타난 미우에게 아무런 말도 하지 않았다. 그저 진득한 시선으로 그녀의 표정만을 살필 뿐.

쏴아아아─

두 사람의 침묵을 깨어 주는 물줄기 소리에 퍼뜩 정신이 돌아온 것인지 미우가 물었다.

「뭐해요?」

「보면 몰라?」

「씻고 있군요.」

그렇게 말한 미우는 물과 섞이지 못한 피가 연신 하수구 안으로 빨려 들어가는 것을 보았다. 그 옆엔 주사기와 칼 한 자루, 그리고 일그러진 총탄이 보였다. 알 수 없는 내용물이 들어 있었을 주사와 스스로 생살을 째고 빼낸 총탄.

미우는 그 모든 것들을 눈에 담은 후 고개를 들어 그의 몸을 살폈다.

이탈리아를 대표하는 조각상들처럼 멋들어진 몸 위에 남겨진 흉터들. 그리고 이제 막 생긴 듯 보이는 칼로 찢겨져 벌겋게 드러난 생살을 보았다.

「무섭네요.」

미우가 짧게 말을 내뱉었다. 그는 여전히 차가운 물줄기 아래서 있었다.

천천히 걸음을 옮긴 그녀는 기다란 치맛자락이 젖고, 자신의 머리가 젖음에도 그에게 다가갔다. 그리고 손을 내밀어 생살이 벌어진 곳을 움켜쥐었다.

움찔.

그의 얼굴이 일그러지는 것을 보며 미우가 웃었다.

「다행이네요. 고통은 느끼는 사람이라서.」

물줄기 아래에 선 두 사람은 서로의 눈을 바라보고 있었다. 하지만 담담한 미우의 시선과는 달리 옴브레는 겁을 잔뜩 집어먹은 모습이었다.

미우가 손을 뻗어 옴브레의 **뺨**을 어루만졌다. 그녀의 손을 타고 피가 그녀의 몸도 붉게 적신다.

「도망갈 거지?」

그가 물었다. 그러자 미우는 작게 웃음 지으며 차가운 물에 얼음장처럼 변한 그의 **뺨**을 쓰다듬었다. 다정한 손길에 그의 눈동자가 더욱 흔들린다. 감정의 격랑 속, 그는 혼란스러워 보였다.

「왜 그렇게 생각하죠?」

「도망가면 죽일 거다.」

그가 고저 없는 목소리로 말한 후 손을 들어 그녀의 팔목을 움켜쥐었다. 엄청난 악력에 얼굴이 일그러질 법도 하건만 미우는 여전히 웃고 있었다.

「지구 끝까지라도 쫓아가서 죽일 거야.」

「제가 죽음을 무서워하지 않는다는 것쯤은 알고 있잖아요.」

미우의 말에 그의 눈동자가 슬픔으로 물들었다.

「……그럼 어떻게 해야 하지?」

마치 길을 잃은 아이처럼 그가 말했다. 어떠한 길로 가야 할지 몰라 그 자리에 주저앉아 엉엉 울음을 터뜨리는 아이처럼.

미우는 상처받은 그 눈에 아무런 말도 하지 못했다.

「어떻게 하면 네가 내 옆에 있을 수 있지?」

그의 물음에 미우가 서글픈 웃음을 내뱉었다.

「우린 이제 어떻게 하죠?」

미우는 그의 침대에 앉아 있었다. 어둠 속에서 자신의 팔을 꿰매고 있는 그를 무심한 눈으로 보던 미우가 눈을 깜빡였다. 한두 번 해 본 것이 아닌지 그는 능숙하게 생살에 바늘을 꽂았고 빠르게 봉합해 나갔다.

완벽하게 상처를 봉합한 후 그가 소독용 알코올을 상처 부위에 쏟는 것을 보았다. 참기 힘들 만큼의 고통을 느끼고 있을 것이 분명했지만 그는 표정 하나 바뀌지 않은 채였다.

아픔이 익숙한 남자. 그 사실을 미우는 다시 한 번 되새겼다.

「바느질을 아주 잘하네요. 좋은 부인이 되겠어요.」

장난스러운 말에 옴브레의 시선이 그녀에게 향했다. 방금 전까지만 해도 평온했던 그의 얼굴이 일그러져 있었다. 하지만 상처 부위를 붕대로 단단하게 감는 손길은 멈추지 않았다.

미우가 그를 향해 손을 뻗었다. 그리고 흔들리는 눈망울을 마주하며 말한다.

「이리 와요.」

미우는 천천히 자리에서 일어나 자신에게 다가오는 옴브레를 보았다. 그리고 자신의 손 위에 조심스럽게 제 손을 올리는 그를 보며 웃었다.

「잘했어요.」

「…….」

「그럼 잘까요?」

미우가 그의 침대를 툭툭 두드렸다. 그 혼자서 자기에도 좁은 침대였다. 미우가 평소처럼 희미한 웃음을 머금은 채 자신을 올려다보는 것을 한참이고 바라보던 그가 말을 툭 내뱉었다.

「당신은 날 죽이고 싶은 게 아니었어?」

그의 물음에 미우가 해사하게 웃었다. 그리고 그의 손을 움켜잡아 힘주어 잡아당긴다.

그를 침대에 눕힌 미우가 그의 겨드랑이 사이로 파고들었다. 그의 단단한 팔을 제 목에 휘감은 그녀가 눈을 감으며 웅얼거리는 목소리로 말했다.

「아직은 죽이고 싶지 않아요.」

「……왜?」

그가 몸을 돌려 미우를 바라보았다.

눈에 담긴 것은 의문.

그 의문에 미우는 짧게 답했다.

「오늘은 그냥 편하게 잠들고 싶어요.」

그녀의 말에 옴브레가 팔로 몸을 고정시킨 후 상체를 들었다. 흰 붕대가 피로 붉게 물들어 갔지만 그는 무심한 얼굴로 그녀의 얼굴만 내려다볼 뿐이었다.

기다랗게 내려진 속눈썹을 보던 그의 입꼬리가 부드럽게 휘었다. 파르르 떨리는 속눈썹은 그녀가 잠들지 않았다는 것도, 지금 무척 긴장하고 있다는 것도 알려 주고 있었다.

천천히 고개를 내린 그가 미우의 입술을 따스하게 머금었다. 그러자 기다렸다는 듯이 그녀의 입술이 부드럽게 열렸고, 곧 두 사람의 혀가 뜨겁게 얽혀 들었다.

「으음…….」

미우가 작게 신음을 내뱉으며 몸을 바르작바르작 떨자, 그는 그녀의 뺨을 엄지손가락으로 눌러 도망갈 수 없게 만들었다. 고통에 그녀의 미간이 찌푸려졌지만 그는 그녀의 입안을 휘젓고, 뜨거운 숨결을 불어 넣으며 그녀의 안에 제 흔적을 남겼다.

꿀꺽.

자신의 입안으로 흘러 들어온 타액을 마신 미우가 눈을 떠 그의 모습을 올려다보았다. 검은 눈동자에 비친 욕망에 그녀가 숨을 들이마신다.

「당신과 자고 싶다.」

그가 제 감정을 숨기지 않은 채 갈라지는 목소리로 말했다. 평소처럼 함께 같은 이불을 덮고 자자는 말이 아님을 알기에 그녀의 눈에도 긴장이 어렸다.

한참이고 그의 눈을 올려다보던 미우가 손을 뻗어 그의 팔을 움켜쥐었다.

「이 팔이 다 나으면요.」

「…….」

「그럼 그때 자요.」

미우의 말에 그가 미간을 찌푸렸다.

옴브레는 그날 처음으로 타인의 옆에서 편히 잘 수 있었다. 매일 밤 그를 괴롭히던 악몽도 꾸지 않았고, 끔찍한 기분을 맛보며 꿈에서 깨어나지도 않았다.

작은 침대에서 그녀를 단단하게 끌어안고 잠든 그는 문득 잠에서 깨 손을 옆으로 뻗었다. 당연히 만져져야 할 그녀 대신 차가운 기운만이 느껴졌다.

번뜩 눈을 뜬 그는 텅 비어 있는 옆자리를 보며 자리에서 벌떡 일어났다. 그의 방엔 미우가 없었다.

「분명히 죽일 거라고 경고했는데.」

차가운 어조로 말한 그가 빠르게 걸음을 옮겼다. 텅 빈 미우의 방을 보았을 땐 그녀를 발견하는 즉시 죽일 수 있을 만큼 살기등등한 모습이 되기도 했다.

빠르게 걸음을 옮겨 순식간에 계단을 내려간 그는 로비 뒤쪽으로 나 있는 문을 열고 밖으로 나갔다. 정원에 들어서는 그의 얼굴에서 핏기가 가시고, 이마에 송골송골 땀이 맺혔다.

그리고 달빛 아래서 아스라이 부서질 듯한 모습으로 서 있는 그녀를 발견했을 때 그는 그 자리에서 얼어붙어 버렸다.

달빛은 매혹적이었다. 무엇이든 다 빨아들이고 끌고 갈 것만 같은 빛이었다.

미우가 인기척에 천천히 몸을 돌렸다. 야차처럼 서 있는 그의 모습에도 그녀는 긴장하는 기색 하나 없이 웃었다.

「왔어요?」

미우가 자신에게 다가오는 것을 보며 옴브레가 미간을 찌푸렸다.

「혼자 나오지 말라고 경고했을 텐데.」

「음, 잠이 오질 않아서요. 이곳에 오면 기분이 좋아질 줄 알았는데 아니었어요.」

그렇게 말한 미우가 웃었다. 그리고 그를 향해 조심스러운 손길을 뻗었다.

옴브레는 자신의 뺨에 닿는 체온에 몸을 굳혔다. 그녀의 눈빛이 평소완 다르게 묘한 빛을 머금고 있다는 생각을 하며 천천히 열리는 입술만 바라보고 있었다.

"사랑해요."

그는 누누이 경고했음에도 또다시 고국어로 말하는 미우를 보며 말했다.

「알아듣지도 못할 말은 하지 말라고 했을 텐데?」

"사랑해요."

「미우.」

"사랑해요, 니제르."

그렇게 말하며 미우는 눈물을 쏟았다.

갑작스런 그녀의 눈물에 옴브레가 팔을 들었다. 자신에게 향하는 손길에 미우가 서둘러 손을 들어 막았다. 그리고 눈물로 얼룩진 얼굴로 그를 올려다보며 말했다.

"미안해요."

당신을 이런 위험에 처하게 만들어서.

「…….」

"미안, 미안……해요, 니제르."

그의 품에 안길 날은 없을 것이라 그녀는 생각했다.

그의 품에 안기기 전 이 여행을 마치리라 마음먹었으니까.

하지만 자신을 품에 안은 채 평온한 얼굴로 잠들어 있는 그를 보자 더 이상 이 마음을 억누를 수가 없었다.

미우는 눈물로 얼룩진 얼굴로 그를 보았다. 얼음장처럼 차갑게 식어 버린 그의 뺨에 그녀는 또다시 눈물짓는다.

「살아 줘요…….」

그리고 그에게 부탁했다.

제발 살아 달라고.

화형

마음이 아렸다. 이러면 안 된다는 것을 알면서도 멍청한 자신은 늘 안 되는 방향으로 걸어갔다. 자신이 손을 내밀면 나중에 홀로 남을 그가 더 힘들다는 것을 알면서도.

미우는 자신의 손을 힘껏 붙잡은 남자의 손을 보았다. 옴브레는 혼란스러운 눈으로 자신을 바라보고 있었다. 그럴 수밖에. 알 수 없는 말을 하고, 그를 보자마자 눈물을 흘렸으니까.

「왜 울지?」

그는 여전히 눈물의 흔적이 남아 있는 미우의 얼굴을 내려다보았다.

「당신의 얼굴을 보니까요. 눈물이 났어요.」

그에게 자신의 감정을 알려선 안 되었다. 아직 본인의 감정이 무엇인지도 모르는 그에게 제 감정을 말할 수는 없었다. 자신이 곁에 있으면 그의 목숨이 달아날 것이라고 마르코에게 들은 이상, 그의 곁에 남을 수도 없다.

그렇다면 이 남자가 자신에 대한 감정을 알기 전에 떠나는 것이 옳지 않을까?

미우는 혼란스러운 얼굴로 자신을 내려다보는 그를 보며 입꼬리를 늘려 웃었다.

「내 얼굴을 보는데 왜 눈물이 나지?」

「글쎄요…….」

「왜 내가 살아야 하지?」

무심한 얼굴로 그가 물었다. 네가 그 답을 알고 있으면 알려 달라고.

하지만 미우조차 그 답을 알 수가 없어 한참이고 눈을 깜빡이며 시간을 벌어야 했다. 그리고 얼마의 시간이 흐른 후, 그의 눈 속에 가득한 절망을 발견하였을 때 그녀는 비로소 답을 깨닫고 운을 뗄 수 있었다.

「사람은 자신도 모르게 눈물이 나려고 할 때가 있어요.」

「…….」

「그리고 꼭 살아 줬으면 하는 사람이 있기 마련이에요. 누구에게나.」

그녀의 이야기가 이어질수록 옴브레의 표정은 굳어만 갔다.

이해할 수 없는 말.

그 말에 그가 할 수 있는 답은 단 하나뿐이었다.

「모르겠어.」

짧은 답에 미우의 눈동자가 흔들린다.

표정 없는 남자는 어둠 속에 홀로 서 있었다. 그것이 그의 길이었고, 앞으로도 어쩜 그가 걸어가야 하는 길일지 모른다. 그녀 또한 저 길을 걸어 보았었다. 그처럼 지독하게 슬픈 길은 아니었으나, 같은 고독을 머금고 걸었다.

그리고 그때 그녀는 너무나 나약해서 누군가가 옆에 있어 주지 않으면 안 됐다. 하지만 그는 강하니까…… 강하니까 괜찮을 것이다.

「음…… 당신이 죽으면 무척 무서울 것 같아요.」

누군가의 그림자가 인생 전반을 쥐고 흔들어도. 그리고 그 그림자가 사라져도.

「왜지?」

그 물음에 미우는 겨우 희미한 웃음을 머금었다.

그리고 손을 올려 그의 뺨을 어루만졌다.

「……당신과 조금은 행복해지고 싶으니까.」

그녀의 말에도 옴브레는 여전히 아무것도 모르겠다는 표정이었다.

❖　◈　❖

방 안엔 수억을 호가하는 물건들이 가득했다.

파블리오는 사채업은 물론이고 마약과 불법무기 등 음지의 사업부터 외식업과 호텔업, 카지노, 병원 등 양지의 사업까지 두루 손을 뻗으며 거대한 세력을 구축해 나갔다. 그들이 1년에 벌어들이는 돈이 대기업 못지않을 정도로 많았으니, 그 중심에 서 있는 돈(Don)의 사치 생활은 상상을 초월했다.

그가 피는 시가 한 대는 몇 천만 원을 호가하였고, 입고 있는 의상과 신발은 몇 개 되지 않은 컬렉션이었다. 어디 그뿐인가, 차고에는 수십 대의 차량이 있었고, 저택 또한 이곳 나폴리뿐만 아니라 전 세계에 있었다. 마음만 먹으면 전용기로 세계 어디든 돌아다닐 수 있었고, 그곳엔 어김없이 그의 별장이 있었다.

이탈리아 정부에도 그의 돈을 지원받아 자라난 인재들이 한자리씩 차지하고 있어 웬만한 정보는 그의 귀에 모두 들어왔고, 절대 권력을 누리고 있었다.

그런 그의 귀에 흥미로운 이야기가 들려왔다.

「요즘 레오의 움직임이 심상치 않습니다.」

파블리오의 오른팔이자 조직의 전반적인 관리를 맡고 있는 또띠가 말했다.

「움직임이 심상치 않다?」

파블리오는 와인 잔을 허공에서 빙글빙글 돌리며 물었다. 레드 와인은 그의 주위에서 짙게 풍기는 혈향과 같은 색을 띠고 있었다.

위험한 빛깔을 바라보는 눈빛이 호기심으로 반짝이자 또띠는 미간을 찌푸리며 입술을 짓이겼다.

「보고되는 내용들이 의심스럽습니다.」

「근거는?」

「옴브레가 일주일째 저택에 머물고 있습니다. 하지만 보고되는 내용은 제각각입니다.」

「흐음……..」

파블리오가 깊은 한숨을 내뱉었다. 하지만 눈동자는 빛나고 있었고 부드럽게 휘어 있는 입술은 즐거움을 담고 있었다. 매혹적으로 웃은 그가 손톱으로 원목 책상을 두드렸다.

탁. 탁.

일정한 속도를 맞춰 테이블을 두드리던 손가락이 순간 멈췄다.

「정부 쪽 움직임은?」

「경제부 장관이 죽었습니다. 움직임이 없지 않을 리가 없지 않습니까.」

또띠의 말에도 파블리오는 표정 변화 하나 없었다. 이미 예상하고 있던 바였고, 그에 대한 계획까지 세워 둔 상태였으니까.

「곧 마피아와의 전쟁을 선포할 것 같습니다.」

파블리오의 손가락이 다시 움직였다. 그 소리가 조용한 서재 안의 침묵을 가르고, 또띠는 긴장에 절어 돈(Don)의 명만을 기다렸다.

「얻는 게 있다면 잃는 것도 있겠지.」

「돈(Don)……?」

그의 입술이 열리길 기다리던 또띠는 막상 그의 입에서 나온 말에 눈을 크게 떴다. 거대한 마피아 조직의 돈(Don)답게 그는 잔혹했고, 감정은 칼날처럼 날카로웠다. 옴브레와 똑같은 검은 눈동

194

자에 잔혹한 빛이 머무르자 또띠는 겁을 집어먹고 두어 발자국 뒤로 물러섰다.

좋지 않은 예감에 또띠가 더듬더듬 말을 내뱉었다.

「무슨 생각이십니까.」

또띠의 물음에도 파블리오는 제 생각을 말해 주지 않았다. 하지만 또띠는 그것이 얼마나 잔혹한 미래인지 예상이라도 한 것인지 다시 한 번 물음을 던지려던 입술을 굳게 닫았다.

태풍이 불기 전 후덥지근해지는 날씨처럼, 그의 체온이 빠르게 상승했다.

「죠반니가 그 아이의 곁에 있던가?」

「네.」

「얼굴을 봐야겠다.」

파블리오의 명에 또띠가 허리를 숙여 인사를 건넸다. 그리고 서재를 빠져나감과 동시에 주머니에서 휴대전화를 꺼내 전화를 걸었다.

「죠반니, 돈(Don)께서 부르신다.」

긴장한 얼굴로 저택 앞에 선 죠반니가 침을 꼴깍 삼켰다.

아무리 산전수전 다 겪은 그라 하더라도 돈(Don)이 불렀다는 연락을 받는 순간부터 사지가 떨리는 것은 어쩔 수 없었다. 파블리오 최고의 자리에 앉아 있는 남자를 대면할 기회도 별로 없었을 뿐더러 본다 하더라도 멀찍이서 보았기 때문이다.

몇 번이고 심호흡을 한 그가 거대한 문으로 향하려 할 때였다.

뒤에서 자신을 붙잡는 손길에 깜짝 놀라 돌아보자 낯익은 사내가 서 있었다.

죠반니가 눈을 동그랗게 뜨며 말했다.

「……마르코 님?」

「쉿.」

검지손가락을 코앞에 가져다 댄 마르코가 긴장한 얼굴로 주위를 살폈다. 아무런 인기척이 느껴지지 않자 죠반니에게 다가간 마르코가 목소리를 낮춰 물었다.

「돈(Don)이 널 왜 불렀는지 알지?」

「……예상만 하고 있을 뿐입니다.」

죠반니의 얼굴에도 마르코와 비슷한 긴장감이 번졌다.

「맞아. 의심하고 있는 것 같아.」

「…….」

역시 안 좋은 예감은 빗나간 적이 없었다.

「빨리 미우를 처리해야겠어.」

「마르코 님…….」

죠반니가 흔들리는 시선으로 그를 보았다. 옴브레의 인생에서 지금 미우를 제거하면 어떻게 될까. 그는 생각하는 것만으로도 끔찍했지만 마르코는 제 생각을 굽히지 않았다.

「모두를 위해서야.」

❖　✿　❖

달빛이 아스라이 흩어졌다.

옴브레는 불도 켜지 않은 채 자신의 상처를 돌보고 있는 미우를 내려다보았다. 자신의 상처에 살짝 찌푸려지는 미간, 순간 내뱉는 한숨, 그리고 자신과 눈이 마주치자마자 부드럽게 짓는 웃음.

「괴물 같은 체력이군요.」

미우는 잘 아물어 가는 상처를 보며 말했다. 곪는 곳 하나 없이 말끔하게 아물어 가는 상처 위에 흰 붕대를 휘감았다. 별일이 없다면 상처는 남겠지만 새살이 돋고 고통은 사라질 것 같았다.

고개를 든 미우는 자신을 진득한 시선으로 내려다보는 옴브레를 보았다. 그의 시선은 정직하리만치 곧게 자신을 향하고 있었다. 어느 순간, 그녀도 알기 전부터.

「팔은 괜찮은데 다리는 아직 덜 아물었어요.」

「곧 아물 거야. 하루, 이틀이면.」

「그걸 당신이 어떻게 알아요? 자만하다간 다시 상처가 터질 수도 있어요.」

미우가 입술을 뾰족하게 내밀며 붕대 끝을 잘 고정한 뒤 침대 위에 어지러이 널려 있는 잔해들을 쓸어 휴지통에 넣었다.

그의 주치의인 루까가 봐 줘도 됐지만 그는 어째서인지 그녀에게 후 처치를 하라 말했다. 부탁이 아닌 명령 같은 말이었지만 미우는 기꺼이 그의 상처를 돌봤고, 아물어 가는 흉에 마음을 놓았다.

「수없이 겪어 봤으니까.」

휴지통을 원래 있던 자리에 가져다 놓으며 미우가 물었다.

「뭘요?」

「총상.」

딱 잘라 하는 말에 미우가 굽히고 있던 허리를 폈다. 그리고 고개를 돌려 그를 바라본다. 다른 이들이 무표정한 얼굴로 자신을 바라본다면 이렇게 가슴이 아플까. 아니, 다른 이들이 그런 위험 속에서 살았다고 하면 가슴이 이렇게 찢어질 듯이 아플까.

그는 고통도 없고 슬픔도 없는 세계에서 사는 사람처럼 무감한 얼굴로 그녀를 보고 있었다. 자신의 입에서 나온 말이 얼마나 끔찍한지 알지도 못한 채.

「그런 삶을 왜 살아요? 총에 맞으면 아프고, 어쩌면 죽을지도 모르잖아요.」

「돈(Don)의 명이니까.」

「돈(Don)이 누군데요?」

「나의 아버지.」

「……..」

짤막하게 나온 답에 미우가 눈을 감았다. 마르코에게 들어 그의 사정에 대해선 어느 정도 알고는 있었으나 그의 입으로 들으니 데미지는 더 컸고, 가슴엔 서늘한 바람이 불어왔다. 애써 표정을 갈무리한 미우가 날카로운 눈으로 물었다.

「아버지의 명령이라고 하더라도 거절하면 되잖아요.」

「거절할 수 없어.」

딱 잘라 말한 옴브레는 흔들리는 미우의 시선을 옭아매며 말했다.

「그의 명을 거역하면 어떠한 대가를 치러야 하는지 알기 때문이지.」

옴브레의 눈빛이 순간 변했다. 그의 머릿속에 가득한 것은 나젤린. 그녀도 어린 자식의 손을 붙잡고 그 지옥 속으로 다시 걸어갈 수밖에 없었다. 파블리오의 손에서 벗어나는 것은 불가능했으니까.

미우는 무감한 눈을 바라보며 슬프게 웃었다.

「당신은 자포자기한 상태군요.」

「……」

「아직도 모든 걸 포기한 상태인가요?」

「……」

그가 슬퍼하지 않으니 그녀가 대신 슬퍼했다. 그리고 아무 말 없이 자신을 올려다보는 남자를 한참이고 바라보았다.

멍청한 남자. 멍청한 남자…….

자신의 물음에 늘 단단하고 견고하던 남자가 무너져 내릴 것 같은 눈을 하는 것을 보며 그녀는 신음을 삼켰다. 그리고 손을 뻗어 검은 머리카락 사이에 묻는다.

사락, 사락.

그의 머리카락이 그녀의 새하얀 손가락 사이에서 춤을 췄다. 쓰다듬는 것 같기도 했고 장난스러운 손길 같기도 했다. 그녀는 그의 머리를 헤집으며 웃었다.

「대답해 보세요.」

그녀의 강요에 그의 얼굴에 혼란이 어리는 것을 보았다.

당신은 그의 명대로 날 죽일 건가요?

아니면……

나 대신 당신이 죽을 건가요?

그의 명을 따른다는 것은 그가 자신의 손으로 그녀를 죽인다는 뜻이었고, 따르지 않겠다 함은 자신이 죽겠다는 말이었다. 미우는 간절한 얼굴로 그의 눈을 내려다보았다. 그리고 그의 입술이 찬찬히 열리는 것을 보던 미우가 긴장감에 침을 삼켰다.

「따라야…… 하겠지.」

「아.」

짧게 신음을 내뱉은 미우는 그의 검은 머리카락 사이에 묻혀 있어 더욱 창백하게 보이는 제 손가락을 힘껏 움직였다. 살랑살랑, 그의 머리카락이 춤을 췄다.

「좋아요.」

미우가 짧게 답을 내뱉었다. 흔들리는 눈망울이 자신을 향하는 것을 보며 미우는 힘껏 웃었다.

「고마워요.」

그러한 결정을 해 주어서요.

뒷말을 삼킨 미우가 천천히 고개를 내렸다. 기다란 속눈썹 위에 짧게 입을 맞춘 그녀는 제 입술 아래에서 얼어 가는 몸에 서글픈 눈을 감았다.

눈썹에 닿았던 입술이 가볍게 날카로운 콧날 위에 닿았고, 곧이어 움푹 파인 뺨에 닿는다. 서늘한 턱 선에 닿았던 입술이 마지막 종착역이라도 되는 듯 굳어 있던 그의 입술에 닿았다.

얼어 버린 옴브레는 입술을 열지 않았다. 하지만 애초에 깊은 키스를 원한 것은 아니었는지 짧고 가볍게 몇 번이고 맞춰지던 입술이 조금의 공간을 만들었다.

그녀가 그의 얼굴 위에 뜨거운 숨결을 토해 냈다.

「그럼 이제 내 마음대로 할래요.」

당신의 결정이 그러한 것이라면.

난 이제 내 뜻대로 할래요.

아주 잠시라도.

잠시라도.

당신의 곁에서.

그의 등 뒤로 달빛이 부서졌다. 열린 창문으로 후덥지근한 바람이 불어와 연신 커튼을 춤추게 만든다. 크지 않은 방 안, 혼자서 눕기에도 좁은 침대 위에서 미우는 이 모든 것들을 멍하니 바라보고 있었다. 혼이 나가 버린 얼굴이었다.

그녀의 신경이 다른 곳으로 향해 있다 생각한 것일까. 날카로운 이빨을 드러낸 옴브레가 새하얀 목덜미를 물어뜯었다. 곧 가지런한 이빨 자국이 남는다.

「아……!」

미우의 입에서 신음이 터져 나왔다.

새하얗고 작은 몸 위로 그가 남긴 상흔들이 붉게 자리 잡았다. 그의 속에서 튀어나온 끔찍한 짐승은 당장이라도 여체를 꿀꺽 삼킬 것만 같았다.

아작.

그녀의 목덜미를 연신 씹어 대던 그가 혀를 길게 빼내 할짝였다. 손가락 사이에 가슴의 정점을 끼워 비튼 그는 미우의 가느다란 허리가 휘고 눈가에 눈물이 맺히자 입가에 매혹적인 웃음을 내걸었다.

할짝.

눈가에 맺힌 눈물을 핥아 마시며 게슴츠레 뜨인 눈동자에 맺힌 열망을 보았다.

「달빛이 아름답군.」

그녀가 빛을 머금고 있었다. 시린 달빛과 비슷한.

미우가 손을 들어 상처로 얼룩져 있는 그의 몸을 쓸다가 꼿꼿하게 선 젖꼭지를 손가락 끝으로 빙글빙글 돌리며 웃는다.

「당신은 끝내줘요.」

아름다운 조각상처럼 명확한 형태를 유지한 근육을 보며 그녀가 웃었다. 단단한 몸은 돌로 만든 것 같았고, 그 위에 있는 상흔들은 그 몸매를 돋보이게 만들어 주는 하나의 장치처럼 보였다. 이 남자가 살아온 인생이 얼마나 거칠었는지 보여 주는 것들이었음에도.

미우가 그의 어깨를 잡고 자리에서 일어났다. 그리고 그의 어깨를 밀어 침대에 눕힌 후 포효하고 있는 남성 위로 몸을 내렸다. 허리를 흔들어 남성을 지분거리자 곧 터질 것처럼 팽창한다.

「무섭네요. 이게 내 몸으로 들어올 거라고 생각하니까.」

미우가 입술을 부드럽게 휘며 웃었다. 하지만 허리를 빙글빙글 돌려 연신 여성으로 남성을 지분거리는 것은 잊지 않았다.

「약 올리는 거야?」

그가 침대에 누운 채 그녀를 올려다보며 물었다. 그러자 미우가 짤막하게 웃음을 내뱉었다.

「설마요.」

상체를 내린 그녀는 그의 어깨에 있는 칼로 그은 듯 날카로운 상처를 혀로 핥았다. 그의 몸이 움찔 떨리며 긴장이 퍼져 나간다. 뜨거운 혀가 그의 몸을 녹일 것 같았다.

엉덩이를 뒤로 빼며 그의 팔에 남아 있는 상처를 혀로 핥은 그녀가 입술을 쭈욱 내려 골반뼈 위에 자리 잡은 총상에 입을 맞췄다.

움찔움찔!

그녀의 다정한 입술에 그의 몸이 뜨겁게 달궈지기 시작하고, 숨결이 남성에 닿았을 때 그의 몸이 위로 튀어 오른다. 미우가 눈살을 찌푸렸다. 자신의 어깨를 잡은 그는 무지막지한 힘으로 미우를 민 뒤 곧장 여성 안으로 남성을 힘껏 밀어 넣었다.

팟!

무언가가 머리에서 끊기는 소리가 들렸다.

목을 뒤로 힘껏 말며 허리를 휜 그녀는 여성을 찢을 듯 밀고 들어온 남성에 비명을 질렀다.

「아악……!」

「하아, 하아.」

옴브레는 흥분으로 파르르 떨리는 미우의 새하얀 허벅지를 힘껏 움켜쥐었다. 분명 내일이 되면 새하얀 허벅지에 그의 손가락

모양대로 멍이 남을 것 같았다. 하지만 그가 준 흥분에 정신을 차리지 못하고 연신 고개를 저어 대는 미우는 이를 알아차리지 못하고 있었다.

미우가 연신 허벅지를 오므리려 했지만 옴브레는 힘껏 옆으로 벌렸다. 그러자 남성을 머금은 여성이 고스란히 그의 눈앞에 드러났다.

「좁군.」

「흐, 흐끅! 니, 니제르…… 아아, 아아!」

자신의 안에서 꿈틀거리며 덩치를 키워 가는 남성에 미우가 자지러졌다.

하지만 그는 그녀가 안정되기도 전에 힘껏 허리에 힘을 주어 뿌리 깊숙이 파고들었다. 미우의 눈이 커졌다. 세상이 둘로 보이기 시작했다.

찰박찰박!

액체가 튀는 소리가 방 안을 가득 메웠다.

하지만 빠르게 그녀를 몰고 가는 그는 자비가 없었다. 힘껏 허리 짓을 하며 그녀를 끝없이 몰아갔다. 사정을 참거나 하지 않았다. 그는 금방 그녀의 안에 탁한 정액을 쏟아 낸 뒤 그녀의 허벅지를 들었다. 남성과 여성이 연결된 곳으로 정액이 주르륵 흘러나왔지만 그는 상관없이 다시 허리를 움직였다. 순간 정액을 토해 낸 남성이 또다시 **빳빳**하게 일어섰다.

「니, 니제르…….」

미우가 탁한 음성으로 말했다. 열기가 오른 얼굴로 손을 뻗은 미우는 그의 뺨을 쓰다듬으며 애원했다.

「조금 더 부드럽게요.」

그녀의 부탁에도 그는 양 무릎을 끌어안은 채 그녀의 여성 안으로 미끄러져 들어왔다가 나오길 반복했다.

그가 음습한 눈동자로 그녀를 내려다본다. 젖가슴이 움직임에 따라 연신 출렁거리고, 살짝 벌어진 작은 입술은 침으로 번들거리고 있었다. 게슴츠레 뜬 눈동자에 비친 것은 달빛. 그리고 옴브레, 자신. 그 모습에 그의 남성이 더욱 사나워졌다.

「조금만 더.」

「하아, 하아…….」

「조금만 더 채우고 나서.」

그렇게 말한 그가 다시 스퍼트를 올리기 시작한다.

사정 후 나는 짙은 냄새가 방 안을 가득 메운다.

몇 번이고 가져도 갈증은 여전했다. 아니, 심장이 타들어 갈 것처럼 더욱 강렬해졌다. 성난 남성을 그녀의 안에 묻고 그의 분신이 연신 정액을 뿜어 댔음에도 마음은 변하질 않았다.

조금만, 이라고 했던 말은 거짓이 되었다. 반쯤 실신한 듯 그녀가 잠들고 나서야 그는 겨우 움직임을 멈췄다. 하지만 여전히 연결된 몸은 빼지 않은 채 그녀를 팔 사이에 가둔 채 내려다보고 있었다.

붉어진 눈가엔 눈물이 맺혀 있고, 코끝도 조금 붉어져 있었다. 열락으로 들떴던 덕에 뺨은 핑크빛이었고, 입술은 그의 타액으로 번들거렸다. 그 모습에 그의 눈빛이 짙어졌다.

「모자라.」

「…….」

땀으로 이마에 들러붙은 머리카락을 쓸어 넘겨 주던 옴브레가 미우의 얼굴을 내려다보며 눈을 반짝였다.

❖　❖　❖

미우는 어느새 자신에게 다가와 목을 더듬는 손길에 미간을 찌푸렸다.

「성추행이에요.」

「당신은 내게 안겼잖아.」

「그래도 시도 때도 없이 만지는 건 반칙이에요.」

그의 손을 탁, 쳐 낸 미우가 다시 책으로 시선을 돌렸다. 자신의 뺨에 따가운 시선이 닿았지만 부러 모른 척한 채.

그녀는 속으로 한숨을 삼켰다. 그와의 하룻밤을 보냈던 날 이후로 그의 손길은 수시로 제 몸에 닿았다. 갑작스런 스킨십에 당황했던 것도 잠시, 지금은 거절 의사를 보이고 있었다. 이에 그는 굴하지 않고 쉼 없이 자신에게 다가오는 중이었지만 그녀는 냉정하게 밀어냈다. 요즘 들어 그의 서늘한 손길이 따스하게 느껴졌기 때문이다.

간혹 자신에게 닿는 시선에 피어오르는 감정에 그녀도 당황 중이었다. 매일 시선만 마주치면, 한 공간에 있을 때면 그는 욕망 어린 눈길로 자신을 보았다.

다정했다. 다정할 리 없는 차가운 온도가.

부글부글 끓는 머리를 식히듯이 닿는 손길이, 너무나 뜨거운 불길이 파란색이듯이 시려운 그 손이 그녀는 부담스러웠다.

이러려고 그에게 안긴 것은 아니었는데.

미우가 눈을 감았다.

끔찍한 예감이 그녀의 뇌리 속을 채울 때였다.

「뭐, 뭐하는 거예요?」

미우는 거침없이 자신의 치마 속으로 얼굴을 들이민 그가 허벅지와 속옷을 동시에 벌리자 소리를 내질렀다. 하지만 옴브레는 드러난 여성을 혀로 할짝이며 자극했다.

움찔!

미우의 몸이 튀어 올랐다. 그의 머리를 꾹 누른 미우는 제 손을 잡아채는 손길에 숨을 삼켰다.

「뭐하는 거냐고요.」

차가운 목소리에 그가 치마 속에서 빠져나왔다. 그 대신 치마를 허리까지 올린 그가 속옷 위를 엄지손가락으로 힘주어 누르며 말했다.

「섹스하고 싶어.」

「…….」

그의 눈동자에 비친 자신의 모습이 너무나 야해 미우가 고개를 옆으로 돌려 버렸다. 솔직한 말에 얼굴이 달아올랐다.

「지금은 싫…… 아!」

팬티를 가르고 안으로 들어온 손가락이 여성 안을 거침없이 휘저었다. 손가락 두 개를 한꺼번에 밀어 넣은 그는 벌써부터 기대감에 축축하게 젖은 여성이 제 손가락을 꼭 물자 입술을 비틀어 조소를 지었다.

「당신 몸은 싫지 않은 것 같은데?」

「으응, 으으!」

힘차게 손가락이 움직이자 미우가 자신도 모르게 손을 뻗어 그의 어깨를 움켜쥐었다.

찰박찰박!

그의 손가락을 적시던 액은 어느새 팔목을 타고 아래로 뚝뚝 흘러내리고 있었다. 미우는 발가락 끝이 오므라들 정도로 강렬한 쾌감에 고개를 뒤로 젖혔다.

「아아, 아아아…….」

느른한 신음을 뱉은 미우가 눈을 감았다. 정확하게 성감대를 찾아 손가락으로 누르며 자극하자 정신을 차릴 수가 없었다.

세상이 또다시 뿌옇게 변해 간다.

「난 하고 싶어. 하고 싶은 건 해야 해.」

딱 잘라 말한 그가 가느다란 허리를 번쩍 안아 침대로 향했다. 허공에 몸이 들리자 미우는 팔을 뻗어 그의 목을 끌어안았다. 단단한 근육이 잡힌 어깨에 얼굴을 묻은 그녀가 웅얼거리는 목소리로 항의했다.

「사람이라면 참을 줄도 알아야 해요.」

「그럼 당신도 사람은 아닌가 보군. 몸은 참지 못하니까.」

「…….」

침대 앞에 그녀를 내려 준 그는 미우의 몸이 허물어지자 어깨를 돌려 침대를 붙잡게 했다. 치마를 들쳐 팬티를 잡아 아래로 내린 그가 곧장 팬티와 바지를 반쯤 내린 후 남성을 쥐었다. 벌써부터 꿈틀거리며 제 덩치를 불린 남성은 당장에라도 미우를 엉망으로 만들 만큼 무시무시한 위용을 떨치고 있었다.

엉덩이를 붙잡은 옴브레가 한 번에 그녀의 안으로 밀고 들어갔다. 그녀가 고개를 치켜들자 머리카락과 어깨를 움켜쥔 그는 좀 더 밀접하게 결합되도록 그녀를 끌어당긴 뒤 낮은 신음을 흘렸다.

「으으……!」

「헉!」

거친 숨을 내뱉은 미우가 침대 위로 허물어졌다. 힘껏 엉덩이를 치켜들고 있던 다리가 부들부들 떨리며 곧 무너질 것 같았지만 악력으로 그녀의 엉덩이를 잡은 그는 엉덩이와 그의 사타구니가 철썩이는 소리가 높아질수록 더욱 빠르게 허리 짓을 했다.

철퍽철퍽!

그 소리에 미우가 손으로 양 귀를 막았다. 그가 주는 감각과 여성 안을 휘젓는 남성, 그리고 귀를 때리는 날카로운 소리에 세상이 이지러졌다. 하지만 이를 두고 보고 있을 옴브레가 아니었다. 상체를 내린 그는 허리를 움직이며 클리토리스를 손으로 매만졌다.

움찔, 움찔.

「으응, 으응!」

그녀의 몸이 떨리고 뜨거운 액이 남성을 타고 흐르는 느낌이었다. 마르지 않은 샘은 그를 더욱 포악하게 만들었다.

귀를 막고 있는 미우의 손을 깨문 그가 그녀의 귓가에 속살거렸다. 음성은 마치 악마가 인간을 꾈 때 내는 것처럼 달콤했다.

「당신을 곁에 두고 싶어졌어.」

그 말에 순간 그녀의 입에서 흘러나오던 옅은 숨이 멈췄다.

아니, 그녀의 호흡이 멈췄다.

하지만 또다시 강렬하게 내려찍는 남성을 느끼는 순간 눈을 질끈 감으며 그가 인도하는 지옥 속으로 푹푹 빠졌다.

열어 둔 창문으로 뜨거운 바람이 불어왔다. 방금 전까지 두 사람이 나눴던 관계보다 더 뜨거운 바람이.

방 안에 가득한 사정 후의 냄새가 옅어질 무렵, 옴브레는 기절한 듯 잠든 미우의 얼굴을 보고 있었다.

핏기가 가신 미우의 얼굴을 보던 그가 조심스럽게 손을 뻗었다. 평온한 얼굴이었지만 무감한 표정에 그가 천천히 고개를 내리더니 그녀의 심장 위에 귀를 가져다 댔다.

콩닥콩닥.

피를 힘껏 빨아 당겼다가 내뱉는 심장의 고동. 살아 있다는 힘찬 소리에 차갑게 굳어 있던 그의 얼굴이 느슨하게 풀렸다.

고개를 든 그가 한참이고 미우의 얼굴을 내려다본 후 자리에서 일어났다.

달빛에 비친 옴브레의 나체는 아름다웠다. 군살 하나 없는 몸은 매끄러웠고, 현실인지 허상인지 만져 보고 싶을 만큼 완벽했다.

그가 움직일 때마다 꿈틀거리는 근육은 곧 바닥에 떨어져 있던 옷들에 의해 하나둘 가려졌다. 셔츠 단추까지 완벽하게 잠근 그가 방을 나서기 전 다시 한 번 미우의 얼굴을 살폈다.

달칵.

작게 문이 닫혔다.

그 소리가 신호가 되어 감겨 있던 미우의 눈이 떠졌다. 또렷한 시선은 그녀가 잠들지 않았다는 것을 단적으로 보여 주었다. 한참 잿빛 눈동자를 깜빡이던 미우가 얼굴을 일그러뜨렸다.

「거짓말쟁이.」

원망이 가득한 목소리.

힘겹게 천근만근 무거운 팔을 든 그녀가 양손으로 얼굴을 가렸다.

「나 죽일 거라고 했잖아요.」

히끅, 히끅…….

그녀가 숨을 들이켰다. 가려 놓은 손 옆으로 눈물이 흘러넘쳤다.

「당신을 곁에 두고 싶어졌어.」

흥분에 찬 그의 목소리가 이명처럼 멀어져 갔다.

하지만 심장에 낙인처럼 박혀 그녀의 심장을 태웠다.

손바닥이 축축하게 젖을 때까지 아무 말 없이 울던 그녀가 곧 울음기가 가득한 목소리로 말을 토해 냈다.

「다 거짓말이었던 거죠? 멍청한 남자…….」

어떻게 나한테 미래를 이야기해, 당신이.

✢ ✾ ✢

창틀에 앉아 있는 미우의 시선이 아득하게 멀어졌다. 그녀의 시선이 방금 전까지 닿아 있던 곳은 그와 함께 사랑을 나눴던 침대, 그리고 그곳에 평온한 얼굴로 잠들어 있는 옴브레였다.

그는 매일 밤 악몽을 꾼다고 했다. 그래서 자신이 그 악몽을 거둬 갈 수만 있다면 좋겠다고 미련하게도 생각했었다. 자신이 뭐라고, 그에게 구원자라도 된 것마냥 그렇게 굴었다.

다행히도 그의 악몽은 거둬 갔지만, 어쩜 앞으로 시작될 것들은 더 지독하게 길지도 모른다. 그걸 그녀는 알면서도 그에게 다가갔다.

"미안해요, 니제르……."

그녀의 말에 순간 옴브레의 미간이 종잇장처럼 일그러졌다. 멈췄던 악몽이 다시 시작된 듯했다.

자리에서 일어난 미우가 그의 곁으로 다가갔다. 그리고 앓는 소리도 내지 못하는 그를 보며 얼굴을 흐렸다.

"내가 너무 자만했어요."

표정과 달리 미우는 담담하게 말했다. 그리고 파들파들 떨리는 옴브레의 손을 조심스럽게 쥐었다.

자신의 손에 익숙해진 그는 잠에서 깨어나지 않았다. 들짐승이 하나의 사람을 각인하는 순간 그 사람의 손을 피하지 않듯, 그 또한 그랬다.

미우가 엄지손가락으로 그의 손등을 쓸며 말했다.

"당신에게 잠시의 안식을 주는 게 더 좋다고 판단했어요. 결국 이렇게 될 걸 알면서도."

담담한 눈동자로 옴브레를 보던 미우가 입술을 비틀어 웃는다. 조소 짓는 얼굴과는 달리 거칠었던 그의 숨소리는 평온을 되찾고 있었다.

악몽이 끝난 듯 일그러졌던 미간이 펴지는 것을 보던 그녀가 차갑게 말했다.

"시작이 있으면 끝이 있다는 걸 뼈저리게 깨달았는데……."

그리고 그 끝이 갑작스럽다는 것도 알고 있었다. 멍하니 있다가 뒤통수를 강하게 얻어맞아 정신을 차릴 수 없는 것처럼. 그리고 그 얼얼함이 평생을 갈 수 있다는 것도 알고 있었다.

하지만 미우는 원망했다.

"날 이렇게 만든 건 당신이잖아."

또다시 이 고독을 끝낼 수 있다 믿게 만든 것도, 남의 체온이 기분 좋다 느끼게 만든 것도 모두 그였다. 누군가와 감정을 나누는 일 역시 필요 없었다. 그는 아무것도 모르는 멍청한 남자인 채로 그녀의 곁에 있어야 했다. 자신에게 곁에 있어 달라 말하지 말았어야 했다.

"그런데 이게 뭐야……."

그의 곁에 잠시 있길 택했다. 자신 때문에 죽지 않겠다고, 살아남겠다고 그가 말했기에 순진하게 믿었다.

믿었다, 그를.

하지만 그는 거짓말쟁이였다.

그의 옆에 있을 잠시의 시간도 주지 않았다.

미우가 눈을 질끈 감았다.

"미워……."

당신이 너무 미워 죽겠어.

원망의 말을 쏟아 낸 미우가 옴브레의 얼굴을 하나하나 뜯어보았다.

감겨 있는 눈. 기다랗게 그림자를 드리운 눈썹. 날렵한 콧날. 그의 인상을 더욱 차갑게 만드는 날카로운 턱 선. 그리고…… 부드럽게 호를 그리고 있는 붉은 입술.

투둑, 투두둑…….

"악몽을 꾸는 건 아니죠?"

눈물을 흘리는 것조차 버거워졌을 때 미우는 자리에서 일어났다. 그리고 한 켠에 던져둔 가방을 챙겨 들었다. 묵직한 가방에 어깨가 밑으로 푹 꺼졌지만 그녀는 걸음을 멈추지 않았다.

문을 열고 밖으로 나온 그녀는 어두운 복도 위를 거침없이 걸었다. 계단을 걸어 내려가 익숙한 뒷문을 열고 밖으로 나온 그녀는 곧장 평소 산책을 즐기곤 하던 구석으로 향했다.

그리고 평평한 평지가 나왔을 때 그녀는 걸음을 멈췄다.

툭.

가방을 떨어뜨린 미우는 고개를 한껏 들어 하늘을 올려다보았다. 오늘도 아름다운 달이 구름에 가려 기묘한 빛을 발하고 있었다. 미우의 입술 끝이 말려 올라갔다.

달빛은 사람을 매혹시킨다.

저 달빛에 홀려 그녀는 또다시 사랑을 했다.

"여행은 끝났어."

차갑게 말을 내뱉은 미우는 떨어뜨렸던 가방을 들어 안의 것을 쏟아 냈다. 돈뭉치가 후루룩 쏟아지고 기름과 라이터, 휴대전화도 보였다. 돈은 애초에 그녀가 이곳에 올 때 가지고 온 것이었으나 기름과 라이터, 휴대전화는 마르코에게 부탁했던 것이었다.

끝을 위해서 필요했던 물건들.

그것들을 바라보는 미우의 눈빛이 흐려졌다.

그녀는 여행 자금을 다 쓰면 이번 여행을 끝내기로 마음먹었었다.

끝은 정해져 있었다.

한국으로 돌아가는 비행기 표는 애초에 티켓팅도 하지 않았다.

돈 뭉치 속에서 나온 작은 기름통과 라이터를 쥔 미우는 곧장 뚜껑을 열어 휘발유를 쏟았다. 지폐가 기름에 눅진눅진하게 젖고 난 후에야 그녀는 기름통을 뒤로 내던졌다. 그리고 지포라이터를 켠 후 한참이고 지폐를 바라보았다.

미련이 그득한 얼굴, 조금은 거칠어진 숨결.

"무슨 생각을 하는 거야, 정신 차려."

하지만 곧 미우는 들고 있던 라이터를 돈뭉치 속으로 던져 넣었다.

화르륵—

순식간에 불길이 번지고, 붉은색과 노란색, 파란색이 뒤섞인 기묘한 불꽃이 넘실넘실 춤을 췄다. 꽤 가까운 거리였으나 그녀는 뒤로 물러나지 않았다. 타들어 가는 지폐가 자신의 모습이라도 되는 양 그녀의 얼굴이 일그러졌다.

타닥, 타닥.

불똥이 여기저기 튀었다.

손을 뻗은 미우는 제 손바닥 위에 내려앉는 뜨거움에도 인상 하나 찌푸리지 않았다. 그저 재가 된 제 마음을 멍하니 내려다보기만 할 뿐.

한참 그 자리에 서 있던 미우가 허리를 숙여 휴대전화를 집어 들었다. 그리고 전화번호부에 딱 하나 저장되어 있는 번호로 전화를 걸었다.

뚜루루, 뚜루루.

몇 번의 통화음이 흐른 후 달칵 소리와 함께 상대의 숨소리가 들렸다.

「드디어 휴대전화를 쓰게 되었어요.」

미우의 말에도 상대는 말이 없었다. 단 하나 저장되어 있는 번호였고, 휴대전화를 준 당사자가 저장한 번호였기에 잘못 걸렸을 리가 없는데도.

아마도 그녀가 진짜 이 휴대전화를 쓰게 될 줄은 몰랐기에 당혹스러워하고 있는 것인지도 모른다.

미우가 서글픈 웃음을 지으며 말했다.

「데리러 와 주세요.」

—벌써 죠반니를 만난 거야?

「아니요.」

—만나기 전에 내린 결정이라…….

마르코가 말끝을 흐렸다. 그러다 이내 한숨처럼 말했다.

—옴브레와는 이야기했어?

「아니요.」

—…….

「조용히 떠나고 싶어요.」

한숨처럼 말한 미우가 막 지금 당장 자신을 데리러 와 달라 부탁을 하려고 할 때였다.

부스럭.

뒤에서 들리는 인기척에 그녀의 몸이 휘청거렸다. 소리가 난 쪽으로 고개를 돌리자 허망한 눈을 깜빡이지도 못한 채 그녀를 바라보고 있던 옴브레가 보인다.

언제부터 와 있었던 것일까. 그러한 의문도 잠시, 그녀와 마르코의 통화 내용을 모두 들은 것인지 어둠 속에서 그는 슬픈 눈으로 미우를 바라보고 있었다.

「……미우.」

「당신…….」

미우가 휴대전화를 들고 있던 손을 힘없이 내렸다. 무슨 일 있냐는 마르코의 음성이 들렸으나 답을 하지도 못한 채.

바스락, 바스락.

그가 휘청거리며 걸음을 옮겼다. 그리고 그녀에게 다가오기도 전 성급하게 말했다.

「가지 마.」

「……아아.」

비틀.

미우의 몸이 흔들렸다. 들고 있던 휴대전화를 툭 떨어뜨린 미우의 눈망울이 흔들렸다.

「가지 마, 제발.」

날 혼자 두지 마.

자신의 앞에 멈춰 선 옴브레가 제 몸을 커다란 품으로 끌어당기자 미우는 깨달았다. 자신이 틀렸음을.

그가 정우와 다르다고?

천만에.

손을 뻗어 그의 몸을 밀어낸 그녀는 쉽게 떠밀려 뒤로 걸음을 옮기는 그의 모습을 냉정한 눈으로 바라보았다.

「따라오지 말아요.」

그녀가 말했다. 그리고 한국에서 이 말에 자신의 뒤를 쫓다가 차에 부딪혀 몸이 산산이 부서졌던 정우의 모습을 떠올렸다.

사소한 다툼이었다.

그리고 그 다툼에 그는 죽었다.

자신의 뒤를 쫓다가.

「……내 손을 놓지 마.」

「싫어요!」

그의 눈빛이 그때의 정우와 같다.

그가 차가워서 좋다고?

개소리!

「미우…….」

「가까이 다가오지 말아요!」

그녀의 벼락같은 외침에 무감각하던 그의 눈이 슬픔으로 물들었다.

얼굴을 일그러뜨리고, 크나큰 좌절을 맛본 얼굴로 자신을 바라본다.

세상이 무너져 내린 표정으로 힘없이 팔을 늘어뜨린 그를 보자 그녀의 입에서 비명이 터져 나왔다.

「당신 나빠!」

그는 정우와 다르지 않았다.

「미우…….」

외형도, 성격도, 체온도 달랐지만 단 하나 같았다.

「당신 정말 나빠!」

「…….」

「도망도 못 가게 하고! 정말 나빠! 나빠!」

그녀가 모든 것을 내던질 만큼 사랑하는 남자.

미우의 몸이 허물어졌다.

타닥타닥.

그녀의 끝을 알리는 돈뭉치가 잿더미가 되어 바람에 하늘하늘 날아 정원 전체로 퍼져 나간다. 그 모습을 멍한 눈으로 바라보던 미우가 읊조린다.

「그렇게 말하면…… 밀어내지도 못하잖아요.」

미우는 절망했다.

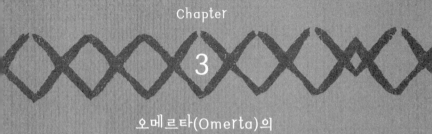

Chapter

3

오메르타(Omerta)의
선물을 받았다.

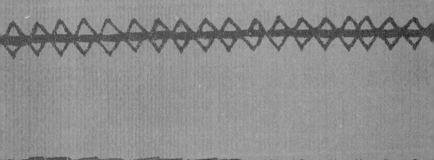

환각

흩어진 정우의 몸을 붙잡고 미우는 그 자리에서 실신할 때까지 울었다.

그의 장례식에서도, 그리고 그의 사십구재에도.

멈출 줄 몰랐던 그녀의 울음이 멈춘 것은 신혼집으로 돌아왔을 때였다.

그곳에서 그녀는 1년간 정우의 허상과 함께 살았다.

겨우 그 허상에서 나올 수 있었던 것은 이탈리아 땅으로 오고 나서였다.

그의 향기가, 그와의 추억이 가득한 곳에서 나오자 그녀는 비로소 깨달았다.

아, 그가 죽었구나.

그렇구나.

그런데 왜 난 살아 있지?

"알 수가 없어."

미우는 슬프게 울었다.

❖　❖　❖

태어나면서부터 혼자였다. 부모에게 버림받은 아이라는 이유로 손가락질이 날아들수록 그녀는 강해졌다. 편견엔 당당히 맞서면 된다고 당찬 생각도 했었다. 그리고 스스로가 외로움을 선택했다. 외로움은 그녀를 강하게 만들었고, 세상을 살아가게 만드는 원동력이었으니까.

그날은 밤늦게까지 도서관에서 공부를 하고 온 날이었다. 부모가 있는 아이들은 과외다 학원이다 해서 자신을 훌쩍 앞질러 가는데, 쥐뿔도 없는 자신은 아무리 발악을 해도 그들을 따라갈 수 없다는 생각에 울적했던 날이었다.

잡초가 무성하고 관리가 전혀 안 되는 공터에 앉아 미우는 한참이고 숨을 죽였다. 그날은 아이들이 북적북적한 고아원으로 돌아가고 싶지 않았다.

끌어모은 무릎에 얼굴을 묻은 채 한참이고 서늘한 바람과 함께 자신도 사라져 버렸으면 좋겠다는 생각을 할 때였다.

"여기서 뭐해?"

다정한 목소리에 고개를 든 미우는 근처에 있는 유명 고등학교

교복을 입은 정우와 처음 마주했다.

열여덟, 그녀는 세상의 전부였던 그를 만났다.

✛ ✧ ✛

첫 남자친구는 윤정우였다.

목표가 있었기에 고등학교 때까지 연애는 자신의 삶과 먼 것이라 생각하며 밀어냈기에 대학에 가서야 겨우 연애란 것을 해 보았다. 아니, 어쩌면 다른 이들을 제 속으로 들여놓기 싫어하는 성격 때문에 때늦은 연애를 하게 된 것인지도 모른다.

잘생기고 공부 잘하는 정우는 선망의 대상이었다. 운동이면 운동, 공부면 공부, 못하는 것이 없었다. 대학교 2학년이 되어선 빠르게 사법고시에 패스했고, 사법연수원에 들어가기 전 그는 공군에 자원입대했다.

2년이란 긴 이별을 그녀는 덤덤하게 보냈다. 제일 쉬운 여자는 군대에 남자친구 보낸 여자라는 말이 우스울 정도로.

목표가 있었기에 앞만 보고 내달렸다. 외교관이라는 꿈이자 목표가 있었다. 하지만 인생은 뜻대로 풀리지 않았다.

그것이 누군가는 인생이라 말하며 젊으니까 고생을 해도 된다고 말했다. 하지만 미우는 이해할 수 없었다. 아득바득 바닥에서 기어 올라와 겨우 여기까지 왔는데, 정작 그녀가 하고 있는 일이라곤 번역을 하는 일이 전부였다.

외교관도 인맥이 있어야 하는 거라고, 외교부는 가족사항까지 꼼꼼하게 살펴보는 곳이란 걸 그땐 몰랐다. 자신 같은 고아는 엄청나게 뛰어난 성적과 해외 연수까지 다녀와야 한다는 걸.

그날도 노트북 앞에서 꼬불꼬불 이어진 언어를 한글로 번역할 때였다. 휴대전화가 울렸다.

"여보세요?"

정우의 이름이 떠 있었지만 7년간의 연애는 두근거림의 흔적을 지웠고, 사랑보다 정을 더욱 키워 나갔다. 뺨과 어깨 사이에 휴대전화를 끼운 그녀가 바쁘게 키보드를 두드리자 조금은 어두운 정우의 목소리가 흘러나왔다.

─지금 집에 있어?

"알면서 뭘 물어. 넌 일 끝났어?"

─응, 오늘 공판도 끝났고 한가해. 지금 시간 괜찮아?

그의 물음에 미우가 미간을 찌푸렸다. 일이 급했지만 한동안 바빴던 정우와 만나지 못했다는 사실이 떠올랐기 때문이다.

"괜찮아."

─다행이다. 지금 집 앞이야. 나와.

"내 꼴 엉망인데?"

─넌 어떤 모습이든 예뻐.

그의 말에 미우는 실없이 웃으며 곧 나가겠다고 말했다. 작업하던 것을 저장하고, 거울 속에 비치는 모습에 화들짝 놀란 그녀가 뿔테 안경을 쓰고 밖으로 나갔다.

그러자 대문 앞에 흰 입김을 내뿜으며 하늘을 바라보고 있는 정우가 보였다. 그 모습을 잠시 바라보던 미우는 그와 눈이 마주치자 그제야 어색한 표정으로 손을 들었다.

"뭘 그렇게 봐?"

"달."

"달?"

동그랗게 눈을 뜬 미우가 달을 올려다보았다. 그러자 정우는
환하게 웃음을 지었다.

"저 달 밑에 있는 널 처음 봤을 때부터야."

"뭐가?"

점점 알 수 없는 말에 미우의 의문이 커져 갈 때였다.

"좋아하게 된 게."

"뭐?"

몇 마디 나누지도 않았던 열여덟, 그때부터 자신을 좋아했다는
정우의 말을 어떻게 받아들여야 할지 몰라 미우가 미간을 찌푸렸
다.

"네가 저 달 같았거든. 홀로 고고하게 떠 있는 게. 그래서 계속
그 공터를 찾았어. 거기 사실 우리 집이랑 엄청 멀거든."

그렇게 말한 정우가 작게 웃음을 뱉었다.

"미우야, 사람은 혼자 있어선 안 돼. 그럼 더 외로워져. 그리고
어느 순간 외롭다는 것도 잊으면 그땐 정말 죽고 싶어져."

"난 죽고 싶어 한 적이 없는데?"

미우가 입술을 일그러뜨리며 말했다. 그러자 정우는 모든 것을
꿰뚫어 보는 눈으로 그녀를 바라보았다. 진실을 모두 알고 있다는
듯이. 순간 그녀의 얼굴이 멍해졌다.

아아, 알고 있었구나.

오랜 시간 가장 가까운 곳에서 자신을 보아 왔던 정우가 제 마음속 깊은 우울을 알지 못할 리가 없는데, 그녀는 그제까지 믿고 있었다.

잘 숨기고 있어, 라고.

"그러니까 우리 함께 있자. 네가 결혼하기 싫어하는 것, 두려워하는 것, 다 알고 있어."

자상하게 웃어 주며 하는 말에 그녀의 눈빛이 흔들렸다. 온몸이 빳빳하게 굳어졌고, 손가락 끝이 차갑게 식어 갔다.

"하지만…… 함께 있으면 이겨 낼 수 있어."

손이 시렵다는 것을 용케도 알아낸 정우가 뜨거운 손으로 그녀의 손을 움켜쥐었다. 순간 체온이 높아지자 찌르르, 전기가 통했다.

"사랑해, 미우야."

콩닥콩닥.

가슴이 기분 좋게 뛴다.

"사랑한다, 미우야."

그리고, 가슴이 운다.

그 말에 미우는 난생처음 정우의 앞에서 울음을 터뜨렸다.

뜨거운 고백에 텅 비어 있던 가슴 한 켠이 차올랐고, 차갑게 식어 있던 심장이 녹아내렸다.

따스한 온기가 제 심장을 톡톡 두드리자 그녀는 그의 품에 안겨 한참이고 어린아이처럼 슬픔을 쏟아 냈다.

시궁창 같은 삶이었기에 차라리 다행이라 생각을 했었다. 끝없이 목표만 이루어 가면 되니까. 바닥은 이미 태어나면서부터 내려쳤으니 올라갈 일만 남았다며.

하지만 그녀는 정우와 결혼을 허락받으며 난생처음 자존심이 와장창 깨지는 것을 느꼈다.

"널 내 며느리로 받아들일 수 없어!"

서울지방검찰청 검사 아들에게 번역가 며느리는 절대 있을 수 없는 일이라며 그의 어머니가 소리쳤다. 처음 날카로운 어머니의 눈을 마주했을 때는 견딜 만했다. 하지만 결혼 반대는 갈수록 심해졌고, 두 사람이 함께 살기 시작해서부턴 시도 때도 없이 휴대전화가 울렸다.

전화벨 소리에 노이로제가 걸릴 것 같다고 생각하는 순간, 그의 어머니가 미우를 찾아왔다. 그리고 가타부타 말없이 그녀의 앞으로 흰 돈 봉투를 내밀었다. 그것을 보는 순간 미우는 사랑하는 윤정우고 뭐고 모두 싫어졌다.

미우는 돈 봉투를 쥐고 안을 살펴보았다. 돈에 관심을 보이는 모습에 중년 여인의 눈이 빛났다.

"역시나 돈 때문이구나."

확신하는 어조에 미우의 입술이 늘어졌다.

"윤정우의 몸값이 겨우 오천이라니. 더 쓰시지."

"뭐, 뭐야?"

자리에서 벌떡 일어난 미우가 냉수를 벌컥벌컥 들이켰다. 그리고 인사도 없이 카페를 나섰다. 그녀의 발걸음은 자연스럽게 서울지방검찰청으로 향했다. 자신을 이렇게 만든 윤정우를 만나기 위해.

"미, 미우야, 가지 마."

헤어지자는 말에 당황한 정우가 자신의 뒤를 따르고 있다는 것을 알면서도 그녀는 신호등을 건넜다. 다시는 그따위 돌아보지 않겠다며, 그래선 안 된다며 자존심이 외쳐 댔다. 그리고 그녀의 발걸음이 반대편 신호등에 닿았을 때, 그의 간절한 목소리가 다시 한 번 들려왔다.

"가지 마, 미우……!"

끼이이익— 쾅!!

귓가를 울리는 끔찍한 소리에 미우의 몸이 바짝 얼었다.

타이어가 급히 멈추는 소리와 무언가가 산산조각 나는 소리.

"어머, 사람이 차에 치였어!"

"1, 119!"

웅성웅성.

행인들의 고함 소리에 미우는 손을 들어 귀를 틀어막았다. 그리고 뒤를 돌아보지 못한 채 한참 그곳에서 얼어 있었다.

아니, 아니야, 아닐 거야.

그녀는 속으로 수없이 읊조렸다.

그리고 천천히 돌아보는 순간 힘없이 바닥에 누워 있는 정우가 보였다.

얼굴에 흐르는 피는 마치 피눈물 같았다. 그리고 그녀의 눈에서도 피눈물이 흘렀다.

더, 더듬, 더듬, 더듬.

천천히 걸음을 옮긴 그녀는 당황한 행인들 사이를 지나가 정우의 앞에 털썩 주저앉았다.

"꺅!"

비명이 들려왔지만 그녀는 산산이 흩어진 그의 몸을 그러안았다.

"아, 안 돼…… 아, 안 돼, 안 돼, 안 돼……!"

그녀의 심장이 비명을 질렀다.

❖   ❖   ❖

아름다운 바다를 바라보며 그녀는 속이 울렁거려 토악질을 했다. 기둥을 붙잡고 바다를 향해 토설을 내뱉는 그녀에게 사람들의 시선이 닿았으나 다가오는 사람은 없었다. 눈물을 쏟아 내며 꺽꺽 숨을 내뱉는 동양인은 어딘가 정신을 놓아 버린 모습이었다.

정우는 결혼식을 올리고 함께 이탈리아로 여행을 오자고 말했다. 이탈리아어를 전공한 주제에 그 땅 한 번 밟지 못했다고 한탄하던 그녀의 말을 기억해 내고서. 그리고 그녀는 그와 오기로 했던 베네치아에 홀로 서 있었다.

폴더처럼 접었던 허리를 편 미우가 손등으로 입가를 닦아 냈다.

언젠가 사라질지 모르는 물의 도시.

그 모습이 마치 자신과 닮아 그녀는 더욱 눈물이 났다.

그녀가 죽인 것이었다. 자존심 하나에 그를 잃었다. 자신을 뒤쫓던 그의 손에 붙잡혀 줬으면, 그는 죽지 않았을 거다.

그녀는 살인자였다.

세상에서 가장 사랑하는 사람을 죽인.

"윤정우……."

추억만 가득 남겨 놓으면 남은 나는 어쩌라고…….

그녀는 그 유명한 산 마르코 광장도, 산 마르코 대성당도, 탄식의 다리도 둘러보지 않은 채 푸른 물만 바라보며 한참이고 울었다.

울고 또 울어도 슬픔은 거둬지지가 않았다.

"다시는 안 해."

다시는, 다시는 안 해.

그녀는 그날 결심했다.

이런 망할 감정 따윈 다시는 하지 않겠다고.

"정우야, 곧 만나자."

그녀는 눈이 부신 아름다운 하늘을 올려다보며 울었다.

뺨을 타고 눈물이 흘렀다.

터럭

「가지 마.」

그는 앵무새처럼 같은 말만 반복하고 있었다.

슬픔으로 얼굴이 일그러진 것을 본인은 알고 있을까?

아니, 모를 것 같았다.

자신에게 내밀어진 손이 애달프다는 것을 그는 알고 있을까?

아니, 그 역시 그는 모르고 있을 것 같았다.

본인의 감정이 무엇인지도 모르는 옴브레는 늘 혼란스러워 보였다. 그리고 그녀가 자신의 곁을 떠나려 한다는 것을 알게 된 순간, 협박 대신 애원했다.

널 죽여서라도 내 곁에 두겠다, 예전처럼 그렇게 말하지 않았다.

「살아 달라고 부탁했잖아요.」

그녀의 눈빛이 슬픔을 머금었다. 그녀가 바라는 것은 그가 사는 것. 허무하게 떠나보냈던 옛 사랑과는 달리. 그의 인생이 아무리 힘들고 고독하더라도 이 땅에서 살아남길 바랐다.

미우의 눈빛이 흔들렸다.

이미 그녀는 졌다.

그에게 가지 말라는 그 말을 듣는 순간.

그녀의 발목에 아주 무거운 족쇄가 채워졌다.

하지만 그의 곁에 있으면? 그가 말한 대로 그 옆에 있으면?

「누구지?」

누가 그 이야길 그녀에게 했냐고 그는 물었다. 매서운 눈빛에 미우가 입술을 늘어뜨려 애잔하게 웃는다.

「왜요? 내가 몰랐으면 숨기게요?」

「…….」

역시, 그녀의 생각대로였다.

그는 끝까지 자신에게 이 사실을 숨기고 스스로 죽음으로 걸어 들어가려 했다.

아버지의 말엔 거역 안 한다면서요?

삐죽 그런 말을 내뱉고 싶었다.

하지만 그녀는 날카로운 말 대신 지금 가슴을 때리는 수많은 말을 쏟아 냈다.

「당신이 나 때문에 죽는 건 싫어요. 괴로워요. 내가 멀쩡하게 살 수 있을 것 같아요? 말도 안 돼!」

마지막은 비명이었다.

생각하는 것만으로도 심장이 무너져 내리고 심장이 떨어져 나가는 기분이었다. 날카로운 통증에 그녀가 얼굴을 일그러뜨렸다. 이미 한 번 사랑을 잃어 보았다. 그 끔찍한 감정을 또다시 겪고 싶진 않았다.

눈물을 쏟아 내는 그녀를 보며 옴브레는 흔들림 없는 시선으로 말했다.

「나도 그럴 것 같다.」

확신 어린 어조에 눈물이 뜨거워졌다.

「하아…….」

아아, 이 남자를 어떻게 하면 좋지?

「왜 그런 것인지는 모르겠지만…… 네가 죽으면 아플 것 같아.」

아아…… 우린 어떻게 하면 좋을까.

그녀의 얼굴이 절망으로 물들자 옴브레는 천천히 손을 내밀었다.

「잡아.」

늘 손을 잡아 주던 것은 그녀였다. 먼저 손을 내민 것도 그녀였다. 하지만 이번엔 옴브레가 먼저 무감각한 얼굴로 그녀에게 손을 내밀었다. 그리고 잡으라고 말한다.

미우가 천천히 걸음을 옮겼다. 마치 걸음마를 배우는 아이처럼 조심스럽고 느린 걸음이었다. 하지만 옴브레는 그녀가 손을 잡길 기다렸다.

그의 앞에 멈춰 선 미우가 힘없이 커다란 손 위에 제 손을 겹쳤다. 그러자 그는 힘껏 그녀의 손을 그러쥔 후 흔들림 없는 시선으로 그녀를 내려다보았다.

「살아도 같이 살고 죽어도 같이 죽자.」

「……。」

그는 고저 없는 목소리로 말했다.

죽음.

그와 가장 가까운 단어.

그리고 그녀에게 성큼 다가왔던 단어.

하지만 그때의 두 사람에게 상대는 없었다.

그래서 고독하고 외로웠다.

하지만…… 이젠 아니었다.

단단한 그의 손을 내려다보다 천천히 고개를 든 미우의 눈엔 눈물이 맺혀 있었다. 시야가 뿌옇게 변해 그의 모습에 잘 보이지 않았으나, 미우는 그의 표정을 예상할 수 있다는 듯이 웃다.

이런 로맨틱한 말에도 그는 차가운 얼굴일 것이다.

「그럼 나도 지옥으로 떨어져야겠군요. 그래야 그곳에서 당신을 만날 수 있을 테니까요.」

미우의 말에 옴브레는 조소를 지으며 고개를 끄덕였다. 그 모습을 올려다보던 미우가 쓴웃음을 지었다.

「니제르, 우린 미쳤어요.」

하얀 밤이 끝난 후 찾아오는 검은 밤은 더욱 외롭고 음습하다.

하지만 달은 유독 밝았다.

두 사람은 손을 잡고 함께 달빛 위를 걸었다. 어둠 속을 걷는 느낌은 특별했다. 아니, 평소와 같은 어둠이어도 함께 잡은 손이 있었기에 특별하게 느껴졌다.

둘은 동시에 걸음을 멈췄다.

미우가 발뒤꿈치를 들어 그의 입술에 입을 맞췄다.

그리고 입술을 뗀 후 그를 올려다보았다.

「가슴이…… 떨려요.」

그녀가 한숨처럼 말했다. 그러자 옴브레는 기다란 팔로 그녀의 허리를 휘감은 후 입술을 내렸다. 한입에 그녀의 입술을 삼킨 그가 쪽 빨아 당겼다. 그리고 살짝 벌려진 아랫입술을 혀로 잘근잘근 씹은 그는 곧 달래듯 혀로 핥는다.

짜릿.

척추를 타고 쾌감이 번졌다. 미우가 그에게 매달리듯 몸을 밀어붙이자 물컹한 혀가 입안으로 밀려 들어왔다.

미우가 팔을 뻗어 그의 단단한 허리를 부여잡았다. 그것이 이생에서의 마지막 동아줄이라는 듯이. 검은 셔츠가 꼬깃꼬깃해질 정도로 힘껏.

그리고 무자비하리만치 거친 키스를 받아 내며 그의 입안으로 거친 숨을 토해 냈다. 그의 입술을 고스란히 받고 있으면 숨이 넘어갈 것 같아서.

「하아, 하아, 하아.」

거친 숨소리에 옴브레는 한 손으론 그녀의 뺨을 보드랍게 감싼 후 엄지손가락으로 붉게 달아오른 미우의 입술을 쓰다듬었다.

「가슴이 떨리는 게 뭐지?」

그가 흔들리는 시선으로 물었다. 그의 말에 미우의 입꼬리가 부드럽게 휘었다. 자신의 뺨에 닿은 손을 떼어 낸 미우가 자신의 가슴 위에 커다란 손바닥을 내려놓았다.

토닥토닥.

심장이 뛴다. 마치 그를 위로하듯이 빠른 속도로.

미우가 그와 시선을 마주하며 말했다.

「빠르게 뛰죠?」

미우의 물음에 옴브레의 얼굴이 순간 멍해졌다. 그러자 그녀가 이번엔 커다란 손을 옮겨 그의 가슴 위에 올려놓았다. 옷은 어둠과 같은 색이었다. 그를 떠올리게 하는 새까만 색. 하지만 그녀는 그것이 빛보다 더 치명적이라는 것을 알고 있었다.

「이런 걸 가슴이 뛴다고 하는 거예요.」

「……..」

콩닥콩닥.

마치 살아 있다는 듯이 뛰는 그의 심장.

미우는 혼란스러운 기색이 가득했던 눈동자가 본래의 감정을 되찾는 것을 보며 그의 손을 떼어 낸 후 가슴에 귀를 가져다 댔다.

「얘가 예전부터 제게 말했어요.」

「……..」

「나…… 당신을 위해 뛰고 있어요, 라고.」

그래서 당신을 놓을 수가 없었어요.

그래서 당신의 손을 붙잡을 수밖에 없었어요.

내가 멍청하다는 걸 깨닫는 순간…… 그땐 이미 너무 늦어 버렸어요.

「참 이상하죠? 왜 처음부터 이 심장 소리를 들을 수 있었을까요?」

미우가 한숨처럼 물었다.

하지만 옴브레의 굳은 입술은 열리지 않았다.

「당신은…… 왜 나에게 이러한 감정을 느꼈나요?」

그녀의 물음에 옴브레의 고개가 위로 올라갔다.

그는 커다란 달을 올려다보며 짧게 답했다.

「달빛.」

「네?」

이해할 수 없는 말에 미우가 동그랗게 눈을 떴다. 하지만 곧 그의 입에서 흘러나온 말에 그녀의 눈망울이 흔들렸다.

「이곳에서 당신을 본 순간부터…….」

더듬더듬 내뱉는 말에 미우의 얼굴이 일그러졌다.

❖　❖　❖

빠르게 도로 위를 내달리는 차량은 거침이 없었다. 뻥 뚫린 도로를 달리며 연신 옆을 바라보는 죠반니의 얼굴은 복잡했다. 돈(Don)에겐 레오엔 아무런 문제도 없다고 말을 하고 오긴 했으나, 뱀처럼 영악한 사람이란 것을 알기에 걱정이 됐다. 거기에다가 마르코가 그에게 건넨 물건 또한 그의 걱정을 더했다.

「옴브레에게 전해. 스위스 비밀 계좌에 있는 돈이야. 도피를 하는 데 도움이 될 거야.」

「마르코 님은……. 알려지게 된다면 돈(Don)께서 가만히 두지 않으실 겁니다.」

마르코의 행동은 자신의 명줄을 걸고 하는 것이었다. 죠반니의 걱정스러운 기색에 마르코는 장난스러운 웃음을 지으며 그의 어깨를 툭툭 쳤다.

「죠반니, 자네 걱정이나 해.」

「…….」

「꼭 건네야 해.」

그런 후 또띠의 행방이 불분명하니 조심하라는 말도 전하라 했다.

이미 모든 것을 눈치채고 움직이고 있을지도 모른다며.

또띠가 움직였다면 레오의 사정은 물론이요, 미우가 살아 있다는 사실도, 루프스가 살아 있다는 사실도 알아내는 것은 시간문제였다.

휴게소도 들르지 않은 채 속도를 높이며 달리던 죠반니가 핸들을 돌려 레오성으로 빠지는 길로 들어설 때였다.

펑!

타이어 터지는 소리와 함께 차가 360도로 회전을 했다. 당황한 죠반니가 핸들을 돌리며 대처해 보려고 했지만 차는 곧 가드레일을 박고 깊은 산속으로 처박혔다.

쾅!

순식간에 차에서 불길이 타올랐다. 안에 있던 기름이 새어 나온 것인지 폭발은 연쇄적으로 일어났다.

펑! 펑! 펑!

불길이 차에 타고 있는 죠반니의 생명을 앗아 갔을 때였다.

얼마 떨어지지 않은 곳에 차를 세운 날카로운 인상의 남자가 멀리서도 후끈하게 느껴지는 열기에 휴대전화를 들었다. 빠르게 키판을 누른 남자는 얼마 가지 않아 상대가 전화를 받자 빠르게 상황을 보고했다.

「또띠입니다. 죠반니 처리했습니다.」

―그래.

「곧장 레오성으로 가겠습니다.」

무감한 목소리에 파블리오가 이를 악물며 말했다.

―조무래기는?

루프스는 어떻게 됐나 묻는 말에 또띠의 눈동자가 흔들렸다.

「저희가 들이닥치는 순간 시칠리아 놈들이 나타났습니다.」

―마르코, 이 새끼!

거친 욕설에 또띠의 몸에 긴장감이 흘렀다.

그는 한참이고 숨을 죽였다. 지금 그의 심기를 건드려 봤자 좋지 못하다는 것을 알기 때문이었다.

얼마의 시간이 지나지 않아 흥분을 가라앉힌 파블리오의 목소리가 들려왔다.

─옴브레는 살려서 데리고 와라.

「알겠습니다.」

짧게 통화를 마친 또띠가 차에 올랐다.

부아앙!

매연을 내뿜은 차가 도로 위를 내달렸다.

뚜벅뚜벅.

아무도 없는 복도에 구두굽 소리만이 울린다.

벽 곳곳에 생긴 곰팡이들과 이름 모를 이끼들은 이곳이 평소 관리가 되지 않는다는 것을 말해 주고 있었다.

미로 같은 복도를 걸어 다시 계단을 내려간 파블리오가 손을 들어 코를 틀어막았다.

「끔찍하네.」

짧게 읊조린 그의 눈빛이 문을 바라보자 차갑게 빛났다. 문손잡이를 돌려 문을 여는 순간, 어두운 방 안에서 고통에 찬 신음이 터져 나왔다.

「끄악, 끄아아아아아악!」

지옥에 떨어진 인간이 이러한 소리를 낼까. 속 깊은 곳에서부
터 울려 터져 나오는 신음 소리는 고막을 터뜨릴 듯 컸다.

파블리오는 자신이 들어오자마자 행동을 멈추는 사내들의 가운
데 섰다. 그러자 방금 전 마르코의 오른쪽 손톱을 하나하나 뽑고
있던 사내가 서둘러 의자를 가져다준다.

의자에 앉은 파블리오가 발로 축 늘어진 마르코의 턱을 받쳐
들었다. 눈이 부어 애초의 얼굴 따위 알아볼 수 없을 정도로 엉망
이 된 마르코가 힘겹게 눈꺼풀을 들어 올렸다. 보랏빛으로 멍들어
있는 눈꺼풀 때문에 시야가 맑지 못했다.

「도, 도, 돈……..」

힘겹게 말을 내뱉은 마르코가 부들부들 떨리는 팔을 든 뒤 그
를 올려다보았다.

「주, 죽여…….」

그가 말하는 순간 팔에 힘이 풀려 앞으로 꼬꾸라졌다. 하지만
마르코는 다시 한 번 몸을 일으켰다.

털썩, 털썩.

힘줄이 끊기고 손톱이 몽땅 빠져나가 그는 몸조차 일으키지 못
했다.

마르코의 모습을 보던 파블리오가 입가에 매혹적인 웃음을 지
으며 말했다.

「마르코, 네가 이 방에 오는 건 처음이던가?」

신음을 흘리며 바닥에서 일어나지 못하는 마르코를 보며 그가
잔혹한 눈을 빛냈다.

「감히 날 배신하다니.」

웃음이 뒤섞인 목소리였으나 그것이 위험신호라는 것을 마르코는 알고 있었다. 흔들리는 눈망울로 바닥에 턱을 댄 채 파블리오를 올려다보던 마르코는 초인적인 힘으로 팔을 세워 상체를 일으켰다.

쾅!

이마를 땅에 찧은 마르코가 사지를 떨었다.

「주, 죽여, 죽여 주, 십시오.」

마르코가 더듬더듬 말을 내뱉었다.

그러자 파블리오는 입술을 부드럽게 휘며 말을 내뱉는다.

「누구 좋으라고.」

「도, 도, 돈, 제, 제발, 제발 죽여…….」

「이곳에서 네 친구나 기다리지.」

짧게 말한 파블리오가 자리에서 일어났다. 그가 문가로 향하자 또다시 무자비한 폭력이 마르코에게 날아들었다.

✛　❈　✛

두 사람이 느른한 표정으로 침대에 누워 있었다. 탄탄한 상체는 미우의 손길이 닿을 때마다 조금씩 떨렸다. 매끈한 그의 몸이 유연하게 움직이더니 미우의 손을 붙잡는다.

「왜요?」

미우는 살풋 찌푸린 그의 미간을 보며 웃었다. 하지만 그녀의 행동은 여전히 거침이 없었다.

손을 내린 미우는 그의 탄탄한 가슴 밑, 갈비뼈 위에 남겨진 상흔을 손가락 끝으로 쓸었다. 찢겨진 상처는 오래되어 흐릿했지만 부상을 당했을 땐 꽤나 심각했던 것인지 살이 위로 차올라 아물어 있었다.

「이건 어쩌다가 다쳤어요?」

「기억이 안 나.」

옴브레가 미간을 찌푸리며 말했다. 그러자 그녀의 손길이 이번엔 좀 더 아래로 내려가더니 아슬아슬하게 이불이 덮여 있는 치골로 향했다. 하얀색 이불을 끌어내린 미우는 꽤나 큰 부상이었던 듯 가늘게 여러 갈래로 찢어진 상처를 만지며 물었다.

「이건요?」

「그것도.」

역시나 몰라.

그의 눈동자가 말했다.

그의 몸 위에 남아 있는 자잘한 상처는 눈으로 셀 수 없이 많았다. 그도 기억하지 못할 만큼 까마득히 옛날 것부터 최근 그녀도 알고 있는 상처까지. 그는 자신의 몸을 아낄 줄 모르는 사람이었고, 자신의 명줄이 얼마나 긴지 시험해 보고 싶어 하는 듯 무모한 행동을 하는 사람이었다. 아니, 세상이 그를 무모하게 만들었을 것이다.

미우는 자신과 똑같은 빛깔의 눈을 보았다.

예전 이 짙은 검정색의 눈동자가 조명을 받아 잿빛으로 보일 때가 있었다. 그땐 그것이 착각이라 생각했다. 그저 조명이 만들어 낸 빛이라며. 하지만 그녀는 이제야 깨달았다. 눈동자의 색은 검정이었으나, 그 속에 담긴 것이 잿빛이라고. 그녀와 같이.

미우는 손바닥을 펴 그의 심장에 가져다 댔다. 그녀의 손바닥 밑에서 생동감 있게 전해지는 고동에 미우의 입가에 부드러운 웃음이 내걸렸다.

그는 살아 있다.

그리고 살아 있는 동안은 그저 지금만 생각하고 싶었다.

「좋아요. 앞으로 다치지 않으면 좋겠지만, 제가 다 기억할게요.」

「……」

「상처 하나하나 모두 다.」

미래가 오기 전까지는.

미우는 자신의 입술에 닿는 차가운 입술에 눈을 감았다.

그리고 생각한다.

이렇게 살아도 되지 않을까?

그래, 지금은 그것만으로도 좋았다.

✢　❄　✢

이 땅에 뿌리를 내리고 얼마나 살아왔는지 모를 만큼 커다란 나무들이 숲을 이루고 있었다. 자잘하게 뻗어 나간 가지와 넓은 잎사귀는 하나의 요새를 만들기 충분했다.

파블리오가 레오성을 구입한 이유에는 그 주위를 감싸고 있는 이것들 또한 한몫했다. 이탈리아 전역에 있는 올리브 나무와는 달리 이 인근 지역은 사시사철 커다란 잎사귀를 떨어뜨리지 않는 푸르른 나무가 있었고, 들짐승들이 도로로 뛰어나오지 못하게 심어 놓은 색색의 유도화와 함께 장관을 이뤘다.

그리고 나무 사이, 밖에선 보이지 않는 작은 집이 보였다. 미사를 올리는 용도로 사용되었던 곳은 두 사람이 들어가면 내부가 꽉 찰 정도로 협소했다. 하지만 몸을 숨기고, 밖을 살피기엔 안성맞춤인 공간이었다.

수풀에 몸을 숨긴 채 망원경으로 레오성으로 향하는 유일한 도로를 보고 있던 정찰원은 저 멀리서 빠르게 달려오는 차를 보았다. 렌즈를 확대해 번호판을 확인한 그가 주머니에서 휴대전화를 꺼냈다.

짧은 통화음 끝에 상대가 전화를 받았다.

「수상한 차가 레오를 향해 가고 있습니다.」

—……죠반니는?

본가를 나왔다고 보고를 받은 것이 3일 전이었다. 진즉에 도착을 하고도 남았을 시각. 하지만 죠반니의 차는 그림자도 보이지 않았다.

사내의 목소리가 묵직하게 내려앉는다.

「아직 오지 않으셨습니다.」

—…….

빠르게 보고를 한 사내는 상대가 아무런 말도 하지 않자 시선을 아득히 두며 말했다.

「도망가십시오, 옴브레 님.」

—…….

「제발 피하십시오……. 그걸 죠반니 님도 원하고 계실 겁니
다.」

무엇의 끝을 보았던가.

두 사람의 사이로 무거운 침묵이 내려앉았다.

휴대전화를 들고 있는 옴브레의 눈동자가 무겁게 가라앉았다.

신호음만 갈 뿐, 마르코도 죠반니도 전화를 받지 않았다. 상황
이 어떻게 돌아가는지 빠르게 직시한 옴브레는 눈을 감았다.

파르르.

그의 속눈썹이 떨렸다.

빨리 이 자리를 피해야 한다는 것을 알면서도 그는 마음을 다
잡을 수가 없었다.

외딴 섬처럼 살았던 그. 하지만 그런 그의 곁을 지켰던 사람들
이 있었다. 그가 무너지지 않도록 소리 없이 곁을 지키며, 그가
앞으로 걸어가길 그 누구보다도 바랐던 사람들. 그런 사람들이 지
금 이 순간 그의 마음을 아프게 쳤다.

휘청.

순간 다리에 힘이 풀려 몸이 흔들리자 그가 서둘러 두 다리에
힘을 주었다. 굳건하게 선 그의 눈동자가 순간 살기를 머금었다.
깊은 어둠과 함께 뒤섞인 감정은 기묘한 빛을 띠었다.

천천히 몸을 돌린 옴브레는 흰 이불을 덮고 곤히 잠들어 있는 여인의 얼굴을 보았다. 기분 좋은 꿈이라도 꾸는지 부드럽게 휜 입술과 살포시 내려앉은 눈꺼풀.

그녀를 눈에 담는 순간 들끓는 감정을 가라앉혔다.

안 돼. 안 된다.

그에겐 미우가 있었다.

지켜야 하는 이. 자신과 함께 죽겠다고 말한 여자.

그 여자와 함께 있어야 한다.

「후우.」

숨을 크게 들이마셨다가 내뱉은 그는 천천히 걸음을 옮겨 미우에게 다가갔다. 그리고 팔로 몸을 지탱한 뒤 허리를 숙여 미우의 입술에 입을 맞췄다. 서늘한 입맞춤에 미우의 눈이 천천히 떠졌다. 아직도 잠이 그득한 그녀의 눈을 마주하며 그가 고저 없는 목소리로 말했다.

「가자.」

「네……?」

미우가 멍하니 물었다. 하지만 옴브레는 답 없이 그녀를 번쩍 일으켜 세운 후 이끌었다.

「여행을 가자.」

「여행……?」

「그래.」

그녀의 표정이 밝아졌다.

아이처럼 좋아하는 얼굴엔 기쁨이 가득했다.

지옥과 같은 성.

죽음을 생각했던 그 성을 나서게 되었다, 드디어.

「어디로 가나요?」

미우의 물음에 그는 서랍장을 열어 안에 있던 차 키와 검은 자루를 꺼냈다.

「발길이 닿는 곳.」

목적지는 정해져 있었다.

하지만 그 목적지로 향하는 길에 그녀가 있다.

옴브레는 자신을 향해 환하게 웃는 미우를 보며 벅차오르는 가슴을 내리눌렀다.

그의 손에 붙잡혀 성 밖으로 이끌려 나가는 미우의 얼굴에 웃음이 가득했다.

길

차 창문 밖으로 손을 내민 미우는 손가락 사이를 간질이는 바람에 웃음을 터뜨렸다.

「끝내줘요!」

오랜만에 만끽하는 자유. 뻥 뚫린 도로 위를 달리며 미우가 소리쳤다. 운전석에 앉아 운전하는 그의 옆모습을 보던 미우는 흥분에 가득 찬 눈을 반짝였다.

「당신은 운전하는 모습도 섹시하네요!」

열어 놓은 문으로 휘몰아쳐 들어오는 바람에 미우가 소리를 질렀다. 그러자 옴브레가 미간을 찌푸리며 읊조렸다.

「나에게 그런 이야기를 하는 건 당신뿐이야.」

그의 주위엔 감히 '섹시하다'라는 말을 입에 올릴 만큼 간덩이가 부은 인간은 없었다. 하지만 미우는 꺄르르 웃음을 뱉었다. 불편한 기색을 보니 왜 더 놀려 주고 싶어지는 것인지. 그녀가 눈을 찡긋거리며 소리 높여 외쳤다.

「솔직한 것도 죈가?」

「······.」

「내가 내 남자보고 섹시하다고 하는 건데?」

「······내 남자?」

옴브레가 핸들을 힘주어 잡으며 물었다. 그러자 미우는 힘껏 고개를 끄덕인 뒤 벌써 몇 시간째 펼쳐지는 해바라기 밭을 보았다.

머리 위에 떠올라 있는 해. 그리고 그 해를 피하듯이 고개를 푹 숙이고 있는 해바라기들. 해바라기들은 빛을 받기 위해 뒤쪽에 나 있는 줄기를 드러내고 있었으나, 그 모습이 마치 해를 외면하는 것 같았다.

해를 필요로 하지만 시든 것처럼 고개를 숙이고 있는 노란 꽃을 보며 미우가 창틀에 팔을 겹친 후 턱을 내렸다.

해바라기는 늘 해를 향해 등을 돌린다.

「그럼요, 내 남자.」

「······.」

「니제르, 당신은 내 남자예요.」

그렇게 말한 미우가 고개를 돌려 옴브레를 보았다. 긴장해 굳어 있는 턱과 짙은 감정을 머금고 있는 눈동자를 보며 그녀가 손을 뻗었다. 기어 위에 있는 커다란 손에 제 손을 겹친 미우가 피식 웃음을 내뱉었다.

「그런 표정 짓지 말아요. 나도 아니까. 엄청 소름 돋는 말이라는 거.」

「……아니.」

짧게 말을 내뱉은 옴브레가 여전히 정면을 주시한 채 고저 없는 목소리로 말했다.

「날 너에게 주면, 너도 내 것이 되나?」

「……미쳐요, 정말.」

미우는 급작스럽게 제 심장을 공격하는 말에 기가 막히다는 듯 짧은 웃음을 내뱉었다.

「그런 말을 할 땐 적어도 예쁘게 웃어 주기라도 하라고요.」

「예쁘게……?」

그의 얼굴이 또다시 일그러진다. 그 모습에 미우는 또다시 웃음을 터뜨릴 수밖에 없었다.

하하하, 꺄르르…….

그녀의 웃음소리가 마치 종달새의 지저귐처럼 가볍게 공중으로 흩어졌다. 미우는 기어에서 손을 떼 자신의 손을 감싸 쥐는 서늘한 손을 보았다.

차가운 손. 하지만 이 손을 놓고 싶지가 않았다.

미우는 그의 손을 들어 손등에 짧게 입을 맞췄다.

「달려요.」

한숨 같은 목소리에 옴브레는 '뭐?' 하며 되물었다. 미우가 소리쳤다.

「더 힘껏 밟으라고요!」

어디까지 갈 수 있는지 해 봐요, 우리.

그곳이 세상 끝이라면 좋겠지만.

흥분에 찬 목소리에 옴브레는 엑셀을 힘껏 밟았다.

부아아앙—

뿌연 매연을 뱉으며 차가 앞으로 내달렸다.

✢　❖　✢

북적이는 거리엔 다양한 인종이 뒤섞여 있었다.

여름휴가를 맞이해 전 세계에서 모여든 관광객들은 작은 상점들을 호기심 어린 눈으로 바라보고 있었고, 쇼윈도를 보며 걸음을 멈추기도 했다. 휴가의 끝이 보이자 사람들은 더욱 부지런히 움직였고, 거리엔 도떼기시장을 연상시킬 정도로 많은 이들이 걸음을 옮기고 있었다.

그리고 거리의 구석진 상점, 여성 의류와 남성 의류를 함께 판매하는 브랜드숍은 높은 가격 때문에 다른 가게와 달리 한가했다. 하얀 의자에 앉아 다리를 꼰 채 탈의실을 한참이고 바라보는 그의 곁에 샵매니저가 서 있었다.

「여자친구예요?」

그녀가 눈을 게슴츠레 뜨며 물었다. 탈의실로 들어간 미우가 여자친구여도 자신과 함께 불장난이라도 하자는 얼굴이었다. 그런 여자에게 옴브레는 시선도 주지 않은 채 한참이고 열리지 않는 문을 노려보았다. 턱이 긴장감에 굳어 있었다.

사람들이 많은 곳이 더 안전했기에 그는 도시와 도시, 마을과 마을을 거치며 서서히 이동하고 있었다. 누군가가 그들의 뒤를 턱 밑까지 쫓고 있다는 것을 예상하고 있으면서도 빠르게 이동하진 않았다.

많은 인파 속에 두 사람의 모습을 감췄고, 그녀에겐 이 일을 가벼운 여행 정도로만 인식시키고 싶었기 때문이다.

불안하지 않길 바랐다. 성을 빠져나온 순간부터 그에게 지어주는 그 웃음이 사라지지 않길, 그는 진심으로 바랐다.

「이봐요?」

답이 없는 옴브레를 샴매니저가 다시 한 번 부를 때였다. 그녀를 투명인간 취급하던 옴브레는 문이 열리고, 흰 원피스를 입은 채 해사하게 웃는 미우의 모습이 보이자 엉덩이를 들썩였다.

천천히 자리에서 일어난 그가 미우를 바라보았다.

「왜요? 넋을 놓을 정도로 예뻐요?」

흔들리는 눈망울로 자신을 보는 옴브레를 보며 미우가 장난스럽게 웃었다. 그리고 치마 양옆을 잡아 자리에서 빙그르르 돌더니 장난스러운 웃음을 터뜨렸다.

「반할 정도예요? 왜 아무 말도 안 해요?」

「…….」

「니제르?」

미우는 계속 얼이 빠진 채 동상처럼 서 있는 옴브레를 보며 미간을 찌푸렸다. 그리고 흙이 잔뜩 묻어 있는 운동화 신은 발을 움직였다. 뚜벅뚜벅 그의 앞으로 걸어간 미우는 자신의 움직임을 따라 시선을 옮기는 옴브레의 앞에서 뒤꿈치를 들어 짧게 입술을 맞췄다.

쪽.

입술이 떨어지자 소리를 냈다.

달콤한 두 사람의 모습에 곁에서 지켜보고 있던 샵매니저의 미간이 찌푸려졌다.

「니제르.」

「그래.」

「사랑해요.」

그렇게 말한 미우가 눈을 부드럽게 휘어 웃었다. 곧 산산이 부서질 것처럼 나약한 웃음이었다.

「……。」

아무 말 없이 자신을 내려다보는 옴브레를 보며 그녀가 다시 한 번 뒤꿈치를 들었다. 그리고 그의 턱에 입술을 맞췄다.

쪽.

입술이 닿은 강인한 턱이 떨렸다.

감고 있던 눈을 뜬 미우가 혼란스러운 그의 눈과 마주하며 다시 한 번 말했다.

「니제르, 사랑해요……。」

「……。」

「그러니까 그런 불안한 표정 짓지 말아요.」

그의 얼굴에 균열이 간다. 하지만 미우는 말을 멈추지 않았다.

「사랑해요.」

미우의 입꼬리가 매끈하게 말려 올라갔다.

「모르겠어.」

「알아요.」

짧게 답한 그녀가 그의 가슴에 양손을 가져다 댔다.

그가 말해 주지 않아도 이 녀석이 말을 해 준다. 빠르게 뛰며 나도 널 담고 있다며 외친다. 제발 나의 목소리를 들어 달라며 애원한다.

콩닥콩닥.

심장의 고동을 느끼며 미우가 서글프게 웃었다.

이 남자에게 사랑이란 감정을 설명해 줄 수는 없을 것이다. 그가 살아온 삶, 무자비하게 사람들을 죽이며 감정 따윈 가져서는 안 됐던 과거. 그 과거를 그녀 또한 알고 있었기에, 그의 입술을 통해 사랑한다는 달콤한 고백을 들을 수 없는 이 현실을 받아들이고 인정했다.

그저 이 심장이 자신을 향해 뛰어 주기만 하면 됐다. 그녀는 알고 있었으니까, 사랑한다는 말을 해 달라며 징징거리지 않는다. 자존심에 전부를 잃어 보았기에.

손바닥을 통해 전해지는 서늘한 체온을 느끼며 미우가 눈을 감았다.

「……당신은 말해 주지 않아도 돼요. 내가 실컷 말하면 되니까.」

「…….」

눈을 뜨자 보이는 것은 일그러진 얼굴. 미우가 손을 뻗어 그의 뺨을 천천히 쓰다듬었다.

「당신, 무척 멋있네요.」

늘 입었던 검은 색상의 옷이었지만 그녀가 손수 골라 준 셔츠여서 그런지 평소의 그보다 더 멋있어 보였다. 한 발자국 뒤로 물러서 검은 흑표범처럼 매끈한 그의 모습을 감상하듯 바라보던 미우는 그의 눈동자가 순간 반짝이고 걸음이 옮겨지는 것을 보았다.

그가 팔을 뻗어 그녀를 제 품으로 끌어당겼다. 그리고 고개를 비스듬히 내려 미우의 입술을 뜨겁게 삼켰다.

사랑해.

마주한 심장이 그렇게 외친다.

거친 소리를 내며 차가 도로에 멈춰 섰다. 자라나고 있는 곡식들이 넓은 밭을 차지하고 있었고, 울타리를 쳐 놓은 곳에선 평온한 대지 위를 느긋하게 걸어 다니는 젖소들이 보였다.

도시와 도시를 연결하는 고속도로. 갑자기 멈춰 선 차의 문이 거칠게 열리더니 흰 원피스를 입고 있는 미우가 차에서 내렸다. 하얀 원피스에 맞춰 사 신은 낮은 단화에 감싸인 발이 바쁘게 움직인다.

운전석 문을 연 미우가 옴브레의 팔을 붙잡아 끌어당겼다.

「빨리요.」

그가 그녀의 손에 이끌려 차에서 내렸다. 그리고 그녀가 이끄는 대로 작은 성당으로 걸음을 옮겼다.

끼이익.

거대한 문을 열고 안으로 들어가자 습한 냄새가 났다. 언제 지어진 것인지 모를 성당은 조명이 모두 꺼져 있어 음습한 분위기였지만 가운데로 난 붉은 길 위를 걷는 미우의 걸음은 망설임이 없었다.

커다란 손을 이끌어 화려한 벽화와 센터에 있는 고난상으로 향했다.

인간을 위해 십자가에 못이 박힌 채 눈을 감고 있는 커다란 석상을 보며 미우가 걸음을 멈췄다.

「예수가 기함할 일이군.」

자신이 성당엘 오다니.

옴브레가 고개를 들어 예수상을 보았다. 무심한 눈을 깜빡이던 옴브레는 옆에서 들려오는 소리에 고개를 돌렸다.

「죄를 많이 지었죠.」

「…….」

「그 죗값을 치르기 위해 지옥으로 떨어져야 한다면 기꺼이 그렇게 해요.」

엄숙한 분위기 속에 그녀의 목소리만 성당을 가득 메웠다. 미우가 그의 손을 양손으로 쥐었다. 눈을 감은 그녀가 무심한 목소리로 말했다.

「신이 우리를 갈라 놓지 못하도록 부탁해요.」

그녀의 말에 옴브레의 시선이 흔들렸다.

「죽어서도 같이 있을 수 있도록.」

스스로 지옥으로 끌려 들어가겠다는 미우의 말에 그의 눈동자가 슬픔을 머금었다.

그는 슬픔 따위는 모르는 사람인데.

아픔 따위 모르는 사람인데.

사람에게 욕심을 부리는 것조차 모르는 사람인데.

본인도 모르게 그러한 감정들을 알게 되어 버렸다.

하지만 간절한 마음으로 기도를 올리고 있는 미우는 이를 보지 못했다.

「하느님, 그래 주실 거죠?」

미우가 고개를 들어 고난상을 보았다.

그녀의 옆모습을 보던 옴브레가 고개를 돌려 버렸다.

이러한 감정을 가르쳐 준 것은 모두 그녀였다. 자신을 순식간에 바꿔 버린 것도 이미우, 그녀다. 동양의 작은 나라에서 온 여자가.

평생 몰랐으면 좋았을 것을…….

눈을 감은 그가 그러한 생각을 할 때였다.

「이 역사적인 순간에 예물 하나 없다니.」

미우가 그의 턱을 돌려 자신과 시선을 마주 보게 만들었다. 그리고 입술을 뾰족하게 내밀며 투덜거렸다.

「커다란 다이아몬드는 바라지 않더라도, 이런 날을 기념할 만한…….」

그의 눈빛에 그녀가 자신도 모르게 쓸데없는 말을 주절주절 읊었다. 당혹스러운 마음이 들었다. 그의 속에서 어떠한 변화들이 일어나는지는 몰랐으나, 그는 슬퍼 보였고 아파 보였다.

「정말로 원해?」

「뭐가요?」

미우가 애써 표정을 갈무리하며 물었다. 자신까지도 슬퍼질 것 같아서.

눈을 동그랗게 뜨며 애써 밝게 묻는 그녀의 모습에 옴브레가 말을 툭 내뱉었다.

「내 주위엔 피비린내가 가시질 않아. 내 옆에 있으면 너도 그럴 거다.」

「당신, 정말 바보군요.」

「뭐?」

옴브레는 자신의 손을 붙잡는 손을 내려다보며 짧게 물었다. 그러자 미우는 확신에 찬 음성으로 말을 이었다.

「그거 하나 각오하지 않았을까 봐요? 당신 옆에 있는 순간부터 예상했어요. 그리고 다짐했고요.」

「…….」

「무슨 일이 있더라도 당신 곁에 있을 거라고.」

미우의 말에 그의 얼굴이 허물어졌다. 단단한 껍질을 벗어 던진 그의 얼굴을 바라보며 미우가 웃음 지었다.

「……당신은 겁이 없어.」

그렇게 말하는 옴브레의 입술이 씁쓸한 웃음을 머금었다. 어쩔 수 없다는 듯이.

「사랑해요.」

미우의 말에 그의 눈빛이 깊어졌다. 속을 들여다볼 수 없을 정도로 짙은 늪을 연상시키는 눈을 마주한 그녀가 말했다.

「함께 가요.」

그가 손을 뒤로 돌렸다. 그리고 작은 단검을 뽑아 든 뒤 그녀를 바라보았다. 깜짝 놀란 미우가 눈을 동그랗게 뜨자 그가 날카롭게 벼려진 날을 움켜쥐었다.

후두둑.

핏방울이 아래로 후두둑 떨어지자 미우가 손을 뻗어 그의 손목을 움켜쥐었다.

「뭐하는 짓이에요?」

그녀가 비명처럼 외쳤다. 그럼에도 옴브레는 표정 변화 하나 없이 그녀의 오른손을 끌어와 검지손가락 위를 칼로 그었다. 그녀의 손가락 끝에도 핏방울이 맺혔다.

「아!」

미우가 눈살을 찌푸렸다. 위험한 빛깔의 피를 멍하니 바라보던 미우가 고개를 들었다. 갑작스런 그의 행동을 이해할 수 없어 혼란스러운 표정이었다.

옴브레는 그녀의 피를 자신의 상처 위로 떨어뜨렸다.

뚝.

뚝.

그의 피와 미우의 피가 뒤섞였다. 하지만 그는 거기서 멈추지 않고 손가락을 말아 주먹을 쥔다.

후두둑.

더 많은 피가 아래로 떨어져 내렸으나 그는 표정 변화 하나 없었다.

미우가 입술을 달싹이려 할 때였다. 옴브레가 손을 펼쳐 자신의 손바닥을 보여 주며 말한다.

「피로 이어졌으니, 이젠 죽어서도 함께다.」

「뭐, 뭐……?」

「아무리 몸이 떨어져 있어도.」

그의 말에 순간 미우의 얼굴에서 핏기가 가셨다.

「니제르…….」

그녀가 애달프게 그를 불렀다. 그의 눈망울이 흔들리고 있었다. 온몸으로 세상에 부딪히고 깨지려는 그녀를 바라보는 그의 눈빛이 순간 절망으로 물든다.

「그러니 지옥까지 따라올 필요는 없어.」

그의 말에 미우가 희미하게 웃었다.

「이미 늦었어요.」

「미우.」

그가 힘주어 그녀의 이름을 불렀다. 하지만 미우는 작게 고개를 내저었다.

「함께 있어 주기로 한 당신의 말이…….」

미우가 손을 들어 자신의 가슴을 쳤다.

쿵! 쿵!

「여기에 박혔어요.」

그래서 지워지지가 않아요.

그녀의 말에 옴브레가 손을 뻗어 그녀의 어깨를 끌어 제 품으로 당겼다.

「용감한 줄만 알았는데…… 이제 보니 멍청하기까지 하군.」

「……맞아요. 저도 제가 참 멍청하다고 생각해요.」

그녀는 그 말을 내뱉는 순간까지도 웃고 있었다.

✜ ❖ ✜

흰 붕대가 감겨 있는 손을 양손으로 들어 미우가 따스한 입을 맞췄다. 혹여 그의 상처를 건드릴까 싶어 조심스러운 입맞춤이었다.

쪽. 쪽.

미우가 흉 위에 자잘한 키스를 남겼다. 그녀의 입술을 따라 따스한 기운이 온몸으로 번져 가자, 짜릿한 기운이 척추를 타고 올라왔다.

옴브레는 느른한 얼굴로 미우를 보고 있었다. 양 무릎을 꿇은 채 손에 감긴 붕대가 성스러운 물건이라도 되는 양 손으로 감싼 채 입을 맞추는 그녀의 얼굴이 달빛을 받아 처연하게 빛났다.

어두운 밤. 암흑이 내린 하늘은 그들의 현재이자 미래 같았다.

손바닥에 입을 맞추던 그녀가 천천히 입술을 올렸다. 팔목에 입을 맞추고, 그의 어깨에 입을 맞췄으며 그의 목에, 턱에, 입술에, 눈에, 이마에 차례대로 입술을 내렸다.

그의 배 위에 올라탄 미우는 그의 뺨을 잡고 무거운 시선을 내렸다. 두 사람 사이로 어깨를 짓누를 만큼 묵직한 침묵이 흘렀다.

「니제르.」

검은 눈동자를 보던 그녀가 입술을 열었다.

「저도 해 줘요.」

미우가 다시 한 번 속살거렸다.

「온몸에 입을 맞춰 줘요.」

몸 곳곳에 당신의 숨결을 불어 넣어 주세요.

그녀의 말에 붕대가 감겨 있는 오른손을 올린 그가 그녀의 뺨을 감싸 쥐었다. 얼굴의 대부분이 가려질 정도로 작은 얼굴을 조심스럽게 쥔 그가 그녀의 고개를 내렸다. 그리고 입술에 뜨거운 키스를 했다. 입술을 열어 자신의 입을 침범하는 혀를 옭아맨 미우가 키스를 되돌렸다. 입에서 울컥 숨이 토해졌다.

「음…….」

달콤한 신음을 내뱉은 미우는 순간 자신의 몸이 빙그르르 돌고 등에 매트리스가 닿자 감고 있던 눈을 떴다.

집착과 욕망이 비치는 눈동자.

그 눈동자에 담긴 것은 오롯이 그녀뿐이었다.

커다란 손을 치마 안으로 밀어 넣은 그가 새하얀 허벅지를 더듬었다. 그녀의 입술이 열리고, 뜨거운 신음이 터져 나오자 그가 숨을 들이마셔 그녀의 욕망을 삼킨다.

「으으.」

몸을 바르작바르작 떨며 허리를 휘는 그녀의 몸을 부여잡고 그가 곳곳에 제 흔적을 남겼다. 새하얀 목에 입술을 묻어 지분거리던 그가 힘껏 빨아 붉은 자국을 남기고, 펄떡펄떡 뛰는 맥 위를 혀로 핥았다.

뜨겁고 물컹한 혀가 몸 곳곳을 훑고 지나가자 미우의 눈가에 눈물이 맺혔다. 벌써부터 자신의 안으로 들어올 거칠고 포악한 남성을 기억하고 있는 여성은 뜨거운 액을 흘렸고, 모든 준비를 마쳤다는 것을 알려 왔다.

하지만 옴브레는 신중했다.

그녀의 옷을 벗긴 후, 가슴을 움켜쥐고 그녀와 함께 절정에 닿을 수 있도록 몸을 더욱 달궈 놓는다. 인두가 닿는 것처럼 뜨거운 기운에 미우의 허벅지가 파르르 떨렸다. 그가 가슴의 정점을 게걸스럽게 핥을 땐 참을 수 없는 욕망이 연신 입 밖으로 터져 나오기도 했다.

「아아, 아아!」

미우가 거칠게 신음을 토해 내자 그가 고개를 들었다. 그녀의 몸이 그의 침으로 인해 번들거렸다. 빈 공간이 없다 생각될 정도로 여체를 마음껏 맛본 그가 손을 들어 셔츠 단추를 툭툭 풀었다. 그녀의 눈동자가 긴장감에 흔들린다.

셔츠와 바지, 속옷을 한꺼번에 벗어 던진 그가 미우의 뺨을 다정하게 쓰다듬었다. 그 손길에 미우의 눈이 질끈 감긴다.

모든 준비를 마친 옴브레는 불기둥을 붙잡고 여성에 문질렀다. 움찔움찔 떨리는 여성은 남성을 물었다 뱉길 반복했다. 그것만으로도 이미 참을 수 없는 기분이 된 그였지만, 남성에 액을 충분히 묻히고 나서야 그녀의 안으로 부드럽게 파고들었다.

「윽!」

「아앗!」

두 사람의 입에서 동시에 흥분에 찬 신음이 터져 나왔다. 미우의 눈가에 고여 있던 눈물이 소리 없이 뺨을 타고 흘러내린다.

눈을 뜬 미우가 그의 모습을 올려다보았다. 송골송골 이마에 맺힌 식은땀, 자신을 또렷하게 바라보는 두 눈동자, 이에 새하얗게 질린 입술.

그 모습을 눈에 담던 그녀가 팔을 들어 그의 목을 끌어안았다.

그의 사랑이, 그와의 관계가 너무 좋아 눈물이 났다.

평소와는 달리 다정하게 맞춰지는 입술에, 부드럽게 파고드는 남성에 애달파 가슴이 저몄다.

미우는 그의 어깨를 붙잡으며 떠밀려 가지 않기 위해 온몸에 힘을 주었다.

두 사람의 사타구니가 부딪혀 철썩이는 소리가 났다.

파도와 비슷한 그 소리가.

몇 번이나 그녀를 가졌던가.

마지막에 가서는 정신을 하얗게 태운 채 그녀를 가지는 것에만 열중한 옴브레는 실신해 잠든 미우의 얼굴을 바라보았다. 그녀는 세상모르고 잠들어 있었다.

사타구니와 남성이 욱신거렸다.

그리고 그와 같은 고통이 심장에 전해진다.

옴브레의 눈동자가 달빛을 받아 잿빛으로 변했다. 여전히 그녀를 눈동자에 담고 있었으나 빛 때문에 미우의 모습은 흐릿했다.

한참이고 그녀를 바라보던 옴브레가 천천히 입술을 뗐다.

「사랑…… 사랑이라.」

그것이 뭘까.

그는 알 수가 없었다.

하지만 한 가지 확실한 것이 있었다.

조심스럽게 손을 뻗어 그녀의 이마에 맺힌 땀을 닦아 준 그가 음울함이 가득한 목소리로 말했다.

「난 네가 내 옆에서 사라지길 바란다.」

사뿐사뿐 걸음을 옮기던 미우가 우뚝 멈췄다. 손을 뻗어 바닥에 깔려 있는 모자 중에서 챙이 넓고 리본이 달린 모자를 주워 머리에 쓴 미우가 옴브레를 보며 환하게 웃었다.

「예뻐요?」

미우의 물음에 옴브레의 고개가 끄덕여졌다. 그러자 오히려 놀라 버린 것은 미우였다.

「헉, 정말요? 정말 예뻐요?」

「그래, 예뻐.」

무뚝뚝한 목소리였으나 미우는 무엇이 그렇게 기쁜지 환하게 웃었다. 그리고 현금을 지불하는 그의 팔에 찰싹 달라붙었다.

두 사람의 여정은 생각보다 길어지고 있었다. 레오성을 빠져나온 지 2주일. 조심스럽게 이동을 하며 현금만을 사용하고 있어서 그런지 파블리오의 잔당은 두 사람을 쫓는 것에 애를 먹고 있었고, 그럴수록 미우의 얼굴엔 웃음이 가득했다.

행복했다. 평범한 연인처럼 이탈리아 이곳저곳을 돌아다니며 데이트를 나누는 이 순간이.

미우가 그의 팔에 달라붙어 조잘거렸다.

「다음 목적지는 어디예요?」

미우의 물음에 순간 옴브레의 표정이 어두워졌다. 하지만 다른 곳에 정신을 팔고 있던 미우는 이를 알아차리지 못했고, 사람들이 길게 늘어져 있는 상가를 손가락으로 가리키며 외쳤다.

「저거 먹고 싶어요.」

젤라또 가게를 가리키며 미우가 외쳤다. 그러자 옴브레가 미간을 찌푸린다. 일그러진 그의 얼굴에 미우가 즐겁다는 듯 웃음이 그득한 목소리로 말했다.

「딱 봐도 단 건 싫어하는 거 알겠는데, 나만 먹으면 되잖아요. 사 줘요.」

미우가 입술을 뾰족하게 내밀며 투덜거렸다. 그러자 옴브레가 한숨을 쉬며 발걸음을 옮겼다.

먼저 성큼성큼 걸어가는 그의 뒷모습에 미우가 해맑게 웃으며 달려갔다. 그리고 그의 팔짱을 와락 끼며 눈동자를 반짝였다.

「당신, 자상한 면도 있어요.」

그녀는 그에게서 새로운 면을 끊임없이 찾아내고 있었다.

「……내가?」

「네. 부탁하는 건 싫어하는 기색을 보여도 다 해 주잖아요. 그리고 저번엔 발 아프다니까 번쩍 안아 주기도 했고.」

미우가 이틀 전에 있었던 일을 떠올리며 말했다. 그러자 그가 시선을 피해 성큼성큼 젤라또 가게로 걸음을 옮긴다. 그의 뒷모습을 보는 미우의 입술이 호를 그렸다.

모양이 좋은 단화는 불편했고, 얼마 지나지 않아 그녀를 자리에 털썩 주저앉게 만들었다. 그때 옴브레는 그녀를 번쩍 안아 올렸다. 부끄럽다며 소리치는 그녀에게 옴브레는 미간을 찌푸리며 짧게 일갈했다.

「가만히 있어. 던져 버리기 전에.」

차가운 어투였지만 차가 있는 곳까지 안겨 간 미우는 사람들의 시선에 너른 가슴에 얼굴을 묻어야 했다. 이것이 그의 다정함이리라. 그녀는 그때 처음 깨달았다.

미우는 어느새 가게 앞으로 간 그의 뒤를 쫓으려 빠르게 걸음을 옮기다가 몸을 떨었다.

그와 얼마 떨어지지 않은 곳에서 반짝이는 물체가 보였다. 눈을 동그랗게 뜬 그녀가 옴브레에게 전속력으로 달려갔다. 가다가 신발이 벗겨지고 돌바닥에 발바닥이 상해도 그녀는 멈추지 않았다.

천천히 뒤돈 그가 미우를 향해 희미한 웃음을 지을 때였다. 그의 팔을 붙잡은 미우가 옴브레의 몸을 옆으로 힘껏 미는 순간 많은 인파로 인해 시끄러웠던 거리가 쥐 죽은 듯 조용해졌다.

탕!

날카로운 총성에 미우의 몸이 앞으로 허물어졌다.

「꺄악!」

「뭐, 뭐야!」

잠시의 침묵 후 비명과 당황하는 이들의 목소리가 터져 나왔다.

「……..」

바닥에 쓰러진 그녀의 모습에 옴브레가 망부석처럼 그 자리에 서 있었다. 그녀의 새하얀 원피스가 핏물에 붉은 꽃을 피우고 있었다.

「아, 아아……..」

그가 입술을 달싹이며 천천히 걸음을 옮겼다. 깜짝 놀라 비명도 지르지 못한 채 숨만 꺽꺽 내뱉으며. 눈을 게슴츠레 뜬 미우가 그를 향해 힘겹게 말을 토해 냈다.

「도, 도망……..」

가요, 옴브레.

「……제, 제발.」

그녀의 눈동자가 간절하게 빛났음에도 옴브레는 그녀를 향해 천천히 다가오기만 할 뿐이었다.

탕!

또 한 발의 총성이 울렸다. 그의 어깨가 옆으로 휙 돌아갔지만 시선은 오롯이 그녀만을 향해 있었다.

「아, 안 돼……. 니, 니제르……..」

신음처럼 말을 내뱉은 미우가 몸을 바르작 떨었다. 한쪽 팔에
총을 맞은 옴브레의 어깨가 아래로 뚝 떨어졌다.

뚝. 뚝.

붉은 피가 흐르는 것을 보며 미우의 눈에 눈물이 차올랐다.

「아, 안 돼…….」

그녀가 당황해 그를 향해 팔을 허우적거렸다. 힘겹게 걸음을
옮긴 옴브레가 미우의 손을 붙잡으며 주위를 훑었다.

「또띠…….」

다시 자신을 향해 총구를 겨누고 있는 그를 보며 옴브레가 허
리를 숙였다. 그리고 미우를 끌어안아 번쩍 들어 올린다. 미우가
그의 가슴에 얼굴을 묻었다. 여전히 아래로 뚝 떨어져 있는 팔에
서 시선을 떼지 않은 그녀가 눈물을 후두둑 떨어뜨렸다.

「니, 니제르…….」

그녀가 힘겹게 숨을 토해 냈다. 정확하게 허리를 관통한 총알
이 그녀의 호흡을 앗아 가고 있었다.

그가 미우를 안은 채 내달렸다. 이 발길이 세상의 끝에 닿으면
좋을 텐데…… 그러면 참 좋을 텐데……. 그렇게 생각하는 와중
에도 미우는 하염없이 눈물을 쏟아 내고 있었다.

상가 깊숙한 곳 좁은 골목 안에 미우가 힘없이 늘어져 있었다.
그녀는 와이셔츠를 찢어 자신의 복부에 힘껏 묶고 있는 옴브레를
내려다보고 있었다.

「하아, 하아…….」

「…….」

힘겨운 호흡에 그의 눈동자가 붉어졌다. 미우가 손을 뻗어 피로 물든 손으로 그의 머리를 쓰다듬으며 말했다.

「당신도, 치료를…….」

미우의 말에 옴브레의 눈에서 눈물이 후두둑 떨어졌다. 아이처럼 눈물을 쏟는 모습에 미우가 입술을 휘며 웃었다.

「우, 울지 말아요…….」

미우가 한숨처럼 속삭였다.

그 말에 천천히 고개를 든 그가 왼팔을 들어 미우의 뺨을 쓰다듬었다. 그리고 그녀의 얼굴에 튀어 있는 피를 엄지손가락으로 닦아 낸다. 하지만 피는 완전히 지워지지 않고 오히려 번져만 갔다.

툭, 투둑.

그의 눈에서 눈물이 흘렀다.

「왜, 왜, 울어요?」

그녀가 물었다. 그러자 옴브레는 작은 목소리로 답했다.

「당신 얼굴을 보니까 눈물이 나.」

이제야 그녀의 말을 이해할 수 있었다.

그에게 제발 살아 달라며 눈물을 쏟았던 여자.

그리고 그 심정이 되어 그는 힘없이 웃고 있는 여자를 바라보았다.

「……어디로 가면 우리가 함께 있을 수 있을까.」

그의 말에 미우가 눈을 감았다.

착각했었다, 2주간의 여행으로 인해. 이렇게 그와 함께 평범하게 살아갈 수 있을 것이라고. 하지만 아니었다. 그들은 쫓기는 신세였다.

행복 뒤에 온 절망은 생각보다 컸고, 그들을 뒤흔들었다.

「어디에도…… 없다면. 지금이라도 함께, 죽, 죽을까요?」

미우가 힘겹게 숨을 토해 냈다. 눈을 질끈 감으며 고통을 참아 보려 했으나 쉽지 않았다. 미우가 입술을 악물며 눈물을 쏟자 옴브레가 손을 들어 미우의 얼굴을 쓰다듬어 주었다.

「아니, 당신은 여행을 해. 내 옆에서 웃어 줘. 그거면 돼.」

무감각한 눈동자였으나 눈가엔 눈물이 고여 있었다. 숨도 제대로 내뱉지 못하는 그녀의 모습을 보자 심장이 떨어져 나가는 기분이 들었다.

「니제르, 당신은요?」

그녀의 물음에 옴브레의 입술이 굳게 닫혔다. 그리고 말없이 그녀의 모습만 바라보고 있었다.

미우의 입술이 터지고 결국 피가 흘렀다.

그녀의 모습을 보던 옴브레가 손을 뻗어 그녀의 입술 사이로 밀어 넣었다. 그러자 미우가 눈을 질끈 감으며 애원한다.

「당신도 내, 내 옆에 있어 줘요, 지금처럼.」

그녀의 의식이 점차 멀어졌다.

고통에 일그러진 얼굴로 미우의 정신이 깊은 늪 속으로 잠겼다.

차는 밤낮 없이 도로를 달렸다.

또띠를 만난 이상 더 이상 여유만만하게 여행을 즐길 수가 없었다. 죽음은 그들의 턱밑에 있었고, 그들은 그녀를 노렸다. 자신을 죽이는 것은 상관없었으나 미우는 달랐다. 그녀는 살아야 했다. 무슨 수를 써서든.

잠도 자지 않은 채 핸들을 놓지 않던 그가 어느 너른 들판에 차를 세웠다. 머리가 어지러웠고, 건조한 눈은 아팠다.

그의 시선이 자연스레 그녀를 향했다. 미우는 겨우 지혈만 한 채로 조수석에서 힘없이 늘어져 있었다.

「젠장…….」

핏기가 가신 얼굴로 잠들어 있는 그녀를 바라보던 그의 얼굴이 허물어졌다. 마치 미래를 예상한 듯이.

그녀를 지키지 못했다.

그것이 그의 심장을 동강 내고 있었다.

상처를 치료하지 않아 파르르 떨리는 손을 옮겨 그가 미우의 뺨을 조심스럽게 쓰다듬었다. 소중한 물건이라도 되는 양.

여행을 끝낼 때가 왔어.

그의 눈빛이 슬픔을 머금었다.

그들이 함께 있을 수 있는 곳은, 그 어디에도 없었다.

Tesoro(보물)

차는 밤낮을 가리지 않고 빠르게 내달렸다. 차창 밖의 세상이 휙휙 변하고 있었고, 옴브레는 정면을 주시한 채 그녀에겐 시선 하나 던지지 않았다.

미우는 기절한 듯 잠든 이후론 깨어나지 못하고 있었다. 빨리 그녀를 안전한 곳으로 데리고 가 총탄을 빼내는 것이 무엇보다 중요했다.

멈추지 않을 것 같던 차가 거칠게 멈춰 섰고, 주위로 먼지폭풍이 일었다.

차에서 내린 옴브레는 조수석으로 가 미우를 번쩍 안아 들었다. 기절한 그녀의 모습을 내려다보며 그가 눈이 부실 만큼 아름답게 웃었다.

이젠 모든 것이 끝났어, 미우.

마지막이라도 되는 양 그녀의 모습을 내려다보던 그가 천천히 걸음을 옮겼다.

거대한 저택으로 걸어간 그는 문 앞을 지키던 자들이 총구를 겨눴음에도 눈 하나 깜짝하지 않았다.

「이 새끼가 여기가 어디라고.」

「죽고 싶어서 온 거냐?」

두 사내가 옴브레를 보며 낮은 분노를 쏟아 냈다. 그러자 옴브레가 나지막한 목소리로 말했다.

「리카르도를 만나러 왔다.」

고저 없는 목소리에 사내들의 몸이 움찔 떨렸다. 분명 총을 겨누고 있고 수도 그들이 우위를 점치고 있었으나, 옴브레가 어떠한 사내인지 알기에 긴장을 늦추지 못했다.

5년 전 있었던 지독한 전쟁. 그곳에서 옴브레는 카일룸을 쑥대밭으로 만들었다. 그와 비슷한 데미지를 파블리오도 겪었으나, 눈앞에 있는 사내는 달랐다. 순식간에 동료들을 죽이고, 시신 위에서 야차처럼 서 있었다. 팔, 다리에 총알이 관통해도 끊임없이 시신을 밟으며 앞으로 전진했다. 고통을 느끼지 못하는 사람처럼.

옴브레의 눈빛이 가라앉은 것을 보던 사내 하나가 심상치 않은 분위기를 예감하고 저택 안의 자들에게 무전을 쳤다. 시체나 다름 없는 여자를 안고 나타난 그를 홀로 감당할 자신이 없었기 때문이다. 그러자 얼마 되지 않아 조용하던 저택 안이 시끌벅적해지기 시작하고 곧 사람들이 쏟아져 나왔다.

순식간에 수백 명의 사내가 저택에서 쏟아져 나와 옴브레와 미우를 감쌌다. 카일룸은 이탈리아 전역은 물론이고, 러시아에도 파견된 이들을 위한 저택이 마련되어 있을 정도로 거대한 조직이었다. 그리고 은거지로 사용하고 있는 시칠리아에도 많은 이들이 배치되어 있었다.

팽팽한 긴장감에 묵직한 침묵이 흘렀다.

철컥, 철컥!

여기저기서 권총의 안전장치를 푸는 소리만이 들릴 때였다. 닫혀 있던 저택의 문이 열리더니 어둠 속에서 한 남자가 걸어 나왔다. 순간, 옴브레의 미간이 작게 꿈틀댔다.

이상한 개 비슷한 문양의 푸른색 셔츠를 입고 있는 리카르도의 행색 때문이었다. 그러나 아무리 장난스런 옷차림을 하고 있어도 리카르도는 리카르도였다.

삐딱하게 고개를 기울인 채 옴브레와 그가 안고 있는 미우를 바라보는 리카르도의 눈에 이채가 담겼다. 장내로 숨 막힐 듯한 긴장감이 퍼졌다.

「이게 누구야?」

그러면서 작게 웃음을 내뱉는 것을 보며 옴브레가 그를 올려다보았다. 아무 말 없이 진득한 시선을 던지는 그의 모습에 리카르도가 웃음이 가득한 목소리로 짧게 말했다.

「엔바, 내 귀여운 조카. 그 시체는 뭐야?」

장난스러운 음색에 옴브레가 미우를 안고 있던 손에 힘을 주며 말했다.

「살려 주십시오, 이 여자를.」

❖ ❖ ❖

의자에 앉아 있는 옴브레의 표정엔 균열 하나 가 있지 않았다. 상체를 드러낸 채 남자의 손에 제 상처를 맡기고 있던 옴브레는 창가에 비스듬히 기대 있는 리카르도를 돌아보았다.

「상처가 깊지 않아 다행입니다.」

남자의 말에 옴브레가 고개를 끄덕였다. 그러자 리카르도는 조소를 지으며 비꼬아 말했다.

「그 정도 상처에 탈이 나서야 쓰나.」

아마 팔다리가 떨어져 나가지 않는 이상, 옴브레에게 아무런 데미지도 주지 못할 것이다.

리카르도는 천천히 열리는 옴브레의 입술을 보며 작게 웃음을 내뱉었다.

「미우는…….」

「살려 달라며. 벌써 치료 중이지. 걱정할 필요 없어. 옆구리에 바람구멍 난 정도니까.」

「감사……합니다.」

그의 말에 리카르도의 눈이 커다랗게 변했다.

「엔바, 철들었구나.」

그의 말에 옴브레가 다시 한 번 힘주어 말했다.

「감사합니다.」

그녀를 살려 주어서.

그 말에 장난스러운 표정을 짓고 있던 리카르도가 표정을 굳혔다.

변했군.

그는 짧은 시간에 전혀 다른 사람처럼 자신의 앞에 나타난 옴브레를 보았다. 그리고 그가 소중한 보물처럼 안고 나타난 여자를 떠올리며 입술을 비틀어 웃었다. 니콜라이가 헛소리를 듣고 와 보고한 것인 줄 알았는데 모두 사실이었나 보다.

「올 줄 알고 계셨습니까.」

옴브레의 말에 리카르도가 서둘러 사념을 떨쳐 내며 고개를 끄덕였다.

「엔바, 네 생각보다 나는 눈이 많다.」

그는 옴브레의 움직임을 일일이 보고받아 왔다. 깊이 관여할 생각은 없었으나 귀여운 조카가 형의 손에 죽어 나가는 것은 보지 못하겠던 그는 직접 이 일에 나서야 했다. 처음엔 파블리오를 열 받게 하는 일이 단순히 즐거웠던 리카르도였으나 묘하게 분위기가 바뀐 옴브레를 보자 어느새 진심이 되었다.

그의 안에서 도대체 얼마나 많은 변화가 있었던 것일까.

아무것도 남지 않아 텅 비어 있었던 옴브레였다. 형수가 죽고 나서부터, 이 아이가 열 살이 되던 그해부터 그릇은 천천히 비워졌다. 그런데 지금은……

「죠반니가 어찌 되었는지 아십니까.」

「아아, 뭐.」

「……어떻게 됐습니까.」

검은 빛이 흔들렸다. 답은 이미 알고 있는 눈치였으나 확신이 필요한 표정. 리카르도는 무심한 표정으로 짧게 답했다.

「죽었다. 마르코의 전갈을 들고 널 만나러 가는 길이었지.」

옴브레의 미간이 종잇장처럼 일그러졌다.

그래, 분명 변했군.

리카르도의 즐거움이 커져 갔다.

그는 방금 전 옴브레가 온몸으로 지키고 있던 미우의 얼굴을 떠올리며 진한 감정이 묻어나는 옴브레의 목소리를 귀에 담았다.

「마르코는 어찌 되었습니까.」

「어둠의 방에 있다.」

「…….」

「아직은 살아 있을 거다.」

옴브레의 눈빛이 서늘하게 빛났다. 그 모습에 리카르도가 쿡, 작게 웃음을 터뜨렸다.

「엔바.」

「…….」

「너 더 재미있어졌구나?」

장난스러운 리카르도의 말에 옴브레가 눈살을 찌푸렸다.

「그게…….」

그가 막 운을 뗄 때였다. 상처 처치가 끝난 것인지 남자가 한 발자국 뒤로 물러났다. 리카르도가 남자를 바라보자 그는 눈치 좋게 허리를 숙인 후 고딕풍의 방을 서둘러 빠져나간다.

달칵.

작게 문이 닫히는 소리가 들리자 리카르도가 고개를 돌려 옴브레를 보았다.

「엔바, 나는 네 사고 치는 솜씨가 마음에 들어. 아주 즐겁거든. 그래서 무슨 짓을 해도, 어떤 사고를 쳐도 괜찮다고 생각하지. 하지만 지금은 아니야.」

「그게 무슨 말입니까.」

무심한 옴브레의 물음에 리카르도의 표정이 변했다.

늘 장난처럼, 늘 진심이 아닌 것처럼, 상대에게 속을 들여다보여 주지 않는 그였으나 이번만큼은 진심이 되어 옴브레를 보았다.

안타깝다는 생각 따위 평생 해 본 적이 없는 그였으나 지금의 옴브레를 보자 그러한 마음이 들 수밖에 없었다.

「미친개가 되고 싶나?」

「……그게 무슨?」

「그렇게 날뛰고 싶다면, 엔바. 사지가 멀쩡한 채 날뛰어야 제대로 놀 수 있는 거 아니겠나?」

네 인생은 왜 이렇게 엿같냐.

리카르도의 웃음이 씁쓸해졌다.

❖　❀　❖

커다란 방 안, 죽은 듯이 누워 있던 미우가 천천히 눈을 떴다. 그리고 잠시 초점이 잡히지 않는 것인지 눈을 게슴츠레 떴다.

"아아."

독약을 삼킨 것처럼 목이 따가웠고 입안은 썼다.

여기가 어딘지, 자신에게 무슨 일이 일어난 것인지 현실감각을 잃은 그녀가 천천히 상체를 일으키다 말고 다시 침대에 누웠다. 극심한 고통이 느껴졌다. 얼굴을 종잇장처럼 일그러뜨린 미우가 고개를 내려 자신의 몸을 살피자 허리 쪽에 감겨 있는 하얀 붕대가 살짝 들려진 옷 사이로 보였다.

"아, 참."

총을 맞았었다.

그를 대신하여.

지난 과거가 떠오르자 미우가 눈을 크게 뜨며 몸을 벌떡 일으켰다.

「니제르!」

그녀가 다친 것처럼 그 또한 다쳤었다. 그리고 그녀의 마지막 기억은 그가 자신을 바라보며 눈물을 뚝뚝 흘리던 모습이었다.

미우가 빠르게 고개를 돌려 그의 존재를 찾았다. 하지만 옴브레는 보이지 않았다.

"이게 어떻게……."

혼잣말을 내뱉은 미우가 서둘러 주위를 살폈다.

커다란 침대는 다섯 명이 누워도 충분해 보였고, 손때 묻은 가구들은 족히 백 년은 되어 보이는 것들이었다. 레오성에서도 커다란 박물관 같다는 생각은 해 보았으나 여긴 더했다.

이 저택 주인의 취향이 극단적으로 드러난 방 안을 시선으로만 훑어보던 미우는 문이 열리고 옴브레가 들어오자 팔을 허우적거렸다.

「어디 다녀왔어요? 몸은 괜찮아요?」

왜 날 혼자 둔 거예요?

미우가 불안감이 가득한 눈동자로 자신을 보자 옴브레가 서둘러 다가와 그녀의 손을 붙잡아 주었다. 그가 안도한 얼굴로 말했다.

「괜찮아?」

「죽지 않을 만큼만 아파요. 당신은요?」

「보다시피.」

짧은 말에 그의 얼굴을 빠르게 훑던 미우는 평온한 안색에 안도의 한숨을 내뱉었다. 혈색도 좋아 보였고 움직임 또한 불편해 보이는 곳이 없었다.

「저 어떻게 된 거예요?」

「아주 긴 잠을 잤어.」

「얼마나요?」

「3주.」

그녀가 꿈속에서도 고통에 허우적거리면 많은 수면제가 투약되었고, 잠시 잠깐 정신을 차렸을 때도 온전한 정신을 가지지 못했었다.

「니제르, 내 옆에…….」

그녀는 그런 상황에서도 그를 찾았고 곁에 두려 했다. 불안감이 그득한 모습으로.

지난 기억을 모두 잃은 것인지 미우가 눈을 동그랗게 떴다.

「헉! 그렇게나요?」

미우가 깜짝 놀라 말을 내뱉은 후 서둘러 손을 들어 배를 움켜쥐었다. 아직 상처가 완벽하게 나은 것이 아닌지 또다시 고통이 몰려왔다.

「한동안은 조심하는 게 좋아. 상처는 많이 아물었지만.」

그가 그녀의 안색을 살피며 말했다. 이에 미우는 말 잘 듣는 아이처럼 고개를 끄덕이며 물었다.

「여긴 어디예요? 마치 레오성처럼…….」

「마피아 소굴이지.」

딱 잘라 말한 옴브레는 미우의 어깨를 눌러 조심스럽게 그녀를 눕혀 주었다. 그리고 옆에 앉아 그녀를 내려다보았다. 미우의 시선이 불안함에 떨리고 있었다.

「니제르…….」

「여긴 안전해.」

옴브레가 손을 들어 그녀의 머리를 쓸어 주었다. 따뜻하고 자상한 손길과는 달리 그의 눈빛은 냉한 기운을 품고 있었다.

숨겨진 그의 표정 속에서 혹여 자신이 모르는 일이 있는 것은 아닐까, 걱정스러운 마음에 미우는 한참이고 입술을 떼지 못했다.

안전하다고 하는데 왜 이렇게 불안한 것일까. 극한의 상황에 처했었기 때문인 것일까?

미우가 눈꼬리를 축 늘어뜨리며 물었다.

「우리…… 이제 괜찮은 건가요?」

그녀의 물음에 옴브레는 망설임 없이 고개를 끄덕인다.

「그래.」

「숨기는 것 없이요?」

「없어.」

짧고 망설임 없는 일갈에 미우의 표정이 그제야 밝아졌다. 안도의 한숨을 내뱉은 그녀는 거의 자신의 쪽으로 넘어질 것처럼 몸을 기울이고 있는 그의 양 뺨을 손으로 감싸 쥐었다.

「진짜죠? 이젠 위험하지도 않고, 함께 있을 수도 있는 거죠?」

「물론이야.」

「아아.」

미우의 눈빛이 기쁨으로 물들었다. 반짝반짝 빛나는 눈동자가 수만의 별을 품고 있었다.

손을 뻗어 옴브레의 고개를 잡아당겨 그의 입술에 짧게 입을 맞춘 그녀가 입꼬리를 한껏 끌어 올리며 말했다.

「이젠 영원히 같이 있을 수 있는 거죠?」

「그래.」

미우의 입술이 다시 그의 입술에 닿았다. 익숙한 감촉에 그녀의 입술이 부드럽게 호를 그린다.

다 끝났다.

여행은 생각보다 짧았지만 지금부턴 안전한 곳에서 함께 있을 수 있다는 생각에 불안함에 늘 쪼그라져 있던 심장이 기쁨에 쿵

덕쿵덕 춤을 추었다.

미우가 고개를 틀어 그의 입안으로 혀를 밀어 넣으며 좀 더 깊은 키스를 했다.

평소보다 조금 높은 체온과 뜨거운 숨결에 미우의 마음이 들떴다. 이 남자의 차가움을 자신이 녹인 것일까, 그의 외로움을 달래 준 것인가.

기뻤다. 가슴에 행복이 가득 들어찼다.

물컹한 그의 혀를 옭아매고, 달콤한 숨을 불어 넣은 그녀는 자신의 손을 붙잡는 커다란 손에 웃음을 머금었다. 입술만큼이나 손도 뜨거웠다. 늘 차갑기만 하던 손이. 아마 그의 심장도 이렇게 뜨겁겠지, 라고 생각하던 순간 미우가 촉촉하게 젖은 눈을 떴다.

그럴 리가 없지.

그녀가 당황한 마음에 입술을 뗐다.

「니, 니제르?」

눈을 동그랗게 뜬 미우가 당혹스러운 마음으로 그를 불렀다. 그러자 옴브레는 무슨 문제가 있냐는 듯 늘 그랬던 것처럼 무심하게 그녀를 보았다.

미우가 팔을 뻗어 그의 이마를 짚었다. 손바닥에 확연하게 뜨거운 기운이 전해졌다.

「당신 열나요.」

체온이 높은 그녀가 느끼기에도 확실히 느낄 수 있을 정도로 이마가 펄펄 끓고 있었다.

「이거 정말 재미있는 광경이네.」

천하의 옴브레가 다른 사람들을 곁에 두고 잠들다니. 열로 뇌가 녹아 버렸다고 하더라도 설명이 안 되는 일이었다.

리카르도는 열에 들떠 잠들어 있는 옴브레와 곁에서 우울한 눈을 깜빡이고 있는 미우를 번갈아 보았다. 작은 동양인 여자는 옴브레의 여자였다. 그의 첫 여자이자 어쩌면 마지막 여자일지도 모르는 그녀는 멍한 시선을 옴브레에게서 떼지 못한 채 한참이고 풀이 죽어 있었다.

작고 연약해 보이는 미우의 모습에 리카르도가 입술을 비틀며 웃었다.

더럽게 안 어울리는 커플이군.

사신이라 불리던 놈의 계집이 고작 이 정도로 작고 가냘프다니.

리카르도의 시선이 미우의 허리로 향했다. 처음 이곳에 찾아왔을 때 그녀를 안고서 제발 살려 달라고 했던 옴브레의 모습이 아직도 뇌리에 강렬하게 남아 있었다.

도대체 이 여자의 무엇이 옴브레를 그토록 바꿔 놓은 것일까.

시선은 두 사람이 마주 잡고 있는 손으로 향했다. 옴브레의 손바닥에 남아 있을 짙은 상처와 미우의 손가락 끝에 나 있는 작은 흉. 그것은 옴브레 그 스스로가 낸 것이었다. 이별을 앞둘지도 모르는, 어쩌면 영원한 이별을 하게 되는 상황 속에 놓인 두 사람의 연결고리였다.

「불사신이라도 되는 줄 알았어요.」

미우가 천천히 읊조렸다. 그 말에 리카르도가 매혹적이게 웃었다.

「종종 그렇게 보일 만한 짓을 하지. 실제로도 불사신이고.」

짧은 말에 미우의 시선이 리카르도를 향했다. 그는 제법 멀찍이 서 있었으나 또렷한 눈빛 때문인지 위협적이었다.

미우가 무슨 말이냐는 듯 그를 보았다. 그러자 리카르도의 시선이 옴브레로 향한다.

「옆구리에 있는 상처 본 적 있나?」

연인이었기에 상처는 보았던 적이 있었다. 더욱이 그의 몸에 남아 있는 상처를 헤아리며 슬퍼하기도 했던 그녀다. 미우가 천천히 고개를 끄덕이자 리카르도가 말을 이었다.

「열여덟 때였나. 스스로 배를 갈랐지. 제 어미처럼.」

「……어쩌면 좋죠?」

나젤린이 했던 것처럼 그 또한 스스로 배를 갈랐다. 많은 피를 쏟았고, 안에 있는 뼈가 훤히 보일 정도로 깊게 찔렀고 칼날을 비틀었다. 그는 정말 죽을 생각이었으니까. 약에 찌들어 정신이 온전치 못한 상태에서도 그는 생각했었다. 나젤린의 곁으로 가길 바랐다. 지독한 삶 따윈 더 이상 이어 나갈 이유가 없었으니까.

하지만 그는 살아남았다. 죽지도 못한 채.

「전 이 사람을 위해 해 줄 수 있는 것이 아무것도 없어요.」

미우는 울고 있지 않았다. 하지만 절망했다. 그에게 아무것도 해 주지 못하는 자신의 처지를 비관했다. 그 모습이 리카르도에겐 참으로 한심하게 보였다.

그는 옴브레의 손을 꼭 쥐고 있는 미우의 손을 보며 말했다.

「지금 네가 하고 있는 걸로 충분하지 싶은데.」

「네……?」

미우가 리카르도를 보며 멍하니 물었다. 그러자 그는 눈살을 찌푸리며 말을 내뱉는다.

「손, 그렇게 잡아 주는 것만으로도 이 새끼는 구원받았을 거라고.」

리카르도가 몸을 돌려 방을 빠져나갔다. 그의 뒷모습을 바라보던 미우가 슬프게 읊조렸다.

「그게 더 가슴이 아프단 말이에요.」

이깟 손에 위로받는 그의 처지가요.

＊　＊　＊

미우는 어느새 세상에 어둠이 내려앉았음에도 옴브레의 곁을 떠나지 않았다. 망부석처럼 그 자리에 앉아 그의 눈꺼풀이 들리길 기다렸다. 그가 자신의 곁을 지키다가 병이 났다고 했으니 그녀 또한 그렇게 했다. 그의 손을 부드럽게 잡은 손을 놓지 않은 채 다른 손을 들어 그의 이마에 가져다 댄 그녀의 입에서 안도의 한숨이 흘러나왔다.

열은 많이 내려 있었다. 하지만 그는 이제껏 자지 못한 잠을 몰아 자기라도 하는 것처럼 눈을 뜨지 않고 있었다.

「언제까지 잘 거예요, 잠꾸러기.」

미우가 입술을 뾰족하게 내밀며 투덜거렸다. 그러자 마법처럼 그의 눈꺼풀이 천천히 들렸다. 멍한 시선을 옮긴 그가 미우를 보며 입술을 달싹였다. 하지만 목이 까끌까끌거리며 아프자 미간을 찌푸렸다.

「물 줄까요?」

미우의 물음에 옴브레는 작게 고개를 저은 후 그녀를 올려다보았다.

「뭐해?」

짧은 물음에 미우가 후후 작게 웃음을 내뱉으며 말했다.

「당신 얼굴 감상 중.」

「감상평은?」

장난스러운 말에 그 또한 되받아쳤다. 진중한 얼굴로.

「아픈 모습도 멋있네요.」

미우의 말에 옴브레가 작게 웃음을 내뱉은 후 상체를 일으켰다. 미우가 서둘러 팔을 뻗어 그를 부축해 주었다.

「좀 더 누워 있죠?」

「얼마나 잤지?」

옴브레가 손으로 이마를 짚으며 앓는 소리를 냈다.

「3일 정도요.」

「…….」

후우, 깊은 한숨을 내뱉은 그가 호흡을 고르며 몰려온 두통을 밀어내려 애를 쓴다. 너무 오래 자서 그런지 정신은 혼미하고 두드려 맞은 것처럼 온몸의 근육이 비명을 질러 댔다.

하지만 생각보다 오랜 시간이 흐른 뒤라 그는 침대 아래로 발을 내렸다. 더 이상 시간을 지체할 수가 없었다.

그의 행동에 미우가 팔을 붙잡으며 고개를 저었다.

「좀 더 쉬어요.」

「당신 몸은?」

「전 이제 팔팔해요. 어제 실밥도 풀었고요.」

미우의 말에 그가 안심한 듯 고개를 끄덕였다. 그리고 이제 때가 왔다는 듯 눈을 빛낸다.

「리카르도를 만나야겠다.」

「이 밤에요?」

미우가 벽에 걸린 시계를 확인하며 말했다. 새벽 3시가 다 되어 가는 시각이었다. 하지만 옴브레는 자신의 팔을 붙잡고 있는 미우의 손을 조심스럽게 떼어 내며 말했다.

「여기서 기다려.」

「……무슨 생각이에요?」

어둠 속에서 빛나는 그의 눈동자를 보며 미우가 불안함이 가득한 목소리로 말했다. 폭풍전야, 엄청난 일이 일어날 것만 같았다.

하지만 그는 안심하라는 듯 미우의 손을 힘주어 잡아 준 뒤 자리에서 일어났다.

「걱정 마.」

짧게 말을 내뱉은 그가 방을 나서는 것을 보며 미우가 여전히 침대에 앉아 커다란 눈만 깜빡였다.

「늦었군.」

노크를 하고 방에 들어서자 커다란 원목 책상 앞에서 고서적을 보고 있던 리카르도가 옴브레를 보지도 않은 채 말했다. 전 세계의 고서적을 모으는 고상한 취미를 가진 이답게, 서재엔 종이가 삭아 가는 냄새가 가득했다.

옴브레는 리카르도의 앞에 허리를 숙여 인사부터 건넸다. 핏기가 없는 얼굴을 바라보던 리카르도가 콧소리를 내며 커다란 가죽 의자에 등을 기댔다.

「귀신을 만나도 때려잡을 기세인데?」

리카르도의 말에 옴브레는 가타부타 말없이 본론부터 꺼냈다.

「부탁드립니다.」

그 말에 리카르도의 얼굴이 순식간에 굳어졌다. 온몸이 얼어붙을 만큼 냉혹한 얼굴로 옴브레를 바라보던 그가 입술을 비틀었다. 그의 실체를 모르는 이들이라면 그 웃음에 순간 긴장을 탁 놓아 버릴지도 모른다. 하지만 그를 너무나 잘 알고 있는 옴브레는 순간 긴장했다.

가벼운 웃음 속에 숨어 있는 잔혹성의 실체를 옴브레는 알고 있었다. 늘 장난스러운 웃음을 짓는 자이긴 했으나 리카르도는 파블리오의 동생이자, 커다란 마피아 조직을 이끄는 수장이었다. 하지만 여기서 물러설 수 없는 그는 리카르도의 시선을 담담히 받아 냈다.

기백을 머금은 옴브레의 눈동자를 보던 리카르도가 자리에서 천천히 일어나며 운을 뗐다.

「혼자선 무리다.」

말을 하지 않아도 옴브레의 생각을 모두 읽어 낸 그가 말했다. 스스로 죽으러 가겠다는 놈을 그냥 둘 수는 없지 않은가. 더욱 이 아퀸타가(家)의 일원으로서도, 개인적으로서도 옴브레를 꽤나 아끼는 그였다. 개죽음을 당하겠다는 조카 녀석을 그냥 보낼 수는 없었다.

걸음을 옮겨 옴브레의 앞에 멈춰 선 리카르도는 깊은 시선으로 검은 그림자와 같은 사내를 바라보았다. 상대의 기를 꺾는 매서운 눈빛에도 옴브레는 고저 없는 목소리로 말했다.

「지켜 주십시오.」

「…….」

「지켜 주십시오, 그녀만. 그거면 됩니다.」

「멍청한 새끼.」

리카르도가 짧게 욕설을 내뱉었다. 그리고 재고할 가치도 없는 문제라는 듯 걸음을 돌렸다.

「개소리 그만하고 몸이나 더 추슬…….」

「그녀를 지켜 주세요.」

고집을 꺾지 않는 모습에 리카르도가 걸음을 멈췄다. 예전 같으면 그냥 이 재미있는 상황에 킬킬 웃음을 내뱉었을 그였지만, 진심 어린 눈을 보자 그렇게 할 수가 없었다.

리카르도는 진심이 되어 버렸다. 그냥 방관하며 떨어질 떡고물만 받아먹으면 좋을 이 상황에.

「너는?」

흔들림 없는 눈동자를 마주한 리카르도가 물었다. 그리고 곧이어 흘러나온 답에 그의 얼굴이 사정없이 일그러졌다.

「그럴 필요 없습니다.」

「…….」

그 작은 여자는 구해 달라 하면서 자신은 구할 필요가 없다는 옴브레의 말에 그는 순간 말문이 막혀 입을 꾹 다물었다. 죽음에 대한 두려움은 리카르도 그 역시도 없었다. 이 지독한 세계에서 살아가며 수많은 동료를 잃었고, 가족들은 서로에게 총구를 겨눴다.

폭력의 힘만 신봉했다. 그에게 도전하면 그 누구라도 죽음을 피해 가지 못했다. 그리고 엄연히 말하면 눈앞에 있는 자신의 귀여운 조카 녀석도 제 손으로 죽여야 하는 것이 맞았다.

그런 리카르도가 그를 쉬이 죽이지 못하는 이유는 간단했다. 천진난만하던 시절의 그를 알기 때문이다. 이 녀석의 인생은 자신이 보기에도 너무나 가혹했기에 그냥 두고 볼 수만은 없었다. 그의 부탁 역시 거절하지 못하는 이유는 수십 가지, 혹은 수백 가지는 된다.

리카르도가 음울한 목소리로 말했다.

「혼자선 안 된다. 죽으러 가는 것밖엔 안 돼, 엔바.」

「압니다.」

「그런데?」

그의 물음에 아무런 감정도 담겨 있지 않던 표정이 느른하게 풀려 간다. 웃음을 머금고 있는 입술에 리카르도의 눈망울이 흔들렸다.

왜 이런 순간에 웃는 거냐.

「전쟁은 피하고 싶습니다. 이런 삶은 저 하나로 족하지 않겠습니까.」

진짜 이 멍청한 새끼.

입술을 악문 리카르도가 시선을 돌렸다. 성큼성큼 걸음을 옮긴 리카르도가 창밖을 내다보았다.

「그녀를 고국으로 보내 주십시오. 이곳은 위험합니다.」

리카르도의 눈꺼풀이 천천히 감겼다.

「조건은?」

「파블리오의 목.」

짧은 답에 리카르도의 입술이 느른하게 벌어졌다.

「좋아.」

이게 저 자식이 원하는 것이라면 못 들어줄 것도 없지 않은가.

천천히 뒤돈 리카르도는 평소의 그로 돌아가 있었다. 잔혹한 웃음을 입가에 머금은 그 모습으로.

그의 모습에 옴브레가 천천히 고개를 끄덕였다.

이제 모든 준비는 끝이 났다. 그녀를 안전하게 한국으로 돌려보내면 된다. 피비린내가 진동하는 자신의 곁에서 없애 버릴 수 있다.

「비밀로 해 주십시오.」

옴브레가 짧게 말했다. 모든 일들을 미우에게 비밀로 해 달라고.

리카르도가 입가에 조소를 머금었다.

「이렇게까지 하는 이유가 뭐야?」

「모르겠습니다, 저도.」

옴브레의 눈망울이 흔들렸다. 거친 격랑을 만난 작은 배처럼.

「병신.」

스스로의 마음도 모르겠다 말하는 그를 보자 욕설이 저절로 튀어나왔다. 거친 욕에 옴브레는 화를 내기보단 희미하게 웃음을 머금었다.

「그런데 한 가지는 확신합니다.」

「뭐?」

「제가 지독하게 살아남은 것은 지금 이 순간 때문이란 걸.」

「……..」

기가 막혀 웃음도 나오지 않았다. 믿음으로 가득한 그 눈동자를 보자 기가 차서 쓴 욕설이 튀어나왔다.

뇌를 갈아 버릴 새끼.

이런 병신 같은 새끼.

리카르도가 거친 욕설 후에 옴브레를 보며 말했다.

「그 계집을 지키기 위해 살아남았다고?」

무심한 눈동자로 리카르도를 올려다보던 옴브레가 진심을 다해 웃었다.

「그냥 그런 생각이 들었습니다.」

「……..」

「문득.」

짧게 말을 끊은 옴브레는 작게 웃음을 뱉은 후 말을 이었다.

「그녀와 함께 있다 보니 그런 생각이 들었습니다.」

환하게 웃는 옴브레를 보니 리카르도는 더 이상 어떠한 말도 할 수가 없었다.

✛　❧　✛

리카르도는 미우와 옴브레에게 기꺼이 방을 내주었다. 옴브레의 손을 잡고서 테라스로 나온 미우는 뒤뜰을 가득 채우고 있는 수영장을 보며 웃음 지었다. 잔잔한 수면에 비친 달이 아름다운 빛깔로 물의 흔들림에 춤을 추고 있었다.

「여긴 자유로워서 좋네요. 저택도 아주 크고, 수영장도 있고.」

수영장을 내려다보며 미우가 말했다. 방에 꼼짝 없이 숨어 있어야 했던 레오성과는 달리 이곳은 가장 강력한 힘을 가지고 있는 리카르도의 비호 아래 자유롭게 움직일 수 있었다.

미우가 기분이 좋은 듯 웃음 지으며 난간에 몸을 비스듬히 기대자 그 모습을 가만히 바라보고 있던 옴브레가 물었다.

「수영을 좋아해?」

「배우지 못했어요. 사는 게 녹록지 않았거든요.」

한국에 있을 때 그녀는 생존을 위한 배움만을 택할 수밖에 없었다. 닭장 같은 교실에서 배운 국영수사과가 그랬고, 대학에 가서는 이탈리아어가 그랬다. 그 외엔 사람들이 취미로 배운다는 수영이나 골프와 같은 스포츠는 그녀에겐 먼 나라의 이야기였다.

미우의 눈동자가 언뜻 회한에 젖자 옴브레는 가만히 그녀의 모습을 바라보고만 있었다. 그녀에게 들은 한국에서의 기억은 그다지 좋지 못한 것들뿐이었다.

「왜 그렇게 봐요? 혹시 당신도 날 동정하는 거예요?」

그렇게 물은 미우가 재빨리 말을 덧붙였다.

「그럴 리가 없지. 천하의 니제르 님에게 동정이란 게 있을 리가…….」

그녀가 장난스럽게 말을 덧붙이자 옴브레가 입술을 늘어뜨렸다.

「지금이라도 배우면 되겠지.」

「네?」

의외의 말에 미우가 깜짝 놀라 되물었다. 그러다가 자신이 입고 있는 노란 원피스를 내려다보며 미간을 찌푸린다.

「그렇지만 수영복이 없는 걸요.」

「없어도 할 수 있어.」

그렇게 말한 옴브레가 그녀의 손을 이끌며 방을 나섰다.

달빛은 사람을 현혹시켰다. 평소라면 감히 생각하지도 못할 일을 하게 만들었고, 부끄러움도 잊게 만들었다.

미우는 자신의 원피스 지퍼를 내리는 손길에 눈을 감았다.

찌이익—

지퍼가 밑으로 내려가고, 어깨를 감싸고 있던 옷이 아래로 흘러내렸다. 고스란히 드러난 살결에 닿는 커다란 손에 미우의 시선이 흔들렸다.

그녀가 고개를 들어 자신과 마찬가지로 단추를 풀면서도 시선을 떼지 않는 옴브레를 보았다. 검은 셔츠가 사라지자 탄탄한 그의 상체가 드러났다.

달빛에 비친 흰 살결을 눈으로 훑던 옴브레가 바지까지 마저 벗더니 그녀에게 다가왔다. 그리고 무릎을 꿇어 총상이 있는 그녀의 옆구리에 입을 맞췄다.

그녀가 그를 사랑하는 징표는 또 하나 늘었다.

누구 하나가 없는 삶 따윈 두 사람 모두 상상할 수 없게 되었다.

이젠 얼굴만 보아도 간혹 눈물이 난다.

그의 모습을 떨리는 눈으로 내려다보던 미우가 입가에 어설픈 웃음을 지었다.

「수영을 하면 신이 나야 하는데 왜 난 이렇게 가슴이 아플까요?」

그의 말에 옴브레가 웃음 지으며 말했다.

「아직 수영을 시작하기 전이니까.」

그렇게 말한 그가 먼저 수영장으로 들어갔다.

첨벙!

물이 사방으로 튀었고, 수영장 가까이에 있던 미우도 물에 빠진 생쥐 꼴이 되었다. 작게 비명을 내지른 미우가 얼굴에 묻은 물기를 닦아 내며 옴브레를 노려보았다. 이게 무슨 짓이냐고 소리를 치려던 그녀는 그가 말없이 내민 손을 바라보았다.

「들어와.」

짧은 말에 미우는 홀린 것처럼 그의 손을 붙잡았다. 물에 발을
담근 미우는 종아리에서 찰랑이는 차가운 느낌에 발가락을 오므
렸다.

　「나 정말 수영 못해요.」

　「괜찮아. 내가 할 줄 아니까.」

　자신을 올려다보는 옴브레의 얼굴을 보고 있던 미우가 입술을
부드럽게 휘며 웃었다.

　「뭐야, 당신만 믿으면 된다는 거예요?」

　그녀의 물음에 옴브레가 천천히 고개를 끄덕였다.

　「그래.」

　「좋아요. 그럼 믿고 들어갈게요.」

　그의 손을 붙잡은 미우가 천천히 물속으로 들어갔다. 발이 닿
을 정도로 깊지 않은 수심이었지만 그래도 두려운 마음은 어찌할
수가 없었다. 가슴에서 출렁이는 물결에 미우가 팔을 뻗어 그의
목을 껴안았다. 고목나무의 매미처럼 그에게 찰싹 달라붙은 미우
가 그의 어깨에 얼굴을 묻으며 천천히 말을 내뱉었다.

　「놓지 마요. 평생 저주할 거야!」

　그녀의 말에 옴브레가 작게 웃음을 내뱉었다. 그녀의 몸을 끌
어안은 그가 천천히 걸음을 옮기자 수면 위에 비쳤던 달빛이 흩
어진다.

　「수영을 배우겠다며.」

　「안 배울래요. 당신에게 매달려 있는 것만으로도 충분해요.」

　「……..」

「평생 당신이 이렇게 안아 주면 되지.」

옴브레의 눈망울이 흔들렸다. 하지만 미우는 이를 알아차리지 못한다.

거칠게 호흡을 내뱉은 미우가 조금 고개를 들어 주위를 둘러보았다.

그의 움직임에 따라 몸에 물이 스치는 느낌이 간질간질 좋았다. 미우가 다시 그의 어깨에 고개를 묻었다.

침묵을 깨뜨리는 작은 소음들이 그녀의 마음을 들뜨게 만들었다.

수영장의 가운데까지 걸어온 옴브레가 그녀를 불렀다.

「미우.」

「네?」

「고개를 들어 하늘을 봐.」

그의 말에 미우가 천천히 고개를 들어 하늘을 보았다. 그러자 커다란 달이 두 사람의 머리 위에서 휘영청 빛나고 있었다.

「우와, 정말 크네요.」

미우가 뺨을 붉히며 외쳤다. 제 모습을 고스란히 가지고 있는 커다란 달을 보며. 옴브레는 반짝이는 미우의 눈동자를 보며 말했다.

「달이 아름답다는 것은 너 때문에 처음 알았다.」

「아름다워요? 우와, 당신의 입에서 그런 말을 들으리라곤 생각도 못 했…….」

장난스러운 말을 내뱉으며 미우가 시선을 내려 옴브레와 눈을 마주했다. 그녀가 미처 말을 끝맺지 못하고 입을 굳게 다물었다.

「저 달을 보면 누군가가 생각났었다. 그 사람은 늘 나에게 슬픔만 주던 사람이었어. 그래서 달이 싫었다.」

「니제르…….」

그 사람이 왠지 그의 친모일 것 같다는 슬픈 예감이 들었다. 미우가 손을 뻗어 옴브레의 뺨을 조심스레 쓰다듬었다. 두 사람의 머리 위로 슬픈 빛이 내리쬔다.

마치 그녀만 보아야 한다는 코드가 입력된 로봇처럼 그는 주위로 시선을 돌리지 않았다. 오롯이 그녀만을 바라보며 또다시 천천히 입술을 뗀다.

「그런데 이제 저 달을 보면 미우, 당신이 생각날 것 같다. 그래서 슬프지 않을 것 같아.」

「…….」

말을 마친 옴브레의 눈동자가 반달로 휘었다. 슬픔을 머금은 눈동자에 미우가 손을 뻗었다. 그의 눈이 다가온 손에 감기자 미우가 턱을 내려 조심스럽게 그의 눈꺼풀에 입을 맞췄다.

슬픔이 그의 눈동자에서 사라지길. 그의 슬픈 과거가 조금은 퇴색되길 바라며.

그녀의 허리를 힘껏 껴안고 있던 손에 힘이 들어갔다. 그의 고개가 위로 들리며 그녀의 입술을 찾는다. 그녀는 그가 원하던 것을 주었다.

뜨겁게 마주한 두 사람의 입술은 아련했다.

서로의 혀를 얽매고, 체온을 나누고, 상대의 타액을 힘껏 들이

마시며 뜨거운 키스를 주고받았다. 그녀의 입술을 한입에 머금고 힘껏 빨아들인 옴브레가 미우의 아랫입술을 잘근잘근 씹고 맛보았다. 아픔에 벌어진 입술로 혀를 부드럽게 밀어 넣고 입안을 휘젓는다. 잔인한 포식자와 같은 행동이었으나 미우는 그의 욕망을 온전히 받아들였다.

천천히 입술을 뗀 그는 욕망을 숨기지 않은 모습으로 말했다.

「가지고 싶다.」

지글지글 끓는 눈동자, 낮고 음습한 감정을 머금고 있는 입술을 두 눈에 담던 미우 역시 거친 목소리로 말했다.

「저도 그래요. 당신의 과거도 현재도 미래도, 모두 가지고 싶어요.」

그가 물속에서 미우의 팬티를 옆으로 걷었다. 자신의 팬티 역시 조금 내려 그녀의 안으로 성급하게 들어간 그는 여성 안으로 물이 들어오자 생경감에 몸을 파르르 떨며 목을 뒤로 젖히는 미우를 보았다. 그리고 새하얀 목덜미를 날카로운 이로 깨물고 입술로 짓이겼다.

「흐, 흐응…….」

아픔에 미우가 신음을 내뱉었으나 그는 더욱 잔혹하게 흰 살결을 힘껏 빨아들이고 깨물었다. 그리고 힘껏 허리를 움직여 그녀의 안으로 파고들었다.

끔찍한 쾌락이 두 사람의 몸을 사로잡는다.

수영장 계단을 붙잡은 미우는 물속에서 찰랑이는 자신의 가슴을 내려다보며 뜨거운 신음을 내뱉고 있었다. 뒤에서 거칠게 자신을 밀어붙이는 뜨거운 불기둥에 정신을 차리지 못하며 연신 몸을 떨던 그녀는 가슴을 부여잡는 손길에 고개를 뒤로 젖혔다.

「아아, 아아아……!」

신음은 미처 다 터져 나오지 못하고 그의 입속에 꿀꺽 삼켜진다. 뜨겁게 입을 맞춘 옴브레는 힘찬 허리 짓을 하며 그녀 안으로 연신 파고들고 있었다.

뿌리까지 여성 안으로 박아 넣은 그는 미우의 다리가 꺾이고 물속으로 가라앉으려 하자 가느다란 허리를 붙잡고 위로 들어 올렸다. 그리고 여성을 손으로 연신 희롱했다. 물과 동시에 닿는 그의 손길에 그녀가 까무러쳤다.

「니, 니제르! 니제르!」

「미우…….」

이곳이 밖이라는 사실은 까맣게 잊은 채 미우가 연신 그의 이름을 불렀다.

제발, 제발 그만해요.

나 죽을 것 같아요.

그녀의 눈동자가 그렇게 말했다. 하지만 옴브레는 아직도 갈증이 사라지지 않았다는 듯이 남성을 힘껏 깨무는 여성 안으로 파고들고 나오길 반복하며 힘껏 가슴을 쥐고 정점을 손가락 사이에 끼워 넣은 후 비틀었다.

온몸에서 느껴지는 자극에 미우가 숨을 꺽꺽 내뱉었다.

「아아, 아앙……!」

「미우…….」

「아흑! 흐윽…… 니제르!」

게슴츠레 떠진 눈으로 옴브레를 바라본 미우가 힘겹게 숨을 내뱉었다.

벌써 그녀의 안에서 몇 번이고 사정을 한 그였다. 넋을 잃을 것처럼 강렬한 쾌감에 멍해지고 얼이 빠졌다. 하지만 그는 아직도 모자라다는 듯이 그녀를 끝없이 가지고 또 가졌다. 마치 마지막인 것처럼. 내일이 없는 사람처럼.

「으, 으응……!」

「미우…….」

「흐윽, 흐윽…… 니, 니제르, 그, 그만…….」

그녀의 몸이 파르르 떨리며 눈동자는 점차 빛을 잃어 갔다. 하지만 옴브레는 허리 짓을 멈추지 않은 채 그녀를 끝없는 세상으로 몰아붙인다.

「미우…….」

「하, 하악!」

미우의 안에 또다시 뜨거운 정액이 뿜어졌다. 하지만 그는 거기서 멈추지 않은 채 몇 번이고 더 몰아붙인 후에야 그녀를 놓아주었다.

미혹을 머금은 눈을 게슴츠레 바라보던 미우는 그가 자신을 돌려 또다시 남성을 깊이 묻는 것을 느끼며 눈을 감았다.

「아아…….」

세상이 빙글빙글 돌았다.

여성 안으로 들어오는 남성을 타고 들어오는 차가운 물에 여성은 벌써 얼얼하게 아파 왔지만, 연신 부딪히는 사타구니는 감각이 없었지만, 그는 끝없이 그녀를 괴롭히고 자신의 흔적을 남겼다.

이 밤은, 결코 끝나지 않을 것만 같았다.

✤　❖　✤

축 늘어진 미우를 안고 어두운 복도를 걷는 그의 뒤로 토닥토닥 떨어진 물방울이 길을 만들었다. 음습한 눈동자로 앞만을 바라본 채 걸음을 옮긴 그는 문을 열고 방 안으로 들어온 후 곧장 침대로 향했다.

미우를 침대에 눕힌 그가 옆에 앉았다. 그리고 물기가 가득한 긴 흑발을 쓰다듬었다. 한참이고 말없이 그녀를 보며.

그의 아래에서 결국 까무룩 혼절해 버린 미우는 핏기 하나 없는 모습으로 곤한 숨을 내뱉고 있었다. 그리고 그런 미우를 내려다보는 옴브레의 호흡 또한 흔들림 하나 없이 평온했다.

달빛이 아스라이 부서지던 어둠이 물러가고 세상에 또다시 빛이 들어찼다. 또다시 해는 떴다. 자연의 섭리는 그렇게 당연하다는 듯이 찾아왔다.

무심한 얼굴로 미우를 바라보던 옴브레는 그녀의 머릿결을 쓰다듬던 손을 옮겨 새하얀 뺨을 쓸었다. 따스한 체온을 느끼던 그가 천천히 운을 뗀다.

「당신을 만나서 좋았다.」

옴브레의 입술이 느른하게 풀어졌다.

늘 긴장을 가지고 살아왔던 삶.

아무도 담지 못했던 불량품인 가슴.

그런 그를 그녀는 바꾸었다. 그도 모르는 사이에.

천천히 고개를 내려 보랏빛의 입술에 짧게 입을 맞춘 그가 천천히 손을 뗐다. 그리고 목에 걸어 두었던 체인을 푼다. 잠든 그녀의 손을 조심스럽게 가져온 그가 손바닥을 펼쳐 반지와 목걸이를 동시에 떨어뜨렸다.

찰랑.

체인이 부딪혀 소리를 냈다.

그리고 그 모습을 무심하게 바라보던 그가 고개를 들어 미우를 본다.

「고맙다.」

그가 웃었다.

Chapter

4

행복한 꿈 이후에 느낄 허탈감을 안기보단,
악몽을 꾸는 것이 좋다.

거짓말

천천히 눈을 뜬 미우는 여전한 잠기운에 세상이 뿌옇게 보이자 눈을 감았다가 떴다. 목 안이 거칠어 아팠고, 온몸은 몽둥이로 두들겨 맞은 것처럼 아팠다.

"끙!"

앓는 소리를 내며 미우가 몸을 뒤척였다.

그때, 그녀가 꼭 쥐고 있던 체인과 반지가 떨어지며 소리를 냈다.

챙그랑.

갑작스러운 소리에 미우가 눈을 동그랗게 떴다. 상체를 일으켜 이불에 파묻혀 있는 반지와 체인을 바라보는 미우의 눈빛이 떨렸다. 그리고 그 떨림은 몸으로 전달되어 가느다란 몸이 사시나무 흔들리듯이 떨려 왔다.

"이, 이게……."

미우가 미처 말을 마치지 못하고 입을 꾹 다물었다. 그에게 **빼**
앗겼던 반지 한 쌍. 처음 레오성에 갔을 때 그는 이것이 인질이라
며 살아남으라 했었다. 자신의 약점이라며. 그런 반지를 그가 돌
려주었다. 이걸 도대체 무슨 뜻으로 받아들여야 하는 것일까. 답
은 알고 있었으나 믿고 싶지 않은 현실에 그녀의 눈빛이 잿빛으
로 변했다.

미우가 서둘러 손을 뻗어 옆자리를 더듬었다. 온기가 느껴지지
않는 침대시트에 그녀의 눈빛에 어둠이 머물렀다.

담담한 얼굴로 다시 고개를 돌려 반지를 바라보던 미우는 문이
열리는 소리와 함께 리카르도가 안으로 들어오자 멍하니 그를 보
았다.

미우는 굳게 입을 다문 채 아무런 말도 하지 않고 있었다. 마치
감정이 없는 사람처럼 보였다, 지금의 미우는. 아무런 감정도 느
끼지 못하는 인형.

처연한 얼굴로 자신을 바라보는 모습에 리카르도가 천천히 운
을 뗐다.

「떠났다. 자신의 자리로.」

「그 사람이 그렇게 말해 달라고 하던가요?」

담담한 표정에 리카르도의 미간이 찌푸려졌다. 목소리 역시 고
저가 없었다. 울며불며 난리를 칠 줄 알았건만.

참 특이한 여자네.

그가 운을 떼려고 할 때였다. 무심한 얼굴로 그녀가 입술을 달

싹인 것은.

「거짓말쟁이……. 함께 있겠다고 했으면서. 거짓말쟁이.」

눈물을 흘리고 있진 않았다. 하지만 왜 그녀의 눈에서 피눈물
이 흐르는 것만 같을까.

멍한 눈을 깜빡이며 연신 읊조리는 그녀의 모습에 리카르도의
입에서 깊은 한숨이 흘러나왔다.

「……원하는 대로 해 주지?」

한숨 같은 말에 어느 한 곳을 정하지 못한 채 정처 없이 흔들
리던 그녀의 시선이 그를 향했다. 리카르도는 평소처럼 장난스러
운 웃음을 입가에 머금고 있었으나 입을 통해 흘러나오는 목소리
는 씁쓸하고 힘이 없었다.

그와 시선을 마주하고 있던 미우는 리카르도가 이어 하는 말에
시선을 뚝 떨어뜨렸다.

「원하는 게 없던 놈이다.」

미우가 크게 숨을 들이마셨다가 내뱉었다. 터질 것처럼 빠르게
뛰는 심장 때문에 숨을 쉴 수가 없어 연신 호흡을 골랐다.

찌릿.

심장이 아프다며 비명을 질러 댔다.

「그렇다면 누군가는 한 번쯤, 원하던 바대로 따라 줘야 하지
않겠어?」

고개를 든 미우는 여전히 텅 비어 버린 눈동자로 리카르도를
보았다.

「원하는 게 뭔가요.」

미우가 반지를 움켜쥐며 물었다. 손바닥 사이로 체인이 파고들어 가 아팠지만, 여전히 흔들림 하나 없는 얼굴로.

굳건한 그녀의 모습에 리카르도가 망설임 없는 어투로 말을 툭 내뱉었다.

「네가 안전하게 고향으로 돌아가는 것.」

「……..」

그녀의 눈망울이 순간 흔들린다.

평온했던 호수에 내던져진 돌멩이의 위력은 크고 아팠다.

「사랑하는 여자가 앞에서 죽어 가는 고통은 한 번으로 족하다는 거겠지.」

리카르도의 말에 힘없이 축 늘어진 손을 든 미우가 얼굴을 가렸다. 세상에 자신의 슬픔을 보여 주고 싶지 않았다. 이러한 현실에 처하게 만든 신에게 자신의 눈물 따윈 보여 주고 싶지 않았다. 힘껏 욕을 하면 몰라도.

「자신이 이제껏 살아남은 건 널 지키기기 위해서라고 말하더군.」

툭. 투두둑.

솟구친 눈물이 순식간에 소나기가 되어 쏟아졌다.

마음이 무너져 내린다.

「진짜 멍청한 남자지 않아요?」

그 사람이 없는데도 내가 살 수 있을 거라고 생각하다니.

「너무 멍청해서 뭐라고 욕을 해야 할지도 모르겠어요.」

미우가 슬픔이 가득한 목소리로 읊조렸다.

❖　◈　❖

　세상은 어둠으로 물들었으나, 미우는 여전히 하얗게 밤을 지새우고 있었다. 잠들지 못한 채 멍하니 침대를 바라보는 그녀는 혼이 빠져 버린 모습이었다.

　그가 떠났다. 나만 두고.

　죽어도 같이 죽고, 살아도 같이 살 거라고 했으면서.

　이제 우린 헤어지지 않아도 된다며, 이곳은 안전하다고 했으면서.

　함께, 함께 있을 수 있다고 했으면서!

　일그러진 얼굴로 침대를 바라보던 미우가 절망 어린 얼굴로 고개를 숙였다.

　툭…….

　눈물이 흘렀다.

　"나 알 것 같아요……."

　힘없이 읊조린 미우가 고개를 들어 창밖을 보았다.

　어둠이 찾아온 세상을 보며 그녀가 울음을 터뜨렸다.

　"이것이 당신의 사랑인 거죠?"

　그녀는 그날 아이처럼 울음을 터뜨렸다.

「그러니 지옥까지 따라올 필요는 없어.」

　그의 말이 가슴을 때려 아팠다.

　같이 가겠다고 했는데…… 난 당신의 옆에 있는 것이 덜 괴로웠는데도…….

어쩜 그는 같이 있음으로 인해 괴로웠는지도 모른다. 자신의
앞에서 총을 맞고 쓰러지는 자신을 보며 그곳이 지옥이라고 느꼈
을지도 모르겠다.

나와는 다르게…… 나와는 다른 사랑을 했던 것이다.

"혼자 죽는 것이 당신의 선택인가요?"

미우의 눈에서 후두둑 눈물이 흘렀다.

"내가 고집쟁이인 걸 알면서."

내가 당신의 뜻대로 해 줄 것 같아요?

미우가 악에 받쳐 소리 질렀다.

그가 사라진 삶은 끔찍한 악몽이었다.

그래, 현실이 아닌 악몽…….

미우가 천천히 걸음을 옮겼다. 비척비척 힘없이 걸음을 옮긴
그녀가 텅 비어 버린 눈동자로 주위를 둘러본다.

그와 함께 손을 잡고 걸었던 복도. 키득키득 웃으며 정말 자신
에게 수영을 가르쳐 줄 것이냐며 말했던 자신. 이에 늘 그랬던 것
처럼 무심한 얼굴로 고개를 끄덕이는 남자.

아마도 그는 이 순간부터 자신을 홀로 두고 가려고 했었던 것
인지도 모른다. 아니, 결심했을 것이다.

이 커다란 저택으로 온 순간부터.

난간을 붙잡고 아래로 내려온 미우는 맨발로 걸음을 옮겨 밖으
로 향했다. 돌부리가 밟혀 발바닥이 따끔거렸지만 그녀의 걸음은
거침이 없었다.

수면은 하늘을 비추고 있었다. 쏟아져 내릴 것 같은 별과 커다란 달.

그로 인해 어둠이 익숙해졌다. 세상을 밝히는 태양보단 은은한 달빛이 더 익숙해졌다.

좋아졌다. 저 달이.

미우는 수면 위에서 흔들리는 달을 보며 입술을 비틀며 웃었다.

"혼자인 삶이 얼마나 끔찍한지 이미 너무나 잘 알고 있어요, 난."

눈을 감은 미우가 한숨처럼 말을 이었다.

"차라리 죽는 것이 더 행복인 걸, 전 알아요."

정우를 떠나보냈던 그날부터 1년은 그녀에겐 고통이었다. 허상 속에 홀로 살아가는 기분을 그녀는 너무나 잘 알고 있었다. 정신이 파괴되고, 세상 그 어느 것도 안식이 되어 주지 못하는 삶. 그런 정우보다 더 사랑하게 된 남자가 생겼다. 그리고 그 남자가 떠났다. 자신을 구하기 위해 스스로 지옥으로 몸을 내던졌다.

"내가 고마워할 줄 알았어요?"

병신.

그녀가 짧게 욕을 내뱉은 후 무릎을 끌어 모아 얼굴을 묻었다.

하나의 덩어리가 된 그녀는 미동도 없이 한동안 그렇게 있었다. 그리고 오랜 시간이 흘러서야 울분에 찬 목소리로 말을 툭 내뱉는다.

"그것이 나에게 더 큰 고통인 것을."

고개를 든 미우가 잔잔한 수면을 보더니 자리에서 일어났다. 수면에 비친 달을 한참이고 바라보던 미우는 기다란 치맛자락을 적시는 수영장 물에 눈을 감았다.

"당신은 몰랐겠죠."

그렇게 말한 미우가 망설임 없이 발을 뻗었다.

첨벙!

물이 사방으로 튐과 동시에 미우의 몸이 수면 밑으로 가라앉았다.

눈을 뜬 미우는 수면 위에서 부서지는 빛을 보며 눈을 감았다.

숨이 막혔지만 평온했다. 이제야 휴식을 취할 수 있을 것이란 생각에 웃음이 흘러나왔다.

쫓아가겠다고 했잖아요, 그곳이 지옥이라도.

그녀는 고집스럽게 생각하며 턱턱 숨이 막혀 왔지만 땅바닥에 발을 디디지 않았다. 몸을 동그랗게 말며 태초의 모습으로 돌아가 이곳이 어미의 자궁이라도 된 것처럼 종아리를 끌어안았다.

죽는구나…… 드디어 죽는구나.

드디어 이 긴 여행을 끝마치는구나.

그녀는 정신을 잃어 가는 순간 그렇게 생각했다.

고단했던 삶이 드디어 끝이 난다며.

첨벙!

그때, 그녀의 의식을 깨는 소리가 들려왔다. 감고 있던 눈을 뜬 미우는 자신을 향해 뻗어오는 손길에 놀라 몸을 떨었다. 무차별하게 그녀의 머리카락을 움켜쥔 손이 힘껏 그녀를 수면 밖으로 끌어내려 했지만, 미우는 온몸을 흔들며 저항했다.

싫어! 싫어……!

팔다리를 휘저으며 밖으로 끌려 나가지 않으려 몸부림을 치던 미우는 자신의 콧속으로 공기가 들어오자 얼굴을 일그러뜨렸다.

"컥! 컥컥!"

물을 토해 내며 미우가 몸을 동그랗게 말았다. 그리고 실핏줄이 터져 붉어진 눈으로 고고하게 서 있는 사내를 보았다. 그는 들고 있던 촌스러운 수건을 미우에게로 던지며 매혹적으로 웃었다.

「미관상 좋지 않은 걸 내 집에 둘 순 없지. 하물며, 그게 너라면 더더욱.」

「날 내버려 둬!」

미우가 악에 차 외쳤다. 눈가에서 눈물인지 물인지 모를 것들이 쏟아졌다. 그런 모습에 리카르도는 마음이 흔들릴 법도 하건만 더욱 진한 웃음만 짓는다.

「싫은데?」

「개자식!」

미우가 동그랗게 말아쥔 주먹으로 바닥을 내려쳤다. 겉면이 오돌토돌한 대리석으로 되어 있는 바닥에 손이 긁혀 상처가 생겼지만 그녀는 계속 주먹을 내려쳤다.

「날 내버려 둬요, 제발!」

그리고 외쳤다.

하지만 리카르도는 미우를 구하느라 물에 빠진 생쥐 꼴이 된 사내를 힐끗 바라보며 명령했다.

「방으로 데리고 가. 허튼짓 못 하게 사지도 묶어라. 아, 재갈도 물리는 것이 좋겠군. 혀 깨물고 뒈지면 골치가 아파.」

「리카르도!」

절망에 찬 음성에 리카르도가 천천히 고개를 돌렸다. 방금 전까지만 해도 장난기가 가득한 웃음이 사라진 눈동자는 잔혹한 빛을 머금고 있었다. 더 이상 기어오르면 지금이라도 당장 사지를 찢어 버릴 듯이 차가운 눈빛에 미우가 멍한 눈을 깜빡였다.

저 사람은 날 죽여 줄 수 있지 않을까?

그러한 생각을 하는 순간 그녀가 피식 웃음을 내뱉었다.

옴브레에게 그러한 기대를 머금었던 과거의 자신이 떠올랐다.

방금 전까지만 해도 눈물을 쏟아 내며 절망하던 그녀가 이번엔 정신 나간 여자처럼 웃음을 터뜨렸음에도 리카르도는 표정 변화 하나 없이 살기 어린 목소리로 말했다.

「정신 차리면 찾아오도록.」

그리고 그는 더 이상 들을 이야기가 없다는 듯이 걸음을 옮겨 저택 안으로 들어갔다.

리카르도의 뒷모습을 보고 있던 미우가 몸을 동그랗게 말았다. 한기가 올라와 사지가 떨렸음에도 그녀는 움직임이 없었다. 보다 못한 사내 하나가 그녀에게 다가와 한쪽 무릎을 꿇었다. 그리고 커다란 타월로 그녀의 몸을 감싸는 순간, 그녀의 입에서 희미한 웃음소리가 들려온다.

「하, 하하하…….」

「들어가시죠.」

사내가 그녀의 팔을 잡아끌었다. 하지만 미우는 그의 손을 뿌리치지도 않은 채 웃음을 터뜨렸다.

「하하, 하하하…… 하하!」

비썩 말라 버린 미우는 겨울의 나뭇가지 같아 보였다. 생명력
하나 느껴지지 않는 나뭇가지. 봄이 오기 전까진 앙상한 가지일
뿐인 상태. 하지만 기나긴 겨울은 봄이 오리란 것을 떠올리지 못
하게 만들었다.

리카르도는 힘없이 의자에 늘어져 앉아 있는 미우를 보았다.
그녀는 자신에게 답을 주지 않으면 이 자리에서 당장이라도 혀를
깨물고 죽어 버릴 것만 같았다.

미우의 얼굴을 살피던 리카르도의 시선이 아래로 향했다. 그의
충실한 부하는 지난밤, 그의 명대로 그녀의 팔다리를 묶어 놓았고
입에도 재갈을 물렸다. 얼마나 반항을 했던 것인지 팔목과 발목
엔 시퍼런 멍이 들어 있었다.

이 여자를 위해 기꺼이 개죽음을 당하겠다던 옴브레.

그리고 그가 떠난 것을 아는 순간 죽겠다고 물에 뛰어들었던
미우.

이 두 사람이 품고 있는 마음의 정체를 믿지 않았던 리카르도
는 속으로 웃음을 삼켰다.

사랑이란 거…… 참, 기분 엿같게 만드는군.

허상에 지나지 않을 그 관계에 목숨을 거는 이들이 멍청해 리
카르도는 웃음도 나오지 않았다.

리카르도는 옴브레가 떠나던 날 저녁, 그가 자신에게 남기고
갔던 당부를 떠올렸다.

「살려 주십시오, 그녀를. 무슨 수를 써서든 살려 주서야 합니다, 릭.」

그렇게 릭이라 불러 달라고 했을 땐 입도 뻥긋 안 하던 놈이, 나 참.

그의 입술에 씁쓸한 웃음이 내걸렸다.

「엔바와 거래를 했다.」

「⋯⋯.」

「널 한국으로 안전하게 보내 달라더군.」

아무 말 없이 입을 꾹 다무는 여자를 보며 리카르도는 천천히 걸음을 옮겨 창가로 향했다. 그리고 미우를 바라보지 않은 채 가벼운 어조로 말했다.

「그러니까 죽고 싶다면, 거기서 죽도록 해.」

「⋯⋯저에겐 선택권이 없나요?」

멍청한 말에 리카르도의 몸이 천천히 돌려졌다.

죽을 선택권이라.

리카르도의 웃음이 진해졌다.

「이곳에선 없다.」

그의 말에 미우가 입가에 잔잔한 웃음을 띠었다.

「기왕이면 그가 있는 이탈리아에서 죽고 싶었는데.」

같은 하늘 아래라면 조금은 위안받을 수 있을 것 같았는데.

미우의 말에 리카르도가 팔짱을 꼈다. 그는 이 여자를 살려야 할 의무가 있었다. 거래의 조건은 미우를 안전하게 한국으로 돌려

보내는 것이었으니까. 감언이설로 상대를 유혹하고 마음을 뒤흔
드는 일 따위 리카르도에겐 일도 아니었다.

「그렇게 엔바를 못 믿나?」

「네……?」

미우가 멍한 눈을 깜빡였다. 그러자 리카르도는 무심한 눈으로
그녀를 바라보며 힘주어 말했다.

「생각보다 놈이 신용이 없군. 엔바는 강한 놈이다. 장담하지.
놈은 반드시 돌아온다.」

「희망고문을 하는군요.」

속지 않는다는 듯 미우가 고개를 저었다. 허탈한 웃음을 짓고
있는 입꼬리는 아래를 향해 축 늘어져 있었다. 하지만 리카르도는
진심을 다해 말했다.

「그러니까 살아.」

두 사람은 리카르도를 진심이 되도록 만들었다. 어떤 일에도
진심이 되어 본 적이 없는 사내를 바꾸어 놓은 것은 멍청한 두 남
녀였다.

「돌아……오겠죠?」

「그래.」

힘없는 물음에 힘있는 답이 나왔다.

미우가 천천히 눈을 깜빡이며 리카르도에게서 시선을 뗐다.

자리에서 일어난 미우가 문으로 향했다. 뒤돌아선 그녀의 어깨
가 파르르 떨렸다.

「마피아는 거짓말을 참 잘하는군요.」

그녀의 말에 리카르도가 입을 굳게 다물었다. 어떠한 말도 할 수가 없어서.

문손잡이를 잡은 미우가 힘껏 잡아당기며 말했다.

「그리고 전 또 모른 척 속아 줘야 하고요.」

탕.

문을 열고 밖으로 나간 미우가 힘없이 문을 닫았다.

사라진 그녀를 보던 리카르도가 고개를 돌려 세상을 본다.

「엔바.」

리카르도가 천천히 운을 뗐다.

「네 여자는 눈치가 너무 빨라서 속일 수가 없다.」

✢　❖　✢

짐 하나 들지 않은 채 공항에 도착한 미우는 삼엄한 경계 속에 걸음을 옮겼다. 그녀의 주위를 빙 둘러싼 사내들은 마치 하나의 존을 그리는 것처럼 긴밀하게 걸음을 옮기며 주위를 살피고 있었다.

미우는 그 속에서 천천히 걸음을 옮겼다. 작은 공항은 외지인과 현지인이 뒤섞여 도떼기시장을 방불케 했으나, 미우가 들어서고 촌스러운 셔츠 차림의 남자들이 들어서자 순식간에 침묵이 내려앉았다.

사람들은 아무렇지도 않은 척 걸음을 옮겨 그들을 피했다. 마피아가 있는 곳에 있다가 혹여 일에 휘말리게 된다면 자신은 물론이고 주위 일족까지 위험이 닥칠 수 있기에 그 걸음은 긴밀하고 빨랐다.

리카르도가 손을 써 둔 것인지 미우는 곧장 출국장으로 향해 여권도 보여 주지 않은 채 통과할 수 있었다. 그녀가 안으로 들어가자 사내들이 순간 긴장의 끈을 늦출 때였다.

탕!

어디서 한 발의 총성이 울리자 공항 안은 곧 아비규환, 지옥이 되어 버렸다.

「꺅!」

「피해요!」

사람들은 비명을 내지르며 빠르게 공항 밖으로 뛰쳐나가고 있었으나 미우를 감싼 일행과 그들에게 총을 쏜 이들은 움직임 없이 서로를 노려보고 있었다.

「파블리오인가.」

「여자를 내놔라.」

「그럴 수 없다.」

「그럼 힘으로 빼앗을 수밖에.」

그 말이 신호가 되어 순식간에 사내들은 서로에게 총구를 겨누고 방아쇠를 당겼다.

탕! 탕탕!

「윽!」

탕!

여기저기서 들려오는 총성과 화약이 타는 냄새에 미우가 얼어

버려 그 자리에 못 박힌 듯 서 있었다. 흰색 대리석은 어느새 피로 물들고, 사람들은 하나둘 쓰러진다. 그때 한 사내가 미우의 손을 잡아끌었다.

「피하셔야 합니다.」

사내가 말을 마침과 동시에 어디서 날아온 것인지 모르는 총탄이 그의 머리를 꿰뚫었다.

쿵!

남자의 몸이 옆으로 기울더니 아래로 풀썩 쓰러졌다.

"아……."

작게 신음을 내뱉은 미우는 자신의 얼굴을 적신 뜨거운 피를 손으로 닦아 냈다. 시선을 내려 손을 본 미우가 미간을 찌푸렸다.

여기가 지옥이구나.

붉은색의 피와 하얀색의 뭔지 모를 지방 덩어리가 뒤섞여 있었다.

그녀가 꼼짝도 못한 채 서 있자 다른 사내가 뛰어왔다.

미우의 팔목을 움켜 잡은 남자가 출국장 안으로 뛰어 들어가며 외쳤다.

「정신 차리십시오!」

"그, 그게……."

「서둘러 이곳을 벗어나셔야 합니다. 전용기가 준비되어 있으니 바로 이륙시키겠습니다.」

사내의 말에 미우가 눈을 질끈 감았다.

이런 곳에 당신을 두고 홀로 떠나요…….

그런데 난 당신이 살아남길 기대하고 있어요…….

이런 지옥 속에서…… 당신은 살아남아 나에게 올 수 있나요?

미우의 눈에서 눈물이 흘렀다.

어두운 방

깊은 산속. 무언가로 파헤친 흔적이 남아 있는 땅은 아직 잡초 하나 자라지 않은 상태였다. 모르는 이들이 보았다면 이곳에 쓰레기 정도 묻었을 것이라 생각하는 흔적이었으나, 묘비조차 있지 않은 곳은 죠반니의 무덤이었다.

머리부터 발끝까지 어둠을 머금은 남자가 그곳에 서 있다. 아무 말 없이 허망하게 떠나간 남자를 떠올리며.

그가 한참이고 죠반니의 무덤을 바라보더니 들고 있던 꽃다발을 던졌다. 알록달록한 꽃이 뒤섞인 꽃다발이 흙무덤 위에 정확하게 떨어졌다.

옴브레가 입술을 늘어뜨리며 웃었다.

「오히려 그곳이 천국일지도 모른다.」

이생에서의 삶보단 그곳이 안식처일지도 모른다.

「곧 따라가마.」

짧은 인사를 마친 옴브레가 거침없이 걸음을 옮겼다.

✢　✦　✢

옴브레가 커다란 로비에 들어서자마자 수백 개의 총구가 그를 향했다. 여기저기서 안전장치를 푸는 소리가 들리고, 누구 하나라도 방아쇠를 당기는 순간 자신의 몸이 벌집이 되리란 것을 알면서도 옴브레는 움직임 하나 없이 그들을 바라보고 있었다.

「돈(Don)을 만나러 왔다.」

그의 말에 사내들이 몸을 움찔 떨었다. 그들은 서로의 눈치를 보며 이 상황을 어떻게 해야 할지 몰라 했다. 그 스스로 걸어올 줄은 몰랐기 때문이었다.

서로 눈치를 보며 이 상황을 돈(Don)에게 알려야 할까, 눈빛만 주고받을 때였다.

「네 발로 올 줄은 몰랐는데?」

사내들 사이에서 또띠가 비열한 웃음을 지으며 나왔다. 옴브레의 앞에 선 그는 자신이 들고 있던 권총을 손가락 사이에 끼운 후 빙글빙글 돌리며 이죽거렸다.

「운 좋은 줄 알아. 밖에서 널 만났다면 생포해 오라는 돈(Don)의 명을 어기고 머리에 바람구멍을 낼 거였으니까.」

비열하게 끌어 올린 입술 끝을 바라보던 옴브레가 천천히 걸음을 옮겼다. 다른 사내들이 긴장한 것과는 달리 또띠는 여전히 입술 끝을 말아 올려 조소를 짓고 있었다. 아무리 옴브레라고 하더라도 이 상황에서 자신에게 그 어떠한 해도 가하지 못할 것이라 생각했기 때문이다.

또띠의 앞에 멈춰 선 옴브레가 손을 들었다. 그리고 눈 깜짝할 사이 그의 뒷목을 움켜쥐더니 바닥으로 얼굴을 내리찍었다.

쾅!

로비를 울릴 만큼 커다란 소리와 함께 또띠가 비명을 내질렀다.

「으악!」

코뼈가 으스러지고, 광대뼈에 금이 갈 정도로 큰 충격이었다. 옴브레의 무릎에 허리가 짓눌린 채로 또띠가 괴로움에 신음을 내뱉었다. 주위의 사내들이 동요를 하였으나 옴브레는 무심한 눈길로 또띠의 뒤통수에 총구를 겨누었다.

「미우를 다치게 했다.」

「개새끼, 으윽……!」

「그러니 죽어 줘야겠다.」

탕!

옴브레가 망설임 없이 총구를 당겼다. 순간 그의 얼굴에 피와 함께 뇌수가 튀었지만 그는 무심한 얼굴로 자리에서 주위를 둘러보았다. 피를 뒤집어쓴 채 보내는 살기등등한 눈빛에 사내들이 자신도 모르게 주춤주춤 뒤로 물러났다.

「다음은 누구지?」

그가 음습한 목소리로 말할 때였다.

「그만.」

짧은 말에 옴브레를 향해 있던 총구가 순식간에 치워졌다.

2층에서 내려오던 파블리오는 난간에 서서 아래를 내려다보았다.

재미있는 광경이라는 듯 즐거움이 가득한 눈동자로 옴브레를 바라보던 파블리오가 힘주어 말했다.

「죽으러 왔구나, 나의 아들아.」

옴브레의 시선이 올곧게 파블리오를 향할 때였다. 옆에 있던 사내가 빠르게 다가와 그에게 칼을 휘둘렀다. 정확히 허벅지 뒤를 긁은 칼날은 옴브레의 몸을 무너뜨렸다. 바닥에 털썩 주저앉아 다른 이들에게 몸이 결박된 뒤에도 옴브레는 파블리오에게서 시선을 거두지 않았다.

분노가 가득한 눈동자에 파블리오가 음산한 표정으로 읊조렸다.

「넌 감정을 죽일 필요가 있겠다.」

❖　❖　❖

온몸의 뼈가 으스러졌다. 몇 번이고 호흡이 멈추고 심장이 멈췄으나 그들은 죽음을 허락하지 않았다. 마르코는 자신의 팔뚝에 맞춰져 있는 수액을 보며 신음을 삼켰다.

마음대로 죽을 수도 없는 삶이었다.

혀를 깨물고 자결을 시도해도 그들은 또다시 살려 냈다. 그리고 모든 치아를 뽑아 버렸다. 하나하나 뽑혀 가는 이에 그가 고통에 발악을 해도 그들은 무감한 눈으로 자신을 보았다.

제발 죽여 달라고 해도 자비는 없었다. 삶을 끝없이 연장하며 죽음보다 더한 고통을 주었다.

마르코는 눈을 깜빡였다.

언제가 되어야 이 삶이 끝이 날까.

알 수가 없었다.

그가 힘없이 늘어져 있을 때였다.

두꺼운 철문이 열리더니 사내 하나가 들어왔다. 그의 손엔 은색의 그릇 하나가 들려 있었다. 개밥이라고 하는 것이 옳을 정도로 역한 악취가 나는 음식이었으나 그는 마르코에게 먹으라는 듯 머리 언저리에 놓아두었다.

마르코가 힘없이 눈만 깜빡이자 사내가 입술을 비틀어 비열하게 웃었다.

「이거라도 고맙게 먹으라고. 옴브레는 이마저도 못 먹고 있으니까.」

「……?」

늘어져 있던 몸이 꿈틀거리며 반응을 보이자 사내는 좀 더 잔혹한 웃음을 지으며 말했다.

「벌써 일주일째 굶고 있지. 마르코, 너도 당해 봐서 알고 있지? 2주간 굶은 후에 음식을 먹는 게 어떤 기분인지.」

「아아…… 아아아……!」

마르코의 눈에서 눈물이 흘렀다.

지옥 속으로 스스로 걸어 들어왔다는 옴브레의 이야기를 듣는 순간, 하염없이 눈물이 흐른다.

「그다음은 뭔지 알고 있지? 돈(Don)은 철저하게 옴브레를 부술 것이다.」

그 말에 아니라는 외침조차 할 수 없었다.

❖　❖　❖

감각을 잃은 몸을 바르작바르작 움직이던 옴브레가 멍하니 천장을 보았다. 뻥 뚫려 있는 천장은 하늘을 고스란히 보여 주고 있었다. 눈이 멀 정도로 파란 하늘이었다.

당신은 지금쯤 저 하늘을 날고 있겠지.

옴브레의 눈이 질끈 감겼다.

배고픔은 그의 정신을 갉아먹지 못했다. 2주일간 그에게 허락된 것은 물뿐이었으나 이미 몇 번이고 당했던 고문이었던지라 정신만 아득할 뿐이었다. 이 고통이 언제 끝날지 알고 있었기에 그는 고개를 돌려 문을 보았다.

2주간 음식물을 주지 않은 후, 먹을 것을 주는 것은 파블리오의 고문 방법 중 하나였다. 위장이 잔뜩 쪼그라들었을 때 음식물을 먹으면 어찌 되는지 옴브레는 알고 있었다. 열세 살, 그가 처음 당했던 고문이니까.

그의 예상대로 문이 열리더니 커다란 덩치의 남자가 손에 접시를 들고 들어왔다. 넓적한 접시에 엄청난 양의 음식이 담겨 있었다. 고소한 치즈 냄새에 위장이 비명을 질렀고, 서둘러 저것들을 입안으로 밀어 넣으라 종용했다.

남자는 옴브레의 발 아래 음식을 두었다. 온몸에 힘을 뺀 채 비스듬히 앉아 있던 옴브레가 접시엔 시선도 두지 않자 그가 이를 악물어 잇새로 말을 내뱉었다.

「왜, 이 정도의 고문은 너한텐 아무것도 아니야?」

그렇게 말한 남자가 성큼성큼 다가와 옴브레의 목덜미를 움켜쥔 후 그릇에 얼굴을 처박았다.

「먹어! 빨리 먹지 못해!」

남자가 목덜미를 쥔 손에 힘을 준 후 옆으로 흔들었다. 힘없이 벌어진 입으로 음식물이 들어왔고, 곧 속이 뒤집어졌다.

「우욱!」

옴브레가 위액을 토해 냈다. 먹은 것이 없으니 쏟아져 나올 것이라곤 그것뿐이었다. 목이 타들어 가는 고통에도 옴브레는 무심한 눈만 깜빡였다. 제 뜻대로 움직여 주지 않는 그의 모습에 남자의 손길만 더욱 포악해졌다.

「먹어! 개처럼 입으로 먹으라고!」

남자의 고함에 옴브레가 입을 벌려 음식물을 씹어 삼켰다. 속이 뒤집히는 느낌에 뒷덜미를 붙잡은 손을 떨쳐 낸 후 벽을 붙잡았다.

「욱!」

한동안 작은 방 안엔 그의 토악질 소리만 가득했다.

옴브레가 힘없이 자리에 누워 있었다. 열 평 남짓한 방은 커다란 몸집의 남자에겐 답답할 정도로 좁은 공간이었다. 속에 있는 것을 모두 게워 낸 그의 정신은 올바르지 못했다.

손가락 하나 까딱할 힘도 없이 늘어져 있던 옴브레는 문이 열리자 천천히 시선을 올려 들어온 이들을 보았다. 가장 먼저 들어온 것은 파블리오였다.

「정신이 들어?」

「……」

입술을 달싹였으나 입을 통해 말이 나오진 않았다. 입을 다문 옴브레가 힘없이 눈을 깜빡였다.

「지금 꼴, 참 볼만하구나.」

「……」

옴브레가 아무런 반응이 없자 파블리오가 재미없다는 듯 혀를 찼다. 지렁이도 꿈틀거려야 밟는 재미가 있는 것이다.

그가 옴브레의 앞에 서자 뒤따라오던 남자들이 서둘러 의자를 가져다주었다. 편히 가죽의자에 앉은 파블리오가 발등으로 옴브레의 턱을 받쳐 위로 들어 올렸다.

꿈틀.

고통에 옴브레의 얼굴이 일그러졌다.

「널 이렇게 만든 여자를 잡아 오라고 했다.」

「으, 아, 아……!」

옴브레의 눈동자가 떨렸다. 실핏줄이 터져 붉은 눈동자가 된다. 그의 눈에 분노가 차오르자 파블리오의 입술이 비틀렸다.

그래, 이렇게 나와야 재미있지.

「여자에 굶주린 놈들은 아주 많지. 너도 약에 취해 봐서 알 거다. 아마 여자의 몸이 너덜너덜해질 때까지 놔주지 않을거다.」

「으아……! 악! 으아아악!」

말이 나오지 않자 옴브레가 악을 썼다. 비명을 내지르며 분노를 쏟아 내었지만 그럴수록 파블리오의 즐거움은 커져만 갔다.

「주, 죽일……!」

갈라진 입술이 찢어지고 피가 턱을 타고 흐른다. 끔찍한 분노를 타고 그의 눈가에 눈물이 차올랐다.

「그래, 그렇게 나와야지.」

발등을 내린 파블리오가 자리에서 일어났다. 그리고 힘껏 옴브레의 머리를 걷어찼다.

빡!

묵직한 소리가 방 안에 가득 울렸고 곧이어 신음이 들려온다. 순간 세상이 둘로 보이고 정신을 차릴 수가 없자 옴브레가 몸을 동그랗게 말았다. 하지만 몸의 고통보다 마음의 고통은 더욱 컸다.

「아, 아…… 안, 안 돼…… 안 돼!」

「크큭, 병신. 그러게 소중한 것은 만들지 말았어야지.」

작게 웃음을 뱉은 파블리오가 손을 들어 힘없이 늘어져 있던 옴브레의 손을 짓눌렀다.

우두둑.

뼈가 부러지는 소리가 들림과 동시에 옴브레의 입에서 비명이 터져 나왔다.

「아아악……!」

끔찍한 소리에 뒤에 서 있던 사내들의 미간이 찌푸려졌다. 파블리오는 잔혹한 남자였다. 가만히 보고만 있어도 오줌을 지릴 정도로 두려운 그 잔혹함 덕분에 그는 수천 명을 거느리는 파블리오의 돈(Don)이 될 수 있었고, 몇 십 년간 자신의 왕국을 지배할수 있었다.

파블리오가 웃음기가 역력한 목소리로 말했다.

「넌 그저 나의 개로 있었어야 했다, 옴브레. 그럼 지금의 고통은 느끼지 않았겠지.」

「끄으윽…… 아, 안 돼……. 그녀는 건드리지…….」

옴브레가 눈물을 쏟으며 부탁했다. 하지만 그러면 그럴수록 파블리오의 기분은 바닥으로 치달았다.

「지금 그 이야기는 나에겐 해선 안 됐다.」

드르륵.

돌과 의자가 끌리는 소리가 들림과 동시에 파블리오는 곧장 뒤에 있는 남자들을 바라보았다. 그들은 옴브레의 곁으로 다가와 하얀 약상자를 열었다. 안에 액체가 가득 들어 있는 주사기를 보자 옴브레의 눈동자가 흔들렸다.

「고통을 덜어 줄 거다. 아니, 기분 좋게 해 주겠지.」

「끄으…… 으윽!」

짐승의 울부짖음에 가까웠다. 사람이 이런 소리를 낼 수 있을 것이라 생각이 들지 않을 정도로 끔찍한 비명. 하지만 파블리오는 옴브레를 내려다보며 웃었다.

「다시 예전의 너로 돌아와라, 옴브레.」

탕.

파블리오가 방을 나서는 순간 사내들은 팔을 흔들어 반항하는 옴브레를 단숨에 제압했다. 손등에서 혈관을 찾아낸 그들이 주사기를 꽂는다. 주사기 안에 들어 있던 투명한 액체가 그의 혈관을 타고 몸으로 번져 가는 순간, 그의 반항은 점차 줄어들었고 눈동자에 가득하던 감정도 점차 사라져 간다.

서늘한 기운이 목덜미를 휘감았다.

약에 취해 게슴츠레 눈을 뜨고 있던 그가 돌바닥에 손톱을 넣고 벅벅 긁어 댔다. 한꺼번에 치사량에 가까운 약이 투약되었고, 그 후로 일주일간 그들은 주사를 놓아주지 않았다.

중독성에 그가 몸을 뒤틀며 괴로워할수록 문밖에서 지켜보는 이들의 즐거움은 커져 가기만 했다.

「그년 놓쳤다며?」

「아, 옴브레의 여자? 시칠리아 놈들이 진심으로 나오는데 어쩌냐, 그럼.」

공항에서 죽은 이들만 수십이었다. 하지만 시칠리아 뉴스는 물론이고, 이탈리아 뉴스 어디에서도 이와 관련된 소식은 알 수 없었다.

철저하게 묻혀진 그날의 일에 파블리오 전체가 발칵 뒤집혔고, 돈(Don)의 분노는 하늘을 찔렀다. 이 일을 옴브레가 알지 못하도록 철저히 함구령을 내린 파블리오는 그에게 더 많은 약을 투약하라고 일렀다. 정신이 부서지도록. 그의 영혼까지 말살시키라 했다.

「그럼 옴브레 좀 놀려 볼까?」

「병신. 저래 보여도 옴브레다. 네 명줄 따윈 쉽게 끊을 놈이라고.」

「킥킥, 지금이라면 괜찮아. 전에 저놈한테 당한 것도 있고 말이지.」

338

문을 열고 안으로 들어온 사내는 약에 쩔어 벽에 느슨하게 등을 기대어 앉아 있는 옴브레를 보았다. 눈동자는 흐렸고 생기는 없었다.

「이봐, 옴브레. 정신 차려. 너 지금 완전 병신 같다고.」

사내가 킬킬거리며 이죽거렸지만 옴브레는 아무런 반응이 없었다. 사내가 재미없다는 듯 말했다.

「뭐야, 네 여자는 지금 엄청 즐거워하고 있는데.」

옴브레의 미간이 꿈틀거렸다. 힘없이 뚝 떨어뜨리고 있던 고개를 든 그는 이 방에 사내와 자신 둘만 있다는 것을 확인한 후 손을 뻗었다.

빡!

강력한 주먹에 사내의 몸이 뒤로 벌러덩 넘어졌다.

「입에 담지 말아야 했다.」

「으윽!」

「입을 잘못 놀린 대가야.」

빡빡!

연이어 사내의 얼굴을 주먹으로 내려친 옴브레는 그가 허리춤에 차고 있던 칼을 빼낸 후 입고 있던 정장 안에 숨겼다. 그 후 입술을 비틀었다.

「넌 한동안 정신을 차리면 안 되겠다.」

힘주어 몇 번이고 사내의 얼굴을 더 내려친 옴브레는 곧 방문이 거칠게 열리고 남자들이 우루루 쏟아져 들어오는 것을 보았다.

옴브레와 혼절한 사내를 분리한 그들은 서둘러 상자에서 주사기를 꺼냈다. 팔에 있는 혈관은 모두 부어 있어 불가능하자 신고 있던 신발을 벗겨 오른쪽 발등에서 혈관을 찾아냈다. 그리고 무자비하게 주삿바늘을 찔러 넣은 후 옴브레의 얼굴을 살폈다.

거칠었던 그의 표정이 다시 느른하게 풀어지고 곧 정신을 잃은 듯 눈을 감자 진땀을 뺐다.

「진짜 짐승 아니야?」

「짐승이겠지. 사람이면 벌써 죽었어.」

몇 마디 주고받은 사내들이 서둘러 상자를 챙긴 후 자리에서 일어났다. 그리고 옴브레의 몸을 발로 툭툭 걷어찬 후 완전히 기절했다는 것을 확인했는지 문을 열고 방을 나선다.

탕.

문이 닫히는 소리에 감겨 있던 옴브레의 눈꺼풀이 들렸다. 파르르 떨리는 속눈썹과 말아쥔 주먹에서 그의 고통이 느껴진다.

「끄으, 끄으……」

밖에 있는 이들이 들을 수 없도록 신음을 삼킨 옴브레가 눈을 감았다.

「미우…….」

허상은 그를 잡아먹는다.

천천히 눈을 뜬 그가 오른손을 들었다. 그리고 가로로 길게 나 있는 흉을 보며 입꼬리를 늘려 웃었다.

「춥다.」

당신이 따스함을 가르쳐 줬기 때문이야.

추위 따윈 모르고 살았는데.

「미안……하다.」

그가 슬픔에 읊조렸다. 다른 이들에겐 단 한 번도 한 적이 없는 말. 하지만 그는 진심을 다해 미우에게 말했다.

「널 만난 걸…… 저주한다.」

옴브레가 눈을 감았다.

그의 눈에서 눈물이 흘렀다.

❖　❖　❖

커다란 원목책상을 뒤로한 채 서 있던 리카르도가 정처 없이 걸음을 옮기고 있었다. 어지러운 정신만큼이나 목적지 없이 옮겨지던 걸음이 순간 우뚝 멈춰졌다. 그가 뒤돌아 자신의 이야기만 기다리고 있던 사내를 바라보며 물었다.

「여자는?」

「무사히 한국에 도착했습니다. 집 주위에 아이들 둘, 배치하고 왔습니다.」

리카르도가 고개를 끄덕였다. 이로써 옴브레와의 약속은 지켰다. 그녀를 무사히 고국으로 데려다 주었으니까.

한숨을 내뱉은 리카르도가 눈을 감았다. 계속 기다리는 소식이 있었으나, 그에 대한 답을 가지고 올 남자는 아직도 연락이 없었다.

정말 잘못된 것일까?

옴브레가 무작정 파블리오가(家)로 간 지 한 달이란 시간이 흘렀다. 보통이라면 죽었다고 생각해야 하는 것이 옳을 시간이었다.

자리에 멈춰 선 리카르도가 주먹을 움켜쥘 때였다. 똑똑, 노크 소리와 함께 사내가 들어온 것은.

사내의 모습에 리카르도가 성급하게 물었다.

「어떻게 됐어?」

니콜라이가 고개를 저었다. 순간 리카르도의 몸이 휘청거렸다.

「지금이라도 가 봐야 합니다. 시신이라도……..」

그 말에 리카르도가 눈을 질끈 감았다.

애초에 알고 있었다. 스스로 지옥으로 걸어 들어간 옴브레가 죽을 것이란 것을. 그래도 막지 않은 것은 그의 부탁 때문이었다. 전쟁은 싫다. 나 같은 놈은 나 하나로 족하다는 그 말에 그는 홀로 떠나는 것에 고개를 끄덕였다.

하지만, 하지만 이젠 아니다.

눈을 뜬 리카르도가 입술을 비틀어 장난스럽게 웃었다.

「그래, 내가 누구의 부탁을 들어주는 새끼도 아니고.」

그의 웃음에 주위에 있는 사내들이 몸을 떨었다. 리카르도는 결심을 내린 듯했다. 자신답지 않게 남의 말을 듣고 움직이는 짓 따윈 더 이상 하지 않겠다며.

걸음을 옮긴 리카르도는 자신을 바라보는 사내들과 눈을 마주하며 웃음기 어린 목소리로 말했다.

「나폴리로 간다.」

「보스!」

사내들이 외쳤다. 그 말이 뜻하는 바를 모를 정도로 멍청한 치들이 아니었으니까.

「전쟁이다.」

딱 잘라 말한 리카르도가 잔혹한 눈을 빛냈다.

「쓸어버리자.」

❖   ❖   ❖

남자들이 힘없이 늘어져 있는 옴브레를 던져 버린 후 손을 탁
탁 털었다. 그리고 한쪽에서 놀란 눈을 깜빡이는 마르코를 보며
입술을 비틀어 웃었다.

「친구랑 조우하니 기분이 좋아?」

「그럴 리가 있나. 친구가 곧 죽게 생겼는데.」

작게 웃음을 내뱉은 사내들이 문을 닫고 방을 나섰다.

마르코가 덜덜 떨리는 다리로 땅을 디디고 서려 노력하였으나
연신 풀썩 쓰러진다.

「끄윽!」

고통에 찬 신음을 내뱉은 마르코가 무릎으로 기어 옴브레에게
다가갔다. 핏기가 없는 그의 모습에 마르코의 눈동자가 불안함에
떨린다. 천천히 고개를 내려 피로 얼룩진 검은 셔츠 위에 귀를 가
져다 댄 마르코가 숨을 들이켰다.

「살아 있다.」

「……괜찮아?」

마르코의 물음에 옴브레가 입술을 늘어뜨렸다.

「괜찮아 보여?」

그의 웃음에 마르코가 허탈한 듯 숨을 내뱉었다. 그리고 힘든 몸을 바닥에 뉘었다. 두 사람은 천장을 바라보고 있었다. 습기가 가득한 어두운 방은 지옥이었다. 빛 하나 들어오지 않아 사람을 미쳐 버리게 만드는 곳. 하지만 어둠에 익숙한 두 사람에겐 그것이 큰 문제가 되지 않는 듯했다.

마르코가 씁쓸한 웃음을 입가에 매달며 말했다.

「왜 이런 상황에서 넌 웃어 주냐.」

「죽기 전에 한 번 보는 게 소원이라고 했었지.」

어릴 적 기억 하나를 꺼내 놓은 옴브레가 눈을 감으며 편히 호흡을 가다듬었다. 차라리 예전처럼 약물에 정신이 부서졌다면 좋았을 것이다. 그럼 심장이 미어지는 이런 기분은 알지 못했을 텐데. 약물과 독에 익숙해진 몸은 그마저도 허락하지 않았다.

온전한 정신으로 괴로워해.

너 때문에 그녀가 그렇게 된 것을 슬퍼해.

마치 그렇게 말하는 것만 같았다.

멍으로 뒤덮인 얼굴을 움찔거리며 웃은 마르코가 허망한 목소리로 말했다.

「그래, 죽어도 여한이 없다.」

장난스러운 말에 옴브레가 작게 소리 내 웃었다. 그러자 마르코가 입술을 비틀며 짧게 욕설을 내뱉는다.

「미친놈.」

「……그걸 이제 알았다면 유감이군.」

「왜, 왜 왔어……. 그 여자 옆에 있어야…… 쿨럭!」

사지가 흔들릴 정도로 거칠게 기침을 내뱉은 마르코가 핏덩어리를 울컥 내뱉었다.

「아아, 죽겠군.」

「그래서 왔다.」

「뭐?」

　거칠게 입가를 닦아 낸 마르코가 눈을 동그랗게 뜨며 물었다. 힘겹게 상체를 일으켜 몸을 비스듬히 벽에 기댄 마르코가 굳게 닫힌 옴브레의 입술을 보았다. 평온한 얼굴로 눈을 감고 있는 모습은 시체 같았다. 그래서 그는 자신도 모르게 손을 뻗어 옴브레의 팔목을 움켜쥔다. 맥은 힘겹게 뛰고 있었다.

「누군가의 죽음은 더 이상 싫다. 그것도 나와 가까운 사람이라면.」

　그의 말에 마르코는 아무런 말도 하지 못한 채 입을 꾹 다물었다. 그들의 삶은 그러했다.

　누군가를 죽이지 않으면 자신이 죽어야 했고, 그건 가족, 동료를 가리지 않았다. 아슬아슬한 외줄타기를 하는 것처럼 위태로운 삶을 살아왔던 두 사람은 수많은 이들을 죽였고, 죽음을 보았다.

　마르코가 눈을 감았다.

　그래, 그런 것이라면 그 또한 바랐다. 이젠 싫었다. 이 지긋지긋한 현실 따윈.

「미우가 이곳에 있다.」

「오, 옴브레……?」

　그의 말에 깜짝 놀란 마르코가 고개를 돌려 그를 보았다. 어느새 평소의 냉혹한 모습으로 돌아간 옴브레에 마르코가 침을 꿀꺽 삼켰다.

미우가 이곳에 있다고?

그렇다면 지금쯤 어떠한 꼴을 당했을지 불 보듯 뻔했다. 그가 저렇게 분노하는 것도 당연하다.

마르코가 입술을 달싹였지만 아무런 말도 하지 못한 채 입을 꾹 다물었다. 어떤 말을 해야 할지, 감도 서질 않았다. 어떠한 말도 옴브레의 귀에 들어가지 않을 것만 같았다.

옴브레는 한참이고 마르코를 바라보고 있었다. 그러다 한숨처럼 희미한 음성으로 말한다.

「살아남아 그녀에게 돌아가는 것이 목적이었는데, 이젠 아니다.」

이 지옥에서 살아남게 된다면, 그땐 온전히 그녀의 곁에 있으려 했다. 그녀가 바랐던 것처럼. 함께 손을 잡고 체온을 나누며 그렇게 시간을 죽여 나가고 싶었다.

하지만 이젠…… 그런 바람은 꿈꾸지 못하게 되었다.

옴브레가 눈을 감았다.

「네가 날 도와줘야겠다.」

드디어 계획을 실행할 때가 왔다.

＊　＊　＊

파블리오는 옴브레의 뒤에서 숨을 꺽꺽 내뱉는 마르코를 보았다. 옴브레의 손에 뚝뚝 흐르는 피는 마르코의 것. 죽어 버린 눈동자로 자신을 바라보는 옴브레의 모습에 파블리오의 입가에 웃음이 내걸렸다.

「원래의 눈빛으로 돌아왔구나.」

「…….」

옴브레가 고개를 숙였다. 그러자 주위에 있던 사내들이 빠르게 마르코에게 달려가더니 축 늘어진 몸을 잡아 일으켰다.

「치료를 해야겠구나.」

「처리하겠습니다.」

사내들이 마르코에게로 다가갔다. 마르코가 무슨 심기를 건드린 것일까. 옴브레의 손에 겨우 숨만 붙어 있는 마르코를 보며 사내들이 혀를 끌끌 차며 옴브레를 보았다.

예전과 같이 무감각한 눈빛. 흔들림 없이 파블리오에게 허리를 숙이는 그의 모습에 사내들은 서둘러 마르코를 데리고 어두운 방을 빠져나간다. 그리고 그 모습에 눈길도 주지 않는 옴브레를 의심스러운 눈으로 보던 파블리오가 운을 뗐다.

「몸을 추스르면 할 일이 있다.」

그의 말에 옴브레가 고개를 숙였다.

당신의 뜻대로.

그림자가 그렇게 말했다.

❖　❖　❖

「정부의 움직임이 심상치 않다.」

파블리오는 옴브레가 몸을 추스르자 서재로 불렀다. 그리고 언제 적 물건인지 모를 만큼 낡디낡은 권총을 손으로 닦으며 옴브레를 보고 있었다. 그의 손엔 무기 하나 들려 있지 않건만 옴브레의 뒤에 서 있는 자들이 팽팽하게 긴장감을 세우는 것이 느껴질 정도였다.

그래, 이 정도는 되어야 나의 개지.

입술을 부드럽게 휜 파블리오가 말을 이었다.

「네가 전에 처리한 움베르토 의원 때문이지.」

「……누구의 목을 따면 됩니까.」

「한둘이 아니야. 장기전이 될 것 같아서 걱정이다.」

달그락.

총을 내려놓은 파블리오가 턱을 괴며 웃었다.

「네가 해 줘야겠다.」

그의 말에 옴브레가 고개를 끄덕였다. 그리고 뒤에 서 있는 두 사내를 보았다. 은밀한 이야기를 할 때면 파블리오는 자신의 오른팔과 왼팔만 곁에 두었다. 또띠와 마르코가 옴브레의 손에 죽고, 배신하자 파블리오는 조직 내에서 최고의 사냥꾼들로만 제 곁을 채웠다. 그에게도 옴브레의 배반은 꽤나 심장이 떨리는 일이었으니까.

그 덕분일까, 아직 옴브레의 의중을 완전히 알지 못한 상태에서도 파블리오는 사내 둘만 곁에 두고 있었다.

옴브레는 그들의 손에 들려 있는 총을 보았다. 긴장감에도 그는 표정 하나 변하지 않은 채 고개를 숙였다.

「돈(Don)의 뜻대로.」

「그래, 그럼 언제부터 움직일 거냐.」

「……지금 당장 움직일 겁니다.」

그의 말에 파블리오의 눈이 동그랗게 변했다.

「지금?」

「시간을 끌어 봤자 적에게 대비할 시간만 벌어 주게 됩니다.」

「그래, 좋은 생각이구나.」

파블리오가 마음에 든다는 듯 고개를 끄덕이자 옴브레는 허리를 숙였다.

「그럼 움직이겠습니다.」

「그래.」

그 말이 신호가 되어 옴브레는 허리춤에 차고 있던 칼을 뽑아 들었다.

탕!

그의 움직임과 동시에 총성이 울렸고 옴브레의 허벅지가 순간 푹 꺼졌다. 하지만 그는 거침없이 사내에게 다가가 목을 찔렀다.

푹!

피가 사방으로 튀자 파블리오의 눈이 커다랗게 변했다. 하지만 옴브레는 곧이어 그를 지키듯이 앞을 막아선 사내에게로 다가갔다.

탕탕!

사내가 흥분해 방아쇠를 당겼다. 총탄의 힘에 옴브레의 몸이 휘청거렸다. 그는 자신의 배에 정확히 박힌 총탄은 신경 쓰지도 않은 채 기다란 다리로 사내의 손을 쳤다. 총이 뒤로 날아가자 그는 거침없이 사내의 명치에 칼을 박아 넣었다.

짙은 혈향에 그의 눈빛이 변했다. 아무것도 담겨 있지 않은 눈동자를 채운 것은 분노와 좌절뿐이었다.

아주 짧은 순간이었다. 몇 십 초도 되지 않아 벌어진 일. 순식간에 두 명을 처리한 옴브레가 천천히 걸음을 옮겨 파블리오에게 다가갔다. 호흡은 거칠었고, 뜨거웠다.

탕!

날카로운 총성이 울렸다. 하지만 돈(Don)의 총알은 정확하게 옴브레의 심장을 꿰뚫지 못했다.

옴브레가 왼팔을 아래로 축 늘어뜨렸다.

뚝. 뚝.

어깨에서 시작된 피가 손가락 끝을 타고 아래로 흘러내렸다.

「처음부터 이럴 생각으로…….」

「돈(Don), 잊으셨습니까? 제 몸엔 어떠한 약물도 통하질 않는다는 것을. 그건 코카인도 마찬가지입니다.」

「…….」

「이런 몸으로 만든 것은 당신이지요.」

「으윽…….」

「많이 늙으셨습니다. 예전이었다면 정확하게 심장을 쏘셨을 텐데.」

그렇게 말한 옴브레가 총구를 손으로 움켜쥐었다. 아직 뜨거웠지만 그는 표정 변화 하나 없이 아래로 끌어 내린 후 뒤로 집어 던졌다.

죽음의 공포에 돈(Don)의 눈동자가 흔들렸다.

「아니, 애초에 제가 이곳으로 왔을 때 죽이셨겠죠.」

「옴브레⋯⋯!」

파블리오가 분노에 찬 목소리로 외쳤다. 어떻게 네가 날 배신하냐며. 하지만 옴브레는 그의 고함에 입술을 늘어뜨려 웃었다.

「실수하셨습니다.」

그의 말에 파블리오가 주먹을 휘둘렀다. 정확히 옴브레의 오른쪽 눈을 가격한 손은 그의 광대뼈를 부쉈다. 고통에 옴브레의 몸이 휘청거렸다. 하지만 곧 자세를 잡으며 피가 뚝뚝 흘러내리는 칼을 들어 그에게 다가갔다.

옴브레의 표정이 일그러졌다. 그는 지금 이 순간 어떠한 생각을 하고 있을까. 정확하게 파블리오의 심장을 찌른 옴브레는 칼날을 비틀었다.

「기다렸습니다. 둘만 남길⋯⋯.」

「너, 너⋯⋯ 컥⋯⋯!」

한숨처럼 말한 옴브레가 입꼬리를 휘어 웃었다.

「돈(Don)의 주위에 쳐져 있는 자들이 물러나길 기다렸습니다.」

「컥, 커억!」

으드득!

칼날에 갈비뼈가 걸리는 소리가 들렸지만 옴브레는 힘껏 오른쪽으로 비틀었다. 그러자 거대한 성과 같았던 파블리오의 몸이 아래로 꺼졌다.

「다⋯⋯ 끝났습니다.」

바닥에 쓰러진 파블리오를 보며 옴브레가 슬픔이 가득한 목소리로 웅얼거렸다.

그의 눈동자가 회한에 젖는다.

이자의 손에서 벗어나고 싶었으나 벗어나지 못했다.

파블리오의 존재는 그에게 족쇄가 되어 어디로도 도망가지 못하게 만들었다.

그의 심장에 차가운 비수를 꽂는 이 순간, 옴브레는 거친 숨만 내뱉을 뿐 아무런 말도 하지 않았다.

파블리오의 몸체가 힘없이 늘어지는 것을 보던 옴브레가 천천히 무릎을 꿇었다. 그리고 눈을 감지도 못한 채 죽은 파블리오를 보며 주먹을 들었다.

「나젤린에게 왜 그랬습니까!」

그의 가슴을 힘껏 내려친 옴브레의 몸이 앞으로 허물어졌다. 파블리오의 몸 위로 얼굴을 내린 옴브레의 어깨가 들썩였다.

「왜 절 그 지옥에 가두신 겁니까! 적어도 아들이라면, 아들이라면……!」

옴브레의 눈에서 눈물이 후두둑 떨어졌다.

지난 시간, 살아도 사는 것이 아니었던 그 시간을 보상받기에 그의 죽음은 너무 허무했다.

「그러지 마셨어야지요! 사랑하지 않는다 하더라도, 그 지옥에선 살지 않게 하셨어야죠!」

옴브레의 정신이 아득히 멀어져 갔다. 원망은 눈물이 되어 아래로 쏟아졌다.

「다…… 끝났습니다, 아버지.」

옴브레가 힘없이 자리에 일어났다. 그리고 고개를 젖혀 천장을 보았다.

「하아, 하아…….」

그가 뜨거운 입김을 내뱉었다. 아담스애플이 유난히 도드라져
보였다.

연이어 숨을 내뱉던 그의 눈가에 맺혀 있던 눈물이 피와 뒤섞
여 아래로 흘러내렸다.

「하아…….」

거칠었던 호흡이 점차 평온해졌다.

파블리오의 죽음을 알게 되면 조직원들이 그의 사지를 찢을 것
이었다. 서둘러 이곳을 벗어나야 한다는 것을 알면서도 그는 망부
석처럼 그 자리에 서 있었다.

죽음을 기다리는 사람처럼.

얼마의 시간이 흘렀을까, 밖이 소란스러워지기 시작했다. 하지만
옴브레는 미리 이러한 상황을 예상이라도 했다는 듯이 다리에 힘을
주었다. 마지막 순간까지도 절대 무릎을 꿇지 않겠다는 듯이.

우당탕!

밖에서 무언가 넘어지는 소리와 함께 총성이 들렸다. 천천히 몸
을 돌리던 옴브레는 거친 소리와 함께 문이 열리자 눈을 크게 떴다.

「벌써 끝났나?」

리카르도였다. 그는 바닥에 쓰러진 파블리오를 보며 입술을 비
틀어 웃었다.

「죽이는군! 더 손댈 게 없겠어. 솜씨 하난 깔끔하네.」

그가 걸음을 옮겨 파블리오의 머리를 걷어찼다. 이미 숨통이 끊어진 파블리오는 아무런 반응도 보이질 않았다.

멍하니 리카르도를 바라보던 옴브레가 미간을 찌푸렸다.

「제가 오지 말라고 부탁을……..」

「난 원래 내 좆대로 움직이는 새끼인 거 몰랐나?」

가벼운 웃음을 흘리는 그의 모습에 긴장이 풀어진 것일까.

옴브레가 몸을 휘청거렸다.

손을 뻗어 그의 몸을 붙잡은 리카르도가 옴브레를 일으켜 세웠다. 지친 기색이 역력한 얼굴은 당장 졸도해도 이상하지 않을 것처럼 핏기가 가셔 있었다.

고생이 많았나 보군.

뭐, 살아남은 것이 기적이었으니 이 정도면 양호한 수준이었다.

리카르도가 옴브레의 머리에 커다란 손을 올리며 말했다.

「애새끼는 잘 시간이다, 엔바.」

그렇게 말하던 옴브레가 얼마 걷지 못한 채 아래로 허물어졌다.

풀썩, 큰 소리와 함께 쓰러진 옴브레를 보며 리카르도가 눈살을 찌푸렸다.

「하여간 죽어도 않는 소린 않지.」

그러면 좀 더 귀여울 텐데, 쯧쯧.

한 걸음

선선한 바람이 마음을 적셨다. 허벅지를 가리는 기다란 트렌치
코트를 입은 미우가 무거운 걸음을 옮기고 있었다. 그녀의 손이
지나치게 아래로 뚝 떨어져 있었다. 오른쪽 어깨가 멀리서 보기에
도 푹 꺼져 있다고 느낄 정도였다.

최신식으로 지어졌다는 납골당은 커다란 성처럼 보였다. 화려
한 금장식과 볕이 잘 들어오는 구조로 되어 있는 이곳은 1년 사용
료가 수천만 원에 달하는 초호화 납골당이었다. 이생에서도 배때
기에 기름이 낄 정도로 잘 먹고 잘 살았던 사람들이 죽어서까지
그들만의 리그를 구성해 안식하는 곳.

이곳에 정우가 있었다.

천천히 걸음을 옮긴 미우는 로비에서 멀지 않은 곳으로 향했다.

B—084.

바로 정면으로 보이는 유골함 아래에 미우는 힘없이 꽃을 내려놓았다. 새하얀 국화가 아닌 보랏빛이 아름다운 붓꽃.

날씨가 더울 무렵에 피는 이 꽃을 정우는 좋아했다. 축 늘어지는 꽃잎이었지만 홀로 고고해 보인다며 미우 널 닮았다고, 힘이 없어 보이지만 꽃잎을 받치고 있는 기다란 줄기는 꼿꼿해 강함이 느껴진다 했었다. 그 말을 듣는 순간, 미우도 이 꽃이 좋아졌다. 힘없는 노인네를 연상시키는 붓꽃.

미우는 환하게 웃는 정우의 사진을 보며 씁쓸한 미소를 입가에 걸었다. 손을 뻗어 투명한 유리창을 쓰다듬는 손가락 끝이 파르르 떨려 왔다.

"또 혼자가 됐어."

그를 잃고 1년 이상을 지옥 속에서 살았다. 나란 사람이 이렇게까지 무너질 수도 있구나, 나의 밑바닥이 여기구나, 알 수 있었다. 그렇게 정우를 떠나보내고 니제르를 만났다. 그리고 또다시 그는 자신을 떠났고 혼자가 됐다.

"정우야……."

미우가 유리창을 쓰다듬었다. 그의 유골함 대신.

그리고 눈을 감으며 한숨처럼 말을 토해 냈다.

"그 사람을 지켜 줄래?"

스스로 죽음 속으로 걸어 들어간 그 사람을 구해 줄래?

죽을 것을 알면서도, 자신을 구하기 위해 그곳으로 간 그 불쌍하고 멍청한 그 남자…… 구해 줘, 제발.

"이런 부탁, 정말 뻔뻔하다는 거 아는데…… 알고 있는데…….
지켜 줘, 제발."

제발, 제발, 제발…….

미우가 감았던 눈을 떴다. 그리고 잿빛 눈동자를 깜빡이며 마
지막으로 정우의 모습을 바라본다. 이제 이곳에는 오지 않을 것이
다. 그의 허상 속에서 벗어났으니까. 그리고 그녀에겐 진정으로
마음을 다해야 하는 이가 생겼으니까.

미우가 주머니를 뒤져 반지를 꺼냈다. 영원한 사랑을 약속하며
골랐던 다이아몬드 반지. 너무나 허망하게 그를 떠나보낸 이후로
한시도 손에서 놓지 못했던 그 반지였다.

니제르가 자신에게 이 반지를 준 것은 이 반지의 주인에게로
떠나라는 의미였을까? 아니면 약점을 넘겨주었으니 다른 곳으로
날아가라는 것일까?

그 무엇이 되었든 미우는 망설임 없이 반지를 붓꽃 사이에 넣
어 두었다.

"고마워."

날 뜨겁게 만들었던 남자.

나의 전부였던 남자.

기나긴 여행을 하게 만들었던…… 나의 지난 사랑.

"안녕."

✜ ❈ ✜

한국으로 돌아온 후 미우는 아무것도 하지 않았다.

부동산까지 모두 정리하고 떠났던 이탈리아였다. 한국으로 돌아왔을 때 그녀는 막상 잘 곳도, 입을 옷도 없었다. 결국 그녀는 집을 구하는 대신 호텔에 장기투숙을 하게 되었고, 옷도 가을 옷으로 몇 벌만 구입하였다.

그리고는 아무것도 하지 않았다. 외출을 하지도 않았고, 무언가를 계획하거나 생각하지도 않았다. 그저 멍하게 리카르도가 건넸던 휴대전화만 바라볼 뿐이었다.

이 휴대전화가 어서 울리길. 그리고 그가 무사하다는 소식을 전해 주기를. 그녀는 바라고 또 바랐다. 그러는 사이 계절은 초가을에서 겨울로 넘어가고 있었다.

시간이 빠르게 흐르길, 그와 빨리 만날 수 있길 바라며 그녀는 시간을 죽여 나갔다. 그리고 자신의 생각도 감정도 죽였다. 불쑥불쑥 치고 오르는 나쁜 생각을 떨쳐 내려 애썼다. 설마, 라는 생각이나 만약에, 라는 가정이 떠오를 땐 주먹으로 힘껏 머리를 내려쳤다. 그리고 또다시 닥쳐오려는 허상을 힘껏 밀어내며 겨우겨우 버텨 내고 있었다.

한국으로 돌아온 지 두 달의 시간이 그렇게 흘러갔다. 그녀도 모르게. 세상도 모르게. 소리 소문 없이.

미우가 창틀에 엉덩이를 걸치고 앉은 후 하늘을 향해 고개를 들었다. 눈을 감은 그녀는 어둠이 세상을 집어삼킨 시각, 달만이 세상을 빛내고 있는 이제까지 잠들지 못한 채 뜬눈으로 밤을 지새우고 있었다.

시차 때문에 이탈리아에선 지금 한창 활동을 할 시간이란 걸 알기에, 그녀는 해가 떠오르고 나서야 잠자리에 들 수 있었다.

오늘도 연락이 안 오는 것일까.

그녀는 이탈리아와 별반 다를 것 없는 하늘을 올려다보며 구슬피 읊조렸다.

"언제까지 기다리게 할 거예요, 니제르……."

기다림은 그녀의 정신을 옭죄었다. 무엇을 해도 즐겁지 않게 만들었고, 기쁘지 않게 만들었다. 그녀의 감정을 '슬픔'으로 모두 통일시켜 버렸다.

미우가 하늘을 올려다보며 그리움을 삼킬 때였다.

띠리리라—

휴대전화를 받고 난 후 처음으로 울린 벨소리에 미우가 후다닥 휴대전화를 놓아둔 테이블로 향했다. 저장되어 있지 않은 번호였으나 리카르도일 것이 분명했다. 그녀가 그렇게도 기다려 오던 전화.

미우가 조심스럽게 통화 버튼을 눌렀다.

꼴깍, 긴장감에 침을 삼킨 그녀가 조심스럽게 운을 뗐다.

「여보세요?」

—목소린 멀쩡하군.

리카르도가 다소 빈정거리는 음성으로 말했다. 그녀가 지나치게 긴장했다는 것을 그 또한 알고 있는 것이 분명했다. 사람의 감정은 귀신같이 알아차리고 허를 찌르는 사람이었으니까.

미우가 다소 성급하게 물었다.

「어떻게 됐나요?」

─끝났다.

짧은 말에 그녀의 눈가에 눈물이 고였다. 하지만 그녀는 눈물을 닦을 새도 없이 빠르게 말을 내뱉었다.

「갈게요.」

─그곳에서 사는 게 더 나을 수도 있다. 적어도 이곳보단 한국이 치안은 나으니까.

리카르도의 말에 미우가 고개를 저으며 고집스레 말한다.

「싫어요. 그 사람 옆에 있을 거예요.」

─전용기를 보내 줄까?

웃음기가 가득한 목소리에 미우가 자리에서 벌떡 일어섰다. 가만히 앉아 전화를 받을 시간 따윈 없다는 듯이.

「아니요. 내 발로 갈래요.」

짧게 말을 내뱉은 미우가 서둘러 어지럽게 널려 있는 제 물건을 캐리어 가방 안으로 쏟아 넣었다. 애초에 길게 있을 생각이 없었던 한국, 덕분에 짐은 단출했다.

빠르게 캐리어를 끌고 호텔 방을 나선 미우는 휴대전화로 비행기 티켓을 알아보기 시작했다. 곧장 이탈리아로 날아갈 수 있도록.

이른 시각, 인천공항 안엔 많은 사람들이 있었다. 자신이 탈 비행기를 기다리며 시간을 죽이는 사람들 사이로 미우가 빠르게 걸음을 옮겼다. 오는 길에 알아보았던 이탈리아행 비행기를 타기 위해 걸음을 옮긴 미우는 직원에게 티켓 발권과 동시에 짐 수속을 마쳤다.

입국장으로 들어선 미우는 잠시 마지막이 될지도 모르는 한국을 눈으로 훑었다. 검은 머리와 갈색의 눈동자가 평범한 나라, 한국을 보던 시선을 거두었다.

"이젠 돌아오지 않을 거야."

그녀가 힘차게 앞으로 걸어 나갔다.

✤ ❖ ✤

은퇴한 마피아들이 재건시켰다는 휴양도시 피유지엔 수백 개의 호텔이 있었다. 매년 관광객들이 잠시 머무르기 위해 찾는 이곳에서 커다란 캐리어 가방을 끌며 미우가 길을 걷고 있었다.

길을 따라 나 있는 작은 상점들과 호텔들을 무심한 얼굴로 스쳐 지나가던 미우는 작은 골목 안으로 들어간 후 주위를 둘러보았다.

차가운 바람이 옷깃을 스쳤다. 숨을 크게 들이마셨다가 내뱉은 미우가 한참을 더 내려가 작은 집 안으로 걸음을 들였다.

잘 꾸며져 있는 화단은 겨울이어서 생명력 하나 없이 비썩 말라 있었으나 봄이 되고 여름이 되면 아름다운 꽃을 가득 피울 것 같았다. 미우는 곳곳에 사람의 손길이 닿아 있는 화단을 눈으로 훑으며 가게 안으로 들어서는 계단을 올랐다.

그때 현관문을 열던 남자와 미우의 시선이 딱 마주쳤다.

「미우!」

젊은 남자가 그녀의 모습을 발견하자마자 뛰어나왔다. 반가운 얼굴로 그녀를 맞이한 그는 미우의 손에 들린 캐리어를 잡아챘다. 그녀의 얼굴에 기쁨이 어린다.

「루프스, 잘 지냈어?」

「네.」

밝은 그의 얼굴에 미우가 안도의 한숨을 내쉬며 고개를 내렸다. 그녀의 손이 그의 오른팔에서 멈췄다. 소맷단이 헐거웠다. 안을 채워 줄 살덩이가 없었으니까.

미우가 슬픔에 떨리는 눈으로 오른손을 바라보자 루프스가 장난스러운 웃음을 터뜨렸다.

「살아남은 것이 기적인걸요. 다 미우와 그분 덕분이에요.」

그 말에 기뻐해야 하는 것일까, 슬퍼해야 하는 것일까.

「미안해.」

「그런 말 하지 말아요.」

루프스의 말에 미우가 얼굴을 일그러뜨렸다.

「네 등을 민 건 나니까…….」

그 손을 잃게 만든 게 나니까.

미우가 슬픈 음성으로 말했다. 그러자 루프스가 호탕하게 웃음을 내뱉은 후 고개를 저었다.

「아니에요, 미우 덕분에 전 가족의 곁으로 돌아올 수 있었는걸요?」

「미안, 루프스.」

「정말 그만하라니까요? 그리고 다 들었어요.」

그의 말에 미우가 숙이고 있던 고개를 들어 이젠 청년이 된 루프스의 얼굴을 보았다.

「미우가 나에게 준 돈. 아주 중요한 돈이었다는 거.」

그의 말에 미우의 표정이 흐려졌다.

이젠 벗어났지만 자신 또한 그러한 세계에서 지냈다는 사실이 지금은 모두 현실처럼 느껴지지 않았다. 앞으로 만날 그의 존재처럼. 모든 것은 꿈결, 그 이상도 그 이하도 아니었다.

「뒤뜰에서 기다리고 계세요. 빨리 만나야죠.」

그의 말에 미우의 눈망울이 흔들렸다.

그가, 여기에 있다.

몇 발자국 떼면, 그를 만날 수 있다.

슬픔과 기쁨이 어우러진 눈망울을 보던 루프스의 눈이 부드럽게 휘었다.

「가 봐요, 미우. 당신을 기다리고 있어요.」

「정말? 정말 날 기다려?」

「물론이에요. 이곳에 오신 이후로, 매일 하늘만 올려 보시는걸요?」

그의 말에 미우의 손끝이 차갑게 식었다.

「아무 말 없이요. 마르코 님이 오셔도 입만 꾹 다물고 계셨는걸요? 매일 미우만 기다렸어요.」

루프스의 말에 미우가 빠르게 고개를 끄덕였다.

「어서요. 어서 가 봐요.」

독촉에 미우는 그가 열어 준 문 안으로 들어간다.

아기자기하게 꾸며진 레스토랑 안을 둘러볼 생각도 하지 못한 채 정원으로 연결된 길을 천천히 걸었다. 그녀는 빠르게 뛰어 대는 심장 위를 손으로 꾹 눌렀다.

「……후.」

한숨을 내뱉은 미우가 걸음을 멈췄다. 그와 동시에 숨도 멈춘다. 뒷문이 정확하게 보이는 정원 한구석에 놓인 의자에 그가 앉아 있었다.

「…….」

「…….」

두 사람 사이로 침묵이 흘렀다.

두근두근.

하지만 심장은 외쳐 댄다.

빨리, 빨리 그에게 달려가.

달려가서 안겨!

그렇게 외쳤다.

하지만 미우는 걸음을 옮기지 않은 채 멀찍이서 그를 바라보고만 있었다.

머리가 조금 짧아졌나? 창백한 피부가 조금 탄 것 같기도 했다. 하지만 머리부터 발끝까지 온통 검은 먹물을 뒤집어쓴 것 같은 그다. 검은 눈동자는 여전히 자신만을 향해 있었고, 그의 주위로 늘 맴돌던 숨도 멈추게 할 만큼 묵직한 공기도, 분위기도 그대로였다. 그녀가 사랑했던 그 모습 그대로.

미우가 파르르 떨리는 입술을 달싹였다.

「니제르, 나에게 하고 싶은 말 없어요?」

「……」

「분명히 할 말이 있을 텐데?」

그녀의 말에 옴브레가 자리에서 일어났다. 고양잇과 특유의 매끈하고 유려한 움직임으로. 그리고 천천히 걸음을 옮겨 그녀에게 다가왔다.

하지만 그녀의 시선은 방금 전까지 그가 앉아 있었던 새하얀 의자를 향해 있었다. 그를 보면 당장이라도 품으로 뛰어들 것만 같아서. 너무나 늦게 온 그를 더 벌하고, 화를 내야 하는데…….

「……미우.」

그가 자신의 이름을 부른 것뿐인데, 사랑에 너무나 나약한 미우는 속절없이 떨리는 가슴에 입을 꾹 다물었다.

천천히 고개를 돌려 그를 바라본다. 그는 어느새 자신의 앞까지 다가와 있었다. 손만 뻗으면 닿을 거리. 미우의 눈에 눈물이 차올랐다.

그리웠어요, 너무나 그리웠어요.

미우의 눈망울이 그를 향해 외쳤다.

「말해 봐요. 무슨 말이든 해 보란 말이야…….」

「미안해.」

그 말에 와락 무너질 것만 같았다.

그의 입에서 처음으로 흘러나온 미안하다는 말. 그 말은 그 어떠한 감언이설보다 더 달콤하게 들렸다. 그는 자신의 감정을 표현할 줄 모르는 남자였으니까.

미우가 입술을 깨물며 잇새로 말했다.

「알긴 아는군요, 거짓말쟁이. 그때 당신이 내 눈앞에 있었으면 머리채를 잡았을 거예요. 감히 날 혼자 두고 가다니.」

「……고마워.」

힘겹게 터져 나온 말에 미우의 표정이 허물어졌다.

아아, 이 남자를 어떻게 하면 좋을까…….

「……나도 고마워요. 살아 돌아와 줘서요.」

너무 고마워요, 너무너무 고마워요.

미우가 그렇게 말했다.

그녀의 눈가에 맺혀 있던 눈물이 아래로 후두둑 쏟아졌다.

그녀의 모습에 옴브레는 그녀의 앞에 손을 내밀었다.

잡아.

거칠고 커다란 손이 그렇게 말하는 것만 같았다.

「평생 나와 시간을 함께 보내 주겠어?」

「이런. 그냥 살아 주면 무척 억울한데. 감동적인 프러포즈 하나 없이.」

그 손을 바라보며 미우가 말했다. 눈길로 그의 손을 쓰다듬으며 그녀가 천천히 입술을 달싹였다.

「자, 따라 해 봐요.」

고개를 든 미우가 그의 표정을 살폈다. 그리고 한 자 한 자 또박또박 말을 내뱉었다.

"사."

"사?"

그의 고개가 옆으로 기울었다. 검은 눈동자는 의아함만 가득 담고 있었다.

"랑."

"랑?"

하지만 미우는 그의 의문을 풀어 주지 않은 채 다음 글자를 내 뱉었다.

"해."

「해? 사랑해? 이게 무슨 말이지? 전에도 한 번 이 말을 했었는 데.」

그가 용케도 과거의 일을 생각해 내며 물었다.

사람의 마음을 현혹시키는 달빛. 레오성의 아름다웠던 정원에 서 그를 붙잡으며 애달프게 외쳤던 고백.

"사랑해요, 니제르."

한국말로 하여 그는 알아듣지 못했으나 그녀는 그리 외쳤었다.

그리고 부탁했다, 그에게.

제발, 제발 살아 달라고.

그날의 기억에 미우의 눈에서 눈물이 후두둑 떨어졌다.

"아모(Amo:사랑해)."

「아……..」

「그날부터 전 당신을 사랑하고 있었어요.」

미우의 말에 옴브레가 아래로 뚝 떨어져 있던 손을 붙잡아 그녀를 제 품으로 끌어당겼다. 그리고 그녀의 귓가에 속삭거린다.

「미우…… 잘 모르겠어. 하지만 말이야.」

여전히 혼란이 가득한 목소리. 하지만 그는 말하기를 멈추지 않았다.

「당신이 나의 목숨보다 더 소중해. 그거면 안 될까?」

그의 말에 미우가 팔을 들어 그의 넓은 등을 끌어안았다.

꺽꺽, 숨이 넘어갈 것처럼 그녀가 울음을 터뜨렸다.

드디어, 드디어 그의 품에 안겼다.

영원한 안식을 취할 수 있는 그의 품에.

Chapter

5

작은 선물을 받았다.
그리고 돌려주지 못했다.

살아도 죽은 자들

거대한 서재는 마치 유럽에 있는 유명한 서고를 떠올릴 만큼 화려하고 웅장했다. 수만 권의 책들은 나라별로 시대별로 잘 분류되어 2층 높이의 책장에 빼곡하게 꽂혀 있었고, 적정한 온도와 습도가 맞춰져 있어 공기는 쾌적했다.

하지만 최소 백 년에서 많게는 몇 천 년까지, 오래된 것들에서 나는 특유의 종이 삭는 냄새만은 어쩔 수가 없었다.

커다란 사전 하나를 가볍게 들고 1층 원형 홀을 정신없이 돌아다니던 리카르도가 검지 손가락을 척 올리며 거만한 표정으로 줄줄 읊기 시작했다.

「페데리코, 모르간, 파비오, 안토니오, 빈센초. 자, 이 중에서 뭐가 가장 좋을까?」

「하나같이 평범하네요.」

왜 사전을 펼쳐 놓고 이름을 정해야 하는지 모를 정도로 평범하고 흔히 사용하는 이름이었다. 사내의 말에 리카르도는 콧방귀를 뀌며 문제 있냐는 듯 어깨를 으쓱였다.

「그래야 튀지 않으니까. 평생 자신을 죽이고 살아야 하는 새끼한텐 특별한 이름 따위 필요 없지.」

「그렇습니까?」

심드렁한 표정에 니콜라이가 떨떠름한 표정을 지었다. 어찌 한 사람의 인생을 좌지우지할 이름을 이리도 성의 없이 정하는 것인지. 갑자기 옴브레가 무척 불쌍하게 느껴지기 시작했다.

이런 그의 모습에 리카르도가 미간을 찌푸렸다. 사랑스러운 엔바의 이름인데 너무 대충하는 건 아닌가 싶어 순간 그의 시름이 깊어졌다.

「흠, 너무 성의 없어 보이나? 그럼…….」

말꼬리를 길게 늘인 리카르도가 또다시 서재 안을 서성이기 시작했다.

이름, 이름이라. 우리 엔바에게 잘 어울리면서도 깜찍하고 재수 없는 이름이 뭐가 있을까.

순간 무서운 집중력을 발휘하며 눈을 날카롭게 빛내는 리카르도의 모습을 보자 니콜라이가 한숨을 내뱉었다. 그저 평범한 이름 중 하나를 선택하는 것이 더 좋았을 뻔했다는 생각이 들기 시작했다. 리카르도, 자신의 보스는 저렇게 집중할수록 엇나간 답들을 내놓곤 했으니까.

사내가 막 파비오가 좋을 것 같다는 말을 내뱉으려고 할 때였다. 거짓말처럼 리카르도가 걸음을 멈추더니 눈을 반짝인다.

「지오르노(Giorno).」

짧은 말에 니콜라이가 미간을 찌푸렸다.

「네? 그건 인사말…….」

주로 한낮에 다른 이들을 만났을 때 사용하는 인사말이었다.

갈수록 좋지 않아지는 그의 표정에 리카르도가 사전을 덮더니 커다란 원목책상 위로 내팽개쳐 버렸다. 이름을 지었으니 더 이상 필요 없는 물건이라는 듯이.

「왜? 싸가지 없게 생긴 놈이니 이름이라도 친절해야지. 애칭은, 어디 보자…… 쟈노. 어때?」

아무리 봐도 애칭으로 놀리고 싶어서 짓는 거 같습니다만…….

장난스런 리카르도의 말에 사내가 미간을 찌푸렸다.

더 생각할 것도 없다는 듯이 리카르도가 말했다. 그의 장난기 어린 결정에 옴브레의 이름은 지오르노가 되었다. 그의 말대로라면 눈매가 매섭고 암흑의 분위기를 풀풀 풍기는 그에게 딱이라며 지은 이름이었다.

사내가 말릴 새도 없이 이번에 고민은 다른 곳으로 튀었다.

여권은 두 개를 만들어야 했고, 이름 역시 두 개가 필요했다. 하지만 고민은 아까보다 깊지 않았고, 생각은 더 이상한 쪽으로 튀었다.

「잔 다르크에서 잔을 가져와 요안나 어때?」

「그, 그게…….」

「분명 그 겁 없는 계집도 좋아할걸?」

리카르도가 장난스럽게 웃었다.

그렇게 미우의 이름 역시 천사의 계시를 받고 백여 년 넘게 이끌어 왔던 전쟁을 종식시킨 잔 다르크의 이름을 이탈리아식으로 바꾸어 요안나가 되었다.

「자, 그럼 이름은 됐고. 옴브레와 미우는 사망 처리하고, 이 두 이름으로 시민권 발행해.」

「다른 건요?」

니콜라이가 반쯤 포기하며 물었다. 이미 보스가 완전히 이름에 꽂혔으니 말려도 소용이 없었다. 아니, 이름이 이상하다는 말을 할 수가 없었다. 그 즉시 리카르도가 보일 반응은 너무도 **빤했으**니까.

내 작명 센스는 신이 내린 선물이다.

그는 간혹 이상한 믿음을 내보이며 떵떵거리는 사람이었다.

「뭐, 평범한 게 좋겠지.」

짧게 말을 내뱉은 리카르도가 회한에 젖은 눈을 깜빡였다.

「평범한 부모 밑에서 태어나 사랑받고 자랐다. 고등학교 때 유학을 온 요안나와 우연히 학교에서 만난 지오르노는 사랑에 빠지게 되었다. 그의 청에 연애를 시작했고, 연인 사이는 스물여덟에서 아홉 정도까지 계속되었다. 서른에 결혼식을 올린 후 어디 하나 터를 잡지 않고 여행 중이다.」

말을 마친 리카르도가 천천히 몸을 돌려 사내를 보았다. 그의 눈망울이 젖어 들었다.

자신의 말처럼 평범하게 태어나고 자라나 사랑을 했다면 옴브레는 지금 어떠한 모습일까. 허튼 생각이란 것을 알면서도 그가 말한 것 중 단 하나라도 그가 가질 수 있었다면 얼마나 좋았을까, 리카르도는 생각했다.

평범한 가정. 정식 교육. 어릴 적에 만난 사랑. 평범한 연애.

그 무엇도 옴브레에게 해당되는 것은 없었다.

리카르도의 입술이 비틀렸다. 웃음은 씁쓸하고 무미건조했다.

「지나치게 평이하군. 너무 이상적인가?」

「아닙니다.」

사내의 말에 리카르도가 고개를 끄덕이며 말했다.

「그래, 그럼 이걸로 된 거겠지. 내가 엔바에게 해 줄 수 있는 건 여기까지다.」

옴브레와 미우의 흔적을 완전히 지우고 새 삶을 살게 해 주는 것. 그것이 그가 할 수 있는 유일한 일이자 마지막 일이었다.

리카르도의 얼굴을 바라보던 사내가 조심스러운 어조로 물었다.

「눈은…….」

며칠 전부터 그의 신경을 어지럽히는 건 바로 옴브레의 오른쪽 눈이었다. 홀로 파블리오로 가 돈(Don)과 둘만 남길 호시탐탐 기다렸던 옴브레. 결국 복수를 성공하고 소기의 목적은 달성하였으나 오른쪽 눈은 점점 시력을 잃어 가고 있었다. 지금이야 시야가 혼탁한 정도였지만 얼마 후면 완전히 시력을 잃고 왼쪽 눈 또한 같은 길을 걷게 될 것이다.

리카르도가 씁쓸한 웃음을 입술에 내걸며 말했다.

「수술해도, 어렵겠지 그 눈은.」

고개를 돌린 리카르도가 천천히 걸음을 옮겨 천장까지 길게 연결되어 있는 창가로 향했다. 그의 어깨가 유독 아래로 뚝 떨어져 있는 것만 같았다.

「나폴리는 어떻게 할까요?」

「다행히도 쓸 만한 녀석이 있어. 조직이 수습되는 대로 마르코에게 그쪽 일은 일임할 생각이야. 합칠 수 있는 사업은 합치고.」

「더 바빠지시겠군요.」

사내의 말에 리카르도가 천천히 고개를 돌렸다.

「내가 한가했던 적이 있었나?」

빛을 등진 리카르도가 웃으며 사념을 지웠다.

✤ ❖ ✤

옴브레에게 죽음이란 고단한 삶을 끝내는 휴식과 같았다.

어떨 때 그는 자신이 여전히 숨이 붙어 있다는 사실조차 잊고 지냈었다. 그러다 극심한 갈증에 시달리듯이 스스로에게 총구를 겨누고, 날카로운 칼날로 살을 갈랐을 땐 죽지 않으면 안 될 것 같은 생각에 사로잡히곤 했었다. 하지만 파블리오는 그에게 죽음을 허락하지 않았다.

어느 날 옴브레는 그에게 물었던 적이 있었다.

「전 언제까지 살아야 하나요.」

한창 약에 찌들어 살생을 하던 때의 일이었다.

스물두 살, 평범한 이들이라면 대학교에 진학해 학업에 전념하거나 일찌감치 자신의 길을 찾아 일을 하고 있을 나이. 하지만 정규교육을 받지 못한 옴브레는 오로지 살생에만 특화된 기계처럼 심장도, 감정도 죽인 채 사람을 도륙하고 있었다. 그것이 유일한 미래였다.

그리고 파블리오에게 이렇게 물었을 땐 그에게 모든 것을 수긍했을 때였다. 도망가려 해도 도망갈 수 없으니, 생물학적 아비인 그에게라도 자신의 삶의 의의를 찾고 싶었을 때 물었고, 그는 답했다.

「내 화가 풀릴 때까지.」

「화……?」

「재미있는 장난감이 너 때문에 죽지 않았나. 그에 대한 화다.」

나젤린은 그의 앞에서 할복을 했다. 금기가 깨졌던 그날, 여느 때처럼 파블리오의 아래에서 엉망으로 망가졌던 그날. 나젤린은 어린 아들 홀로 잠든 방을 찾아오지 않았다. 머리 위에 해가 뜨고 생활에 활기가 도는 시각이 되어서야 아들을 찾아왔다.

그리고 어린 아들의 앞에서 배를 갈랐다. 왜 그랬는지는 당사자가 죽어 버려 묻지 못했다. 다만 어렴풋이 그러한 모습을 봐 버린 옴브레가 미워 그렇게 했으리라 예상할 뿐이었다. 그리고 유일한 울타리가 세상을 떠나는 순간, 옴브레는 지옥으로 떨어졌다.

그가 천천히 고개를 옆으로 돌렸다. 자신과 눈이 마주하자 미우는 부드러운 웃음을 지었다.

그를 지옥에서 꺼낸 여자였다. 자신에겐 없었던 '미래'를 열어 준 여자.

그가 커다란 손을 뻗어 미우의 손을 감싸 쥐었다. 따뜻한 체온에 얼어 있던 심장이 사르륵 녹았다.

「당신 악취미예요.」

미우가 장난스럽게 웃으며 말했다. 그리곤 그를 향해 있던 시선을 옮겨 공동묘지를 둘러보았다. 봉분을 세우는 한국과는 달리 평평한 형태를 띠고 있었다. 곳곳에 놓인 화려한 꽃들은 이곳이 묘지가 아닌 꽃밭이 아닐까, 하는 착각을 들게 만들고, 묘비 위에도 꽃들로 장식이 되어 있었다.

미우의 시선은 꽃 하나, 비석 하나 없는 묘에서 멈췄다.

이곳에 누가 묻혔는지 아무도 몰랐지만 파블리오의 복수를 하겠다며 설치고 있는 자들과 옴브레를 알고 있는 자들은 이곳에 영면한 자를 알고 있었다.

—니제르 이아퀸타.

1983. 05. 16~2014. 10. 09

「자신의 무덤에 스스로 꽃을 놓으러 오다니. 이상하잖아요.」
미우가 시선을 옮겨 이 묘의 주인을 보았다.

무심한 얼굴로 묘를 보던 옴브레가 천천히 입술을 뗐다.

「니제르 이아퀸타는 죽었으니까. 마지막 배웅을 하는 것도 좋겠지.」

그렇게 말한 옴브레가 한참이고 자신의 묘에서 시선을 떼지 못했다.

저 안에 들어 있는 사체는 파블리오의 것이었다. 그는 옴브레의 이름으로 세상에서 사라졌다.

「다 끝났네요.」

회한에 젖은 눈동자가 자신을 향하자 미우가 들고 있던 꽃다발을 아래로 툭 내려놓았다. 그리고 그의 손을 잡아끌어 커다란 몸을 품에 안았다.

「우린 이제 어디로 가죠?」

미우가 눈을 동그랗게 뜨며 물었다. 막막한 물음이었지만 표정은 어둡지 않았고, 호기심으로 가득했다. 옴브레는 손바닥에 땀이 날 정도로 오랜 시간 붙잡고 있던 손을 살짝 뗀 후 깍지를 끼며 힘주어 잡는다.

「발길이 닿는 곳.」

그의 말에 미우의 입가에 미소가 내걸렸다.

「당신과 함께라면 어디든 좋아요.」

발길이 닿는 곳

파리에서 테제베(TGV)에 오른 지 여섯 시간 정도 시간이 흘렀을까.

미우는 자신의 손을 꼭 잡은 채 창밖에서 시선을 떼지 못하고 있는 옴브레를 보며 피식 웃음을 내뱉었다. 그리고 오랜 여행으로 묵직해진 머리를 그의 어깨에 기대며 읊조렸다.

「뭐예요, 그 기대에 찬 표정은?」

「처음이야.」

「그 말은 파리에서도 했잖아요.」

「사실이니까. 여행으로 온 건 처음이야.」

그렇게 말한 옴브레가 시선을 옮겨 미우를 바라보며 뺨을 쓰다듬어 주었다.

「고마워.」

그의 말에 미우의 입술이 부드럽게 호를 그렸다. 하지만 그녀는 짐짓 모르는 척 물었다.

「뭐가요?」

「이렇게 함께해 줘서.」

여행지를 정해 놓지 않은 채 커다란 유럽대륙을 여행하고 있는 두 사람의 이번 목적지는 1년 중 300일가량 햇살이 비친다는 니스였다.

쪽빛 바다, 바다와 같은 색을 띠고 있는 청량한 하늘. 동글동글한 돌멩이가 놓여 있는 해변가. 니스는 매년 여름 휴가철은 물론이고, 그 외에도 햇볕을 쫓아온 이들로 넘쳐났다.

미우는 천천히 멈춰 서는 고속전철을 느끼며 그의 손을 깍지껴 잡았다.

「수영복부터 사야겠어요.」

고속전철에서 내린 미우와 옴브레는 발맞춰 걸음을 옮겼다.

이곳으로 떠나오기 전, 모바일로 미리 예약해 둔 숙소로 향하는 길. 미우는 대충 걸려 있는 수영복 중 알록달록하고 커다란 꽃이 들어가 있는 촌스러운 디자인의 수영복을 자신의 몸에 대며 말했다.

「어때요?」

「예뻐.」

그가 워낙 심각한 표정으로 답한 덕에 미우는 길거리에서 몇 분이고 깔깔 웃음을 터뜨렸다. 미우가 눈가에 고인 눈물을 닦아내며 여전히 웃음기가 그득한 목소리로 말했다.

「진심이에요?」

「어.」

「당신은 미적감각이 심하게 결여되어 있어요.」

그렇게 말한 미우는 들고 있는 비키니와 같은 디자인의 남자 수영복을 들며 말했다.

「뭐, 그래도 당신이 마음에 든다니까.」

수영복을 구입한 두 사람은 손을 잡고 자유로이 길을 걸었다. 늘 긴장해야 하는 삶을 살았던 옴브레는 아직도 자유로움이 어색한 것인지 주위를 경계하고 있었다.

미우는 뻣뻣하게 굳은 그의 어깨에 손을 얹은 후 주물러 주었다. 요즘 그녀에게 생긴 하나의 습관. 그리고 그는 그 손길을 받으며 당연하게 웃는다. 그러면 미우 또한 눈을 마주하며 웃었다.

미우가 그에게서 시선을 떼며 상가 앞에 쭉 늘어서 있는 테이블에 앉아 식사를 하고 있는 사람들을 보았다. 그들에게선 여유로움이 느껴졌다. 맛있는 피자와 맥주, 그리고 맞은편 사람과 함께 별 의미 없는 대화를 나누며 지금 이 시간을 즐기고 있는 사람들을 보며 그녀가 걸음을 옮길 때였다.

「우와.」

자리에서 멈춰 선 미우가 그의 손을 잡아당겼다. 그리고 화사한 꽃이 가득 꽂혀 있는 플라스틱 통을 보며 입가를 늘렸다.

「예쁘다.」

「꽃 좋아해?」

옴브레가 고개를 기울이며 묻자 미우는 자리에 쪼그리고 앉아 이름 모를 노란 꽃을 보며 말했다.

「음, 예전엔 좋아하지 않았는데 어느 날부터 문득 좋아지더라고요.」

어느 순간부터 작고 연약한 꽃이 좋아졌는지는 모른다. 예전엔 남자들이 꽃을 건네면 차라리 돈으로 달라고 했던 적도 있었다. 하지만 심경의 변화가 오는 순간부터 작고 나약한 주제에 순간을 위해 힘껏 피어나는 이 생명체들이 좋아졌다.

미우가 고개를 들어 옴브레를 보았다.

「아주 잠시만 예쁘게 피어나니까 그 순간만큼이라도 좋아해 주는 게 예의라고 생각했어요. 찰나의 시간이잖아요. 이렇게 만개하는 순간은.」

그렇게 말한 미우가 꽃을 만지지도 못한 채 멀찍이서 바라보자 옴브레가 걸음을 옮겨 주인을 불렀다. 그리고 얼마의 시간이 지나지 않아 신문지에 대충 싸인 꽃을 받아 드는 순간 미우가 얼떨떨한 표정을 지었다.

「사 주는 거예요?」

「그래.」

「왜……?」

미우가 꽃을 내려다보며 물었다. 그러자 옴브레가 무감한 눈빛을 그녀에게서 거두지 않으며 말한다.

「바라만 보지 마. 가지고 싶은 게 있으면 가지는 게 맞아. 찰나의 순간이니까.」

무엇 하나 가지지 못했던 자신의 삶을 후회라도 하고 있는 것일까.

미우가 자신의 얼굴을 가만히 올려다보자 옴브레가 고개를 숙여 꽃에 코를 박아 힘껏 숨을 들이마시며 읊조린다.

「나도 그랬어. 찰나의 순간이라도 당신이 가지고 싶었어.」

「……니제르.」

미우가 손을 뻗어 옴브레의 뺨을 감싼 뒤 그의 고개를 위로 들어 올렸다. 그리고 조심스럽게 내려진 입술이 마주한다.

짧은 입맞춤, 그리고 진득하게 마주한 시선.

「저도 그랬어요.」

그녀가 한숨처럼 말했다. 두 사람의 눈동자 위로 행복이 떠올랐다.

옴브레와 미우는 깔끔한 숙소를 잠시 둘러봤다. 커다란 침대와 좁은 화장실은 유럽 전 지역 어디를 가든 그랬다. 미우가 화장실을 둘러본 후 침대에 앉아 있는 옴브레를 보며 말했다.

「나가요. 배도 엄청 고프고, 주위도 둘러보고 싶고.」

그녀의 말에 옴브레가 수동적으로 고개를 끄덕였다. 그 모습에 미우가 입술을 뾰족하게 내밀었다.

「나랑 하고 싶은 거 없어요? 가만히 보면 늘 내가 하자고 하지, 당신이 뭘 하고 싶다고는 말 안 하는 것 같아요.」

이곳 니스도 인터넷에서 해변가를 본 미우가 오자고 해서 온 것이었다. 어느 여행지든 그 여행지에서의 관광이든, 옴브레는 단 한 번도 자신의 의견을 말하지 않았다.

미우가 불만스럽게 툴툴거리자 그가 당혹스러운 눈빛으로 눈살을 찌푸렸다. 몇 번이고 입술을 달싹이며 말하려던 그가 결국 입을 다물었다.

미우가 콧잔등을 찌푸렸다.

「왜 말을 하려다가 말아요?」

「지금 내 생각을 말하면 당신이 어떤 반응을 보일지 몰라서.」

그의 말에 미우가 작게 고개를 저었다.

「그래도 말해 줘요.」

당신에 대해 무엇이든 알고 싶으니까요.

진지한 그녀의 표정에 옴브레가 입술을 늘렸다.

「해 보고 싶은 거야 있지.」

「글쎄, 그게 뭔데요?」

미우가 그를 재촉했다. 두 사람은 평범한 연인의 삶을 누리지 못했다. 아니, 누린 지 얼마 되지 않았다. 사랑을 위해선 목숨 따윈 쉽게 내던져야 했던 과거의 일. 아직도 그 과거를 완전히 지워 버리지 못한 미우는 그의 입에서 어떠한 말이 나올지 몰라 바짝 긴장했다.

손을 뻗은 옴브레가 미우의 뺨을 감싸 쥔 뒤 엄지손가락으로 살살 문질렀다. 말랑말랑한 살결을 느끼며 입술 끝에 미소를 매단 그가 음습하고 집요한 눈초리를 그녀에게서 거두지 않은 채 말했다.

「침대에 함께 눕는 것.」

「억……。」

딱 잘라 하는 말에 깜짝 놀란 미우가 자신도 모르게 숨을 훅

하고 내뱉었다. 전혀 의외의 답이 흘러나왔기 때문이다. 하지만 옴브레는 거기서 말을 멈추지 않았다.

「당신을 뜨겁게 안는 것. 기절할 때까지.」

「…….」

「그리고 기절한 당신에게 뜨거운 키스를 하는 것.」

「……당신은 간혹 이런 부분에 너무 솔직한 게 문제예요.」

미우가 입술을 뾰족하게 내밀며 말했다. 감정 표현이 서툰 그였지만, 제 속에 있는 생각은 솔직히 털어놓았다. 그것이 가끔 지금처럼 난데없는 타이밍에 튀어나올 땐 얼굴이 붉어지고 몸이 빳빳하게 굳어졌다. 그의 검은 눈동자와 마주하면 반응은 더욱 격해진다.

그리고…….

「지금은 수영복을 입은 당신이 모습을 보고 싶군.」

매혹적으로 웃으며 말을 할 땐 결국 들어줄 수밖에 없어졌다.

결국 그의 앞에서 파들파들 떨리는 손으로 스스로 옷을 벗은 미우는 비닐봉지에 들어 있던 비키니를 꺼냈다. 자신의 몸 곳곳에 닿는 시선에 몸이 차갑게 식어 가는 기분이었다.

미우가 말없이 비키니를 든 후 욕실로 들어가려고 하자 옴브레가 손을 들어 그녀의 행동을 저지했다.

「왜? 여기서 갈아입지.」

「당신이 잡아먹을 것처럼 보는데 어떻게 여기서 갈아입어요.」

얼굴을 붉힌 미우가 붙잡힌 팔목을 털어 내고 다시 뒤돌아서려고 할 때였다. 침대에 앉아 있던 그가 자리에서 벌떡 일어나더니 힘들이지 않고 한 손으로 그녀를 번쩍 들어 올린다.

갑자기 허공에 들어 올려져서 발이 닿지 않게 되자 미우가 작게 소리를 내질렀다. 그녀의 얼굴이 새하얗게 변했다.

「뭐, 뭐하시는 거예요!」

속옷만 입고 있어 차가운 그의 살결을 고스란히 느낄 수 있어 솜털이 삐쭉 섰다. 단단하게 자신의 엉덩이를 붙잡는 손길을 느끼며 미우가 얼굴을 붉혔다.

「니, 니제르? 분명 어젯밤에도…….」

「모자라.」

짧게 잘라 말한 그가 미우의 갈비뼈에 촘촘히 입을 맞췄다. 미우의 작은 몸이 파르르 떨린다. 그의 입술이 다정하게 제 몸을 톡톡 두드리고 내려갈수록, 미우는 그가 주는 감각을 일깨우며 몸을 떨었다.

「으…….」

그의 입술이 그녀의 팬티 라인 위에 닿는 순간 미우가 기대감으로 그득 찬 신음을 토해 냈다. 그의 속에 있던 짐승이 붙잡을 사이도 없이 밖으로 튀어나왔다.

천천히 걸음을 옮기던 그는 미우를 테이블 위에 앉혔다.

끼이익―

오래된 테이블이 비명을 질렀다. 하지만 미우는 한껏 취한 눈동자를 천천히 깜빡이며 옴브레만을 바라볼 뿐이었다.

입가에 희미한 웃음을 머금은 미우가 천천히 손을 뻗어 허리를 숙인 채 자신과 시선을 마주하고 있는 옴브레의 눈가를 매만진다.

「니제르…… 당신은 알고 있나요?」

「뭘?」

「지금 내 심장이 얼마나 빨리 뛰는지.」

그녀의 말에 옴브레가 입술을 굳게 다물었다. 하지만 미우는 말을 멈추지 않는다.

「이 순간이 얼마나 행복한지…… 당신은 알고 있나요?」

「……그래.」

나 역시 그러하니까.

그의 말에 미우의 눈동자가 흔들렸다. 그 역시 그녀와 같은 마음이었다. 심장을 중심으로 체온이 올라갔다.

턱을 기울인 옴브레가 자신에게 다가오는 것을 보던 미우가 천천히 눈을 감았다. 뜨거운 입술이 미우의 입술을 통째로 삼킨 뒤 힘껏 빨아들였다. 입술이 부풀어 오를 정도로 힘찬 입힘에 미우의 얼굴이 종잇장처럼 일그러졌다.

하지만 곧 달래듯 부드러운 혀가 따끔따끔거리는 곳을 부드럽게 핥았다. 미우의 몸이 흐물흐물 녹기 시작한다.

커다란 손이 그녀의 브래지어 후크를 단숨에 풀었다. 드러난 가슴을 힘껏 움켜쥔 그가 고개를 내려 젖꼭지를 입에 문 뒤 혀로 돌리며 자극했다. 그가 주는 감각에 몸이 뜨거워졌고, 흥분은 너무나 커 따끔따끔 몸이 아팠다.

미우가 눈을 질끈 감은 채 숨을 몰아쉬자, 옴브레는 그녀의 몸이 뒤로 넘어가지 못하도록 커다란 손으로 붙잡았다. 그리고 제 욕망대로 게걸스럽게 가슴을 핥고 물고 빨았다. 마치 허기진 아이처럼.

말랑말랑한 혀가 새하얀 가슴을 마음껏 핥고 나서야 서서히 아래로 내려갔다. 그 짧은 사이에도 그는 손가락으로 끊임없이 팬티를 어루만지며 여성을 자극했다. 하얀색 실크팬티가 축축하게 젖고 여성의 모습을 고스란히 드러낸다.

옴브레는 부드러운 라인을 그리고 있는 허리에 자신의 욕망을 남기고, 명치 부분도 길게 빼낸 혀로 실컷 맛보았다. 움푹 파인 배꼽 위에선 좀 더 시간을 들여 배꼽에 혀를 밀어 넣고 장난을 쳤다.

미우의 몸이 움찔움찔 떨리더니 결국 견디지 못하고 비스듬히 뒤로 넘어간다.

딱딱한 테이블 위에 몸을 누인 미우가 흐릿해진 시야를 깜빡였다. 두 개로 보였다가 세 개로 보이길 반복하는 천장을 보며 그녀가 고개를 젖혔다. 속이 미식거리기 시작했다. 앞으로 그가 줄 쾌감을 떠올리자 정신을 차릴 수가 없다.

그의 입술이 골반뼈에 닿고 이로 팬티를 아래로 끌어 내리자 검은 숲이 드러났다. 손으로 단숨에 팬티를 내린 옴브레가 숲에 코를 묻고 힘껏 들이마셨다. 달콤한 향내에 취해 버릴 것만 같다.

「으응…….」

미우가 낮게 신음을 터뜨렸다. 여성에 닿는 뜨거운 숨결에 미우의 허리가 활처럼 휘었다. 여체는 바스라질 것처럼 나약했다. 흥분으로 들끓어 곧 녹아 버릴 것처럼.

하지만 옴브레는 여성에 혀를 밀어 넣은 후 부드럽게 핥았다. 달콤한 맛에 그의 입꼬리가 호를 그리고, 혀 놀림은 더욱 집요해지고 농밀해졌다.

추르릅.

타액과 자신의 침이 뒤섞여 입가로 흘러내리자 옴브레가 힘껏 들이마셨다. 차가운 몸 안으로 뜨거운 입김이 들어오고 말캉한 혀가 들어오자 체온이 올라갔다. 뜨거운 욕망이 뒤섞여 오소소 소름이 돋았다.

「으으, 으윽!」

그녀가 신음을 삼키자 옴브레가 여성을 핥아 흘러나온 액체를 모두 마신 후 고개를 들었다. 그리고 독선적인 시선으로 게슴츠레 눈을 뜬 그녀를 보며 말했다.

「내질러.」

신음을 삼키는 모습이 마음에 들지 않은 듯 그가 일갈했다.

「니, 니제르…….」

미우가 새하얀 허벅지를 파들파들 떨며 손을 내밀었다. 붙잡아 달라며 허공에서 허우적허우적 손을 흔들던 미우가 힘없이 팔을 내린 후 몸을 축 늘어뜨렸다. 딱딱한 테이블 때문에 척추뼈가 아팠지만 몸에 힘 한 자락 들어가지 않아 상체를 일으킬 수도 없었다.

「그럴게요, 그러니까…… 안아 줘요.」

그녀가 작게 신음을 내뱉으며 말한다. 그러자 옴브레가 입술을 휘어 매혹적으로 웃으며 말했다.

「안 그래도 그럴 참이었어.」

미우의 허벅지를 붙잡고, 사이에 자리를 잡은 그가 힘껏 고개를 치켜든 남성을 잡아 여성에 지분거렸다.

안으로 들어올 듯 들어오지 않는 남성 때문에 애가 탄 것인지 미우가 손을 들어 그의 팔뚝을 움켜쥐었다. 딱딱한 근육 때문에 별다른 데미지는 주지 못하자 미우가 손톱을 박아 넣으며 그를 노려보았다.

「얼마나 더 애태울 거예요?」

짜증스러운 음색에 옴브레의 검은 눈동자에 욕망이 들끓었다. 하지만 그는 쉬이 움직이지 않았다.

그가 무감한 표정을 지우며 말했다.

「어제 알았거든.」

「뭘요!」

개구쟁이처럼 웃는 모습에 미우가 버럭 소리쳤다. 그러자 그의 웃음은 더욱 진해졌다.

「당신을 애태울수록 더욱 끝내주는 밤을 보낼 수 있다는 걸.」

「…….」

그걸 지금 말이라고!

미우는 버럭 소리치고 싶었으나 말문이 막혀 조개처럼 입을 꾹 다물었다. 옴브레는 귀두 부분만 살짝 여성 안으로 밀어 넣은 후 천천히 허리를 돌렸다. 입구를 간질이는 몸짓에 미우의 허리가 위로 튀어 올랐다가 아래로 꺼졌다.

그 작은 행동만으로도 참을 수 없는 욕망이 끓어오른다. 보통의 사이즈보다 훨씬 큰 남성이 어떠한 감각을 일깨워 주는 줄 잘 알고 있기에.

「장난 그만하고…… 빨리…… 헉!」

미우가 애가 타 말을 잇다 말고 갑자기 밀고 들어온 남성에 숨을 들이켰다. 여성을 가득 채우는 살덩어리에 미우가 숨을 꺽꺽 내뱉었다. 그처럼 갑자기 밀고 들어오는 남성이 주는 감각에 세상이 뿌옇게 변하고 머릿속은 뒤죽박죽 얽혔다.

철썩철썩!

힘차게 부딪혀 오는 커다란 감각에 미우가 손을 뻗는다. 그의 머리카락 사이로 부드럽게 손을 밀어 넣은 미우가 힘껏 잡아당겼다.

「헉, 허억! 헉…… 아아, 아악!」

내려온 단단한 목을 끌어안은 미우가 연신 비명을 질러 냈다. 몸이 갈라질 것처럼 난폭한 남성을 받기에 그녀의 몸은 부서질 것처럼 연약했다. 하지만 이 몸에 중독되어 버린 그녀는 온몸으로 그가 주는 감각을 받아 냈다.

「윗!」

순간 힘껏 조이는 여성에 옴브레의 얼굴이 종잇장처럼 일그러졌다. 하지만 미우는 거기서 멈추지 않고 연신 아랫배에 힘을 주며 남성을 꼭 물었다가 뱉길 반복했다.

그가 그녀의 약점을 잘 알듯이 그녀 또한 그의 몸을 잘 알고 있었다. 이렇게 하면 그가 더 대단한 열락을 안겨 주리란 것도, 그리고 사정 후 자신을 따스하게 안아 준다는 것도.

폭풍이 몰아닥친 바다 위에 홀로 떠 있는 작은 돛단배처럼 혹은 힘껏 몰아쳤다가 빠져나가는 파도처럼, 그의 몸 아래에서 휘청거리던 미우는 자신의 안을 가득 채우는 뜨거움에 눈을 질끈 감았다.

「으으…….」

뜨겁게 파정한 그가 자신의 어깨에 고개를 박은 채 숨을 내뱉는 것을 느끼며 미우가 팔다리를 축 늘어뜨렸다. 온몸에 힘 한 자락 들어가지 않을 정도로 모든 것을 쏟아 낸 그녀의 입가에 만족스러운 웃음이 떠올랐다.

미우가 자신의 가슴에 얼굴을 묻고 있는 옴브레의 고개를 옆으로 틀어 입을 맞췄다. 혀를 그의 입속으로 밀어 넣은 미우가 고른 치열을 훑은 후 입술을 뗐다.

「좋았어요.」

달콤하게 웃으며 그녀가 말했다. 그러자 옴브레는 피식, 작게 웃음을 내뱉더니 그녀의 오금 밑으로 팔을 집어넣어 작은 여체를 번쩍 안아 올린다. 움직임에 순간 여성 안에 있던 정액이 아래로 흘러내렸지만 두 사람 모두 아무래도 좋다는 얼굴이었다. 아니, 옴브레의 얼굴만 불만족스러웠다.

침대에 조심스럽게 미우를 눕힌 그가 작은 여체 위로 올라왔다. 그리고 눈을 동그랗게 뜨는 미우에게 음습한 시선을 보낸다.

「아직 끝나지 않았어.」

밤은 지금부터 시작이었다.

❖　❖　❖

길거리에서 2유로를 주고 구입한 돗자리를 돌바닥 위에 깐 미우가 나른한 표정으로 누워 있었다. 그녀는 자신의 등에 닿는 서늘한 기운을 느끼며 짧게 소리를 냈다.

오일을 바르는 손길은 무덤했으나, 밤마다 그 손길이 주는 감

각을 알고 있는 미우는 자꾸 발가락이 오그라들고 아랫배가 묵직
해지자 손을 뻗어 손길을 막았다. 옴브레가 무슨 일이냐는 듯 미
우를 바라보자 그녀는 입술을 뾰족하게 내밀며 말했다.

「이제 됐어요.」

「왜? 아직 덜 발랐는데.」

옴브레가 고개를 기울이며 아무런 것도 모르겠다는 듯이 그녀
를 향해 물었다. 그러자 미우는 장난스럽게 콧잔등을 찡긋거리며
읊조렸다.

「당장 당신을 끌고 침대로 들어가고 싶어지니까 그만하자고요.」

「……뭐?」

「남자가 이렇게 눈치가 없어서야.」

흥, 하며 콧방귀를 뀐 미우가 다시 엎드리자 옴브레는 묶는 형
식으로 되어 있는 수영복 뒤 끈을 푼 후 오일이 발라져 있는 손을
밑으로 밀어 넣었다. 그녀의 가슴을 움켜쥔 옴브레는 바짝 긴장한
미우의 여체에 웃음을 내뱉으며 고개를 숙였다.

아무런 말도 잇지 못하는 미우의 모습에 옴브레가 재미있다는
듯 히죽 웃었다.

「어제 만족하지 못했나 보군.」

「설마요.」

미우는 정신을 놓고 나서야 그에게서 풀려날 수 있었다. 하지
만 새벽녘, 뒤척이다가 잠에서 깬 미우는 언제부터 자신을 바라보
고 있었는지 알 수 없는 시선과 마주한 순간 또다시 뜨거운 신음
을 터뜨려야 했다.

아침 식사를 하기 전까지 이어졌던 관계를 떠올리던 미우가 순간 말실수한 것을 깨닫고 입술을 깨물었다. 하지만 후회를 해 봤자 늦었다.

「방으로 갈까?」

그의 검은 눈동자가 열망을 품는다.

✤　❖　✤

"끙."

앓는 소리와 함께 눈을 뜬 미우는 기다란 속눈썹을 늘어뜨린 채 잠들어 있는 옴브레의 모습에 입술을 일그러뜨렸다.

"이 괴물."

짧게 불만을 토로한 미우가 한숨을 훅 내뱉었다. 그리고 침실에 가득한 짙은 정사 냄새에 미간을 찌푸렸다.

그는 정도를 모르는 사람이었다. 한 번 자신을 안기 시작하면 애원을 해도 놓지 않았고, 가슴 깊은 곳에서 느끼는 갈증을 해소하듯이 자신의 몸에서 흐르는 액체란 액체는 모두 삼켰다. 남성과의 교합을 아프지 않게 해 주는 액은 물론이고, 결국 마지막엔 단단한 품에 안겨 터뜨리는 눈물까지도.

그는 모두 자신의 것이라는 듯 독점욕을 드러냈다. 가차 없이 모든 것을 가져야 속이 시원하다는 듯이.

한참이고 옴브레가 미운 것인지 눈을 흘기던 미우가 조심스럽게 손을 뻗었다. 그리고 그의 손을 가져와 흉터가 있는 손바닥에 입을 맞추며 읊조렸다.

"언제 말해 줄 거예요?"

그녀의 물음에도 옴브레는 여전히 곤한 숨만 내뱉고 있었다. 그 모습에 그녀가 애달프게 웃는다.

"나 기다리고 있어요. 당신 스스로 말해 주길."

한참이고 옴브레를 보고 있던 미우가 자리에서 일어났다. 평소라면 작은 움직임에도 잠에서 깰 그였지만, 체력을 모두 끌어내어 자신을 안았으니 피곤할 법도 했다.

까치발을 하고 밖으로 나온 미우는 숙소를 빠져나와 근처의 시장으로 향했다. 토마토를 즐겨 먹는 그를 생각해 싱싱한 토마토와 함께 간단히 장을 본 후 다시 숙소로 돌아온 미우는 문 앞에 서 있는 그의 모습에 눈을 동그랗게 떴다.

그는 잔뜩 겁을 집어먹은 아이처럼 불안한 모습으로 자신을 바라보고 있었다. 이마엔 송골송골 식은땀까지 매단 채.

미우가 입술을 떼기도 전에 팔을 뻗은 그가 미우를 품에 안았다. 그리고 거친 숨을 토해 내며 애달픈 목소리로 말했다.

「……잃은 줄 알았어.」

슬픔이 그득한 음성에 미우의 눈빛이 흔들렸다.

「아직도 악몽을 꾸나요?」

그에게 현실은 악몽이었다. 꿈에서도 그 악몽은 지속되었다. 편히 잠들 수 없었던 지난 나날에서 그는 아직도 벗어나지 못한 것일까. 미우가 손을 들어 넓은 등을 쓰다듬으며 말했다.

「악몽은 끝났어요.」

「…….」

「하지만 다음부터 주의할게요. 어딜 가든 당신과 함께할게요. 그러니까 불안해하지 말아요. 우린 함께 있을 수 있어요, 영원히 함께.」

그녀의 말에 크게 들썩이던 그의 가슴이 점차 평온을 되찾고 표정 또한 갈무리되어 간다. 하지만 미우는 그를 놓아주지 않은 채 따스한 품에 계속 안고 있었다.

토닥토닥.

그리고 위로했다.

깜짝 놀란 그를.

「니제르…….」

「…….」

그녀의 부름에도 옴브레는 아무런 말도 하지 않았다. 하지만 미우는 개의치 않은 채 말을 마친다.

「사랑해요. 그러니까 우리가 쥔 이 행복을 놓칠까 봐 불안해하지 말아요. 우린 살아도 함께 살고 죽어도 함께 죽어요.」

그녀의 말에 옴브레가 커다란 손으로 그녀의 양어깨를 잡아 미우를 떼어 냈다. 그녀를 바라보는 옴브레의 눈동자가 여전히 불안함에 떨렸다. 그러자 미우가 뒤꿈치를 들어 옴브레의 뺨을 천천히 쓰다듬었다.

따스한 체온이 차가운 체온을 미온으로 만든다.

「신도 우릴 갈라놓지 못해요.」

「……신이 우릴 갈라놓는다면 난 신을 죽여서라도 당신의 곁에 있겠다.」

그의 말에 미우가 그제야 안심한 듯 입가에 미소를 띠었다.

「이제야 평소의 당신답군요.」

✤　✦　✤

「독 안 탔는데?」

미우는 간단하게 차려진 아침밥상을 멀뚱히 바라만 보는 옴브레를 보았다. 턱을 괴고 있어 딱딱 끊어지는 소리를 냈으나 목소리엔 즐거움이 가득했다. 마치 처음 접하는 음식을 앞에 두고서 어떻게 먹는지 몰라 당혹스러워하는 아이 같았기 때문이다.

지난날, 계란죽 접시를 집어 던지며 그가 했던 말을 떠올리며 미우가 장난을 치자 옴브레가 서둘러 고개를 저었다.

「아……. 아니, 그런 게 아니라.」

「그럼요?」

옴브레가 미처 말을 끝맺지 못하고 다시 입을 다물자 미우가 음률이 담긴 목소리로 물었다. 그러자 그가 머리를 긁적이며 애매모호한 웃음을 지었다.

「누군가 날 위해 음식을 해 준 게 얼마 만인가 해서.」

그는 요즘 들어 많은 경험을 하고 있었다. 처음인 것들은 아주 많았고, 그것을 모두 미우와 함께하고 있었다.

함께 여행을 다니고 있었으나 매일 밖에서 음식을 사 먹었던지라 그녀가 손수 해 주는 음식은 처음이었다. 파스타에 샐러드가 전부였지만 그는 그것에 많은 의미를 부여한 것인지 잔잔히 흔들리는 시선으로 미우를 보았다.

「니제르…… 앞으론 매일 해 줄게요.」

그리고 그 모습에 미우는 왠지 모르게 울음이 나올 것만 같아 꾹 참는다.

「아침, 점심, 저녁, 원하면 야식까지.」

그리고 애써 밝게 말해 본다.

「요리 솜씨는 좋지 못하지만요.」

그녀의 노력이 통했던 것일까. 그의 표정이 평소대로 돌아갔다.

그는 요즘 간간이 그녀에게 밝은 웃음을 보여 주고 있었다. 삶이 바뀌자 그의 본질도 바뀌기 시작했다. 파블리오가 길들여 놓았던 그가 사라지자 이번엔 미우가 그를 길들이고 있었다. 평범한 남자, 평범한 삶, 평범한 시간들.

그녀가 그에게 주는 것들은 온통 평범한 것들이었지만, 그에게 있어 '평범'이란 이제껏 인생에서 허용되지 않는 것들이었다.

미우를 바라보며 그가 달콤하게 웃어 보인다. 미우가 가장 좋아하는 표정이었다.

「영광이군.」

짧게 말을 한 그가 가장 먼저 물로 입안을 적셨다. 그리고 포크를 들어 면을 돌돌 말며 일상적인 이야기를 나누듯 고저 없는 목소리로 말한다.

「슬슬 여행을 끝낼까?」

짧은 물음에 그녀가 포크질을 멈춘 후 명하니 물었다.

「네?」

「이젠 우리가 머무를 곳을 구해야겠지.」

「니제르……?」

머무를 곳……?

그의 의중을 알 수가 없어 미우가 고개를 기울이며 설명을 해 달라는 눈빛으로 그를 바라보았다. 그러자 그는 확신에 찬 눈으로 답 대신 물음을 던졌다.

「그래야 당신에게 맞는 부엌을 직접 꾸밀 수 있지 않겠어?」

「그 말은…….」

미우의 눈망울이 흔들렸다. 그가 하고자 하는 말을 이제야 정확히 알아듣고선.

미우가 양손을 들어 얼굴을 가렸다. 하지만 한꺼번에 터져 나온 눈물은 손가락 사이로 새어 나와 아래로 후두둑 떨어져 내린다.

「함께 늙어 가는 것도 좋겠지. 많은 시간을 공유하면서.」

우리 아프지 말고,

더 이상 슬프지도 말고,

행복하자.

함께, 둘이서.

그가 그렇게 말했다.

그의 낙원

그가 알고 있는 행복이란 죽음과 멀지 않았다. 남을 위해 누군
가를 살해하는 삶은 끔찍했지만 그에겐 일생이었으니 끔찍할 것
도 없었다. 하지만 그는 자신의 삶보다 더 끔찍한 것을 경험했다.

「널 만난 걸…… 저주한다.」

그녀가 파블리오의 손에 붙잡혀 약에 찌든 놈들에게 거칠게 겁
탈당하고 있다는 사실이 뇌리를 파고드는 순간, 그는 또다시 신을
원망했다.

나젤린을 빼앗아 갔잖아요.

내 인생을 이렇게 설계하셨잖아요.

그럼 그녀라도, 그녀라도 그만두셨어야죠.

왜, 왜 그녀까지!

그는 비명을 내질렀다. 그리고 파블리오의 심장을 꿰뚫는 순간, 자신의 모든 복수가 끝나는 순간, 죽음을 기다렸다. 곧 들이닥칠 돈(Don)의 잔당들의 손에.

하지만 그의 앞에 나타난 것은 리카르도였다. 그리고 그를 원망스러운 눈으로 보았다.

나타나지 말지.

이곳에서 죽도록 내버려 두지.

이젠 더 이상 살아갈 힘이 없는데…… 망가진 그녀를 마주할 정신 따윈 없는데.

까마득히 멀어지는 정신 속에서도 그는 원망했다.

제발…… 죽게 가만히 내버려 둬요.

✛　❖　✛

눈을 뜨자마자 보이는 뿌연 세상에 옴브레가 입술을 악물었다.

죽지 않았다.

자신은 또다시 이렇게 살아남았다.

지긋지긋한 이따위 삶, 집어던지고 싶은데도 그럴 수가 없었다.

그의 머릿속이 진창이 되었다.

「이게 어떻게 된 일입니까, 리카르도.」

「릭이겠지, 엔바.」

당연히 그가 곁을 지키고 있을 것이란 생각을 하며 옴브레가 말했다. 그러자 정말로 그의 곁을 지켰던 리카르도가 투덜거리며 말했다.

일부러 분위기를 가볍게 풀기 위해 하는 말이라는 것을 옴브레도 알고 있었다. 그는 본능적으로 리카르도를 그렇게 만드는 이유가 있을 것이라 생각했다.

역시나 미우가…….

옴브레의 눈망울이 절망으로 물들었다.

그의 목소리에 옴브레가 손을 들어 자신의 눈을 가리고 있는 붕대를 풀려고 손을 올리자 거친 손이 날아들었다. 옴브레의 팔을 움켜쥔 리카르도가 벼락같은 음성으로 외쳤다.

「좀! 엔바! 그냥 둬!」

「그녀는 어떻게 됐습니까. 혹시…….」

미처 말을 끝맺지 못한 옴브레가 굳게 입술을 다물었다.

눈물이 터질 것 같았다.

슬픔에 온몸이 산산이 부서지는 기분이 들었다.

그의 모습에 리카르도가 혀를 끌끌 찼다.

「마르코에게 들은 대로군. 엔바, 너는 어째 다른 건 다 어려운 놈이 말로 속이는 건 이렇게 쉽냐, 멍청한 놈아.」

「……그게 무슨 말입니까?」

그의 물음에 리카르도가 한숨을 내뱉었다. 도대체 멍청한 파블리오 놈들에게 무슨 이야기를 들은 것인지는 모르겠으나, 평소 이성적인 모습 따윈 날려 먹은 채 쉽게 동요하는 옴브레를 보자 한숨을 쉬지 않을 수가 없었다.

「이 내가, 너와의 약속 하나 못 지킬 병신으로 보이나?」

「하지만……!」

그가 소리치다 말고 입술을 굳게 다물었다. 코 때문에 붕대와 뺨 사이에 난 공간으로 눈물이 흘렀다.

툭, 투둑.

안도의 눈물을 흘리는 모습을 바라보던 리카르도가 힘주어 말했다.

「한국에서 널 기다리고 있다. 이제 어떻게 할 거냐?」

「…….」

「네가 아무리 짐승 같은 회복 속도를 가지고 있다고 해도…….」

이번에 말문이 막힌 것은 리카르도였다. 옴브레의 눈에 감겨 있는 붕대를 바라보던 그가 숨을 토해 냈다.

멍청한 자식, 왜 하필 이럴 때면…….

「아직 검사가 덜 끝나긴 했다만, 이미 느끼고는 있겠지? 네 오른쪽 눈.」

아마도 실명이겠지. 그리고 한쪽 눈의 시력을 완전히 잃는 순간 다른 눈 또한 시력을 점차 잃어 갈 것이다. 예전엔 마음의 눈을 감고 살았다면 이젠 세상을 바라보는 눈을 가리며 살게 될 그가 너무나 가여웠다.

그의 말을 잠자코 듣고 있던 옴브레가 물었다.

「미우에겐 말했습니까?」

「아니.」

「그럼…… 숨겨 주십시오.」

짧은 말을 마친 옴브레가 지끈거리는 머리를 손가락으로 꾹꾹

눌렸다. 온몸이 깨지고 엉망이 된 그였지만 두통만은 참을 수 없을 만큼 극심했다.

「언제까지 숨길 수 있을 거라 생각해? 눈치가 빠른 여자야.」

그런 옴브레의 모습을 보던 리카르도가 미간을 찌푸리며 물었다. 하지만 옴브레는 마음을 바꿀 생각이 없다는 듯 딱 잘라 말했다.

「슬퍼하는 모습은 그만 보고 싶습니다.」

내 앞에서 우는 모습도.

❖ ❖ ❖

「찾아내. 무슨 일이 있어도 방법을 알아 와라.」

리카르도의 말에 주치의가 고개를 내저었다.

「손상이 너무 심해 각막이식도 힘듭니다.」

「그럼…….」

「관리 정도에 따라 다르겠지만…….」

말을 마치지 못한 주치의가 입을 다물었다. 서릿발 어린 리카르도의 표정에 계속 말을 이어 나갈 수 없었기 때문이다.

손을 들어 왼쪽 눈을 가린 옴브레가 천천히 눈을 깜빡였다. 아직 세상은 또렷하게만 보였다. 시력을 잃을 수도 있다는 말이 믿기지 않았다. 하지만 그는 겸허히 이 모든 상황을 받아들였다.

그의 손에 죽어 간 자들을 쌓으면 태산 같았고, 그들이 흘린 피는 커다란 강을 이루고도 남을 정도였다. 만약 그 죄값이 겨우 시력 하나라면 꽤나 운이 좋지 않은가.

피식, 작게 웃음을 내뱉은 옴브레가 자리에서 일어났다.

드르륵.

의자가 끌리는 소리에 리카르도와 주치의의 시선이 동시에 쏟아진다.

「미우가 올 시간입니다.」

그의 말에 기가 찬 것인지 리카르도가 날카로운 시선을 빛내며 말했다.

「네 일이야. 네 눈이고. 어떻게…….」

「릭.」

그의 말이 끝나기도 전에 도중에 말을 자른 옴브레가 희미한 웃음을 지었다. 말문이 막힌 리카르도가 입술이 새하얗게 질리도록 깨물었다.

「감사합니다. 눈 하나만 거두어 가 준 신이.」

그는 더 이상 할 말이 없다는 듯 뒤돌아섰다. 그리고 그녀에게로 걸음을 옮긴다.

✣ ❖ ✣

아모.

그녀가 자신에게 사랑을 고백했던 그날, 두 사람은 함께 여행을 떠났다. 재회는 슬펐다. 미우는 울었고, 옴브레는 고백했다.

함께 있자.

이젠 절대 떨어지지 말자.

영원히, 영원히.

두 사람은 머나먼 여정을 떠났다. 그리고 그 여정을 마친 곳은 프랑스의 작은 소도시였다. 주민이 이백 명도 되지 않는 이 도시는 농업으로 간신히 먹고사는 곳이었지만 외지인이 적었고, 관광객도 적어 평화로웠다. 사람들은 욕심이 없었고, 젊은 부부에게 넉넉한 품을 내어 주는 아량도 가지고 있었다.

두 사람은 이곳에서 작은 집을 샀다. 작은 마당이 딸린. 그리고 함께했다.

옴브레는 잠든 미우의 모습을 바라보고 있었다. 차마 그녀를 만지지 못해, 여체를 드러낸 채 눈을 감고 있는 것을 보던 그가 조심스럽게 손을 내밀었다.

눈을 감은 채 미우의 동그란 이마와 검은색의 빽빽한 눈썹, 기다란 속눈썹을 늘어뜨리고 있는 눈과 그다지 높지 않은 코, 작고 앙증맞은 입술을 어루만지던 그가 천천히 몸을 내렸다. 그리고 그녀의 옆구리에 낙인처럼 새겨진 상처 위에 짧게 입을 맞춘 후 한숨처럼 말을 내뱉는다.

「미우…….」

상체를 든 그가 사랑하는 이의 얼굴을 보았다.

그의 눈에 눈물이 고였다.

삶은 평화로웠고 행복했다. 작은 이 소도시처럼.

하지만…….

「나에게도 무서운 것이 생겼어.」

피로 얼룩졌던 그 삶보다 더 두려워졌다.

천천히 손을 든 옴브레가 왼쪽 눈을 가렸다. 그러자 세상이 뿌옇게 보인다.

점차 잃어 가는 시력은 모든 것들을 흐릿하게 보여 주고 있었다.

「당신의 얼굴을 기억하지 못하게 될까 봐, 그게 지금은 가장 무서워…….」

눈을 감은 그가 다시 손을 뻗었다. 감각으로도 그녀의 얼굴을 기억하기 위해.

파들, 파르르.

떨리는 손으로 정처 없이 그녀의 얼굴을 조심스럽게 어루만지던 그가 여전히 눈을 뜨지 않은 채 잇새로 말을 내뱉었다.

「당신이 슬퍼하지 않았으면 좋겠어.」

슬픔이 그득한 말에 작은 손이 커다란 손을 붙잡는다. 눈을 뜬 미우가 시선을 들어 옴브레를 보았다. 어둠 속, 달빛에만 의지하여 그를 보던 그녀가 조심스럽게 운을 뗐다.

「니제르.」

언제부터 깨어 있었어?

그렇게 묻지도 못한 채 옴브레가 표정을 굳혔다. 하지만 미우는 말을 멈추지 않았다.

「당신은…… 날 사랑하나요?」

두 사람이 여행을 마친 지도 벌써 2년.

사랑으로 충만한 시간들을 함께한 그녀는 단단해져 있었다.

그녀의 물음에 옴브레의 오른쪽 눈에서 눈물이 한 방울 툭 떨어졌다.

「……아니.」

「당신은 거짓말을 참 못해요.」

미우가 웃음기가 그득한 목소리로 그를 타박했다. 그리고 말을 잇는다.

「날 사랑하나요?」

「…….」

「사랑해요? 날? 사랑하나요?」

아무런 대답도 하지 못하는 멍청한 남자를 위해 연이어 묻고 또 물었다. 그러자 그가 고개를 숙이며 짧게 답했다.

「그래.」

짧은 답에 미우가 행복이 충만한 눈망울로 부탁했다.

「말해 줘요, 그럼.」

「미우…… 당신을 사랑하게 됐어. 나의 전부를.」

그리고 당신을 사랑하게 되면서 나란 사람도 조금은 좋아졌어.

그의 고백에 미우가 눈을 감았다.

「그럼 됐어요.」

미우가 그의 팔을 잡아 자신의 품으로 끌어당겼다.

그리고 어깨를 천천히 토닥여 주며 말한다.

「우리, 아이를 가질까요?」

「…….」

「그럼 릭도 좋아할 거예요.」

그녀의 말에 옴브레가 작게 신음을 내뱉었다.

릭…….

아마도 그가 말을 해 주었겠지, 그녀에게.

그의 세상이 점점 뿌옇게 변해 간다는 것을.

도대체 미우는 언제부터 자신의 상태를 알고 있었던 것일까.

궁금했지만 옴브레는 묻지 않았다. 과거를 묻는 대신…… 미래를 향한 질문을 던진다.

「사랑해 주지 못할지도 몰라.」

아비에게 사랑을 받아 본 적이 없는 옴브레가 걱정스러운 어조로 읊조렸다. 그러자 미우가 웃음이 그득한 목소리로 답한다.

「훌륭한 아빠가 될 거예요. 당신이 나에게 쏟는 사랑의 100만 분의 1만 아이에게 주어도.」

「…….」

「연인을 위해 기꺼이 희생할 수 있는 남잔…… 세상에 흔치 않거든요.」

그렇게 말한 미우는 점차 평온해지는 호흡을 느끼며 낮고 그윽한 목소리로 말했다.

「잘 자요, 내 사랑.」

쪽.

이마에 닿은 가벼운 입맞춤 후, 미우가 진심을 다해 말했다.

「좋은 꿈 꿔요.」

✤　❖　✤

미우가 그의 손을 잡아끌었다. 해바라기가 가득 핀 곳 사이사이, 커다란 꽃들을 바라보며 그녀가 웃음을 터뜨렸다.

「빨리요, 빨리!」

무작정 그녀의 손에 이끌려 해바라기 밭으로 온 옴브레는 설명 한마디 없이 자신의 손을 이끄는 미우를 의아한 눈으로 보았다.

집 앞에 가득 피어 있는 해바라기를 헤치며 걸은 지 얼마나 됐을까. 미우는 저 멀리 보이는 작은 하우스 샤펠(Chapelle:작은 예배당)을 보며 걸음을 더욱 재촉했다.

그녀의 손에 이끌려 두 사람이 겨우 들어갈 수 있는 하우스 샤펠 안으로 걸음을 옮긴 옴브레가 콧잔등에 주름을 찡긋 잡으며 물었다.

「무슨 일인데?」

외출에서 돌아온 그녀가 흥분에 가득 차 자신의 손을 이끌고 곧장 밖으로 뛰어나온 이후로 계속 하고 싶었던 말을 드디어 꺼냈다. 하지만 미우는 그의 물음에 답을 해 주는 대신 무릎을 꿇고 작은 성모마리아 상 앞에서 눈을 감았다.

그녀가 소리 내어 기도를 올리기 시작했다.

「선물을 내려 주셔서 너무나 감사합니다.」

「미우……?」

그녀의 말에 옴브레의 눈이 커졌다. 하지만 미우는 계속해서 말을 이어 나갔다.

「새로운 가족을 내려 주셔서 너무나 감사합니다.」

그렇게 말한 미우가 눈을 떴다. 그리고 고개를 돌려 해바라기 밭을 등진 채 서 있는 옴브레를 보았다.

「아빠가 되었어요, 니제르.」

「…….」

「아이도 사랑해 줄 거죠?」

그녀의 물음에 옴브레가 힘없이 자리에 주저앉았다. 양쪽 무릎 모두 꿇은 채 앉은 그는 멍한 시선을 그녀에게서 떼지 않았다.

미우가 자리에서 일어나 그에게 다가갔다. 그리고 그의 머리를 끌어안으며 눈을 감는다. 입가는 부드럽게 호를 그리며 따스한 미소를 머금고 있었다.

「눈에 좋은 음식을 아주 많이 먹여야겠어요. 그래야 아이가 태어나는 순간, 옹알이를 시작하는 순간, 걷는 순간, 뛰는 순간, 그리고…… 결혼하는 모습까지 모두 볼 수 있을 테니까.」

「이렇게…… 행복해도 되는 걸까?」

옴브레의 눈에서 눈물이 흘렀다. 그러자 미우의 눈동자가 붉게 변했다.

「실컷 행복하고, 속세에서의 죄는…… 지옥에서 떨어져서 함께 갚아요.」

「…….」

「그렇게 해요…….」

두 사람의 뒤로 바람이 불어닥쳤다. 하지만 뿌리가 튼튼한 해바라기는 살짝 휘어지기만 할 뿐, 그 자리에 꼿꼿이 서 있는다.

그 모습을 눈에 담던 미우의 눈에서 결국 무게를 이기지 못한 눈물이 후두둑 떨어진다.

그것은 옴브레 또한 마찬가지였다.

「감사합니다…….」

그는 신에게 진정으로 그리 말했다.

감사합니다.

이렇게 행복한 삶을 선물해 주셔서.

정말, 정말 감사합니다.

그렇게.

폐막

맞지 않고 자란 아이는 아픔을 몰라서 남을 때려도 모른다고 한다. 하지만 지독하게 많은 아픔을 겪은 남자는 끝없는 고통을 느꼈기에 몰랐다. 죽음이 오히려 편하다는 것을 알았기에 남을 죽이는 일에 거리낌이 없었고, 살아남아 괴로울 삶을 살 바엔 영면을 취하는 것이 행복이라 생각했다.

이 모든 일이 시작되었던 그날.

늘 꿈에 나오는 것처럼 하얀 원피스를 입은 나젤린이 오늘도 그의 꿈속을 찾았다. 매일 원망 어린 눈으로 그를 바라보며 끊임없이 눈물을 흘리던 사람.

옴브레는 오늘도 멀찍이서 그녀에게 다가가지 못한 채 멀뚱히 서 있었다. 악몽 속에서 그는 늘 할 수 있는 것이 아무것도 없었다.

나젤린을 바라보던 그가 웃었다. 늘 꿈속에서 그는 울고 있었는데. 죽어 가는 친모를 보며 끔찍한 악몽에 허덕였는데…… 오늘의 그는 웃었다.

천천히 눈을 뜬 옴브레는 뿌옇게 보이는 시야 속, 입술을 늘어뜨리며 웃고 있는 미우를 보며 손을 뻗었다. 그리고 자연스럽게 부풀어 오른 배에 손을 얹은 그가 눈을 감는다.

「악몽을 꿨나요?」

부드럽게 웃어 주는 그녀의 미소에 옴브레의 눈에서 뜨거운 눈물이 흐른다.

「아니. 웃고 있었어.」

뜨거운 눈물을 흘리는 그를 보며 미우가 손을 뻗어 닦아 주었다.

그녀의 모습을 바라보던 옴브레가 눈을 감았다.

입가엔 잔잔한 미소를 내건 채.

「축하한다, 아들.」

그녀가 처음으로 그렇게 말하며 웃었다.

기나긴 악몽이 그렇게 끝났다.

—*Fin*

작가 후기

괴발개발 난리인 글을 잘 만져 주신 봄 출판사,
개미지옥 그녀의 서재 독자님들과 작가님들,
예쁜 표지를 해 주신 디자이너님,
마지막으로 이 페이지를 보고 계실 독자님,
감사의 인사 전하며 열 번째 작품의 마침표를 찍습니다.

—검은 밤에,
이아현 올림.